Mudlarking

Lost and Found on the River Thames

泥泞寻宝

遗失在泰晤士河的伦敦生活

[英] 劳拉·麦克莱姆（Lara Maiklem）／著

石雨晴／译

山西人民出版社

谨以此书献给我的母亲

……一位老妇人，穿着褴褛的长衫，裂开的衣缝中露出了沾满脏污的皮肤和一两块肮脏的亚麻布碎片，为了"保暖"，她的肩上还披了一块破烂的粗麻布。她的目光费力地在污泥中搜寻，坚果钳子一般的鼻子和下巴几乎都要戳到泥浆里去了……她躲躲闪闪地走回自己的栖身之处，后面跟着一个淘气的小孩，看不出性别。他或她手里拿着一口锈迹斑斑、坑坑洼洼的滤锅，锅里堆满了自己找到的东西。小孩一头裹满了泥的长发，打了结，像垫子一样披在肩上。透过厚厚的头发，能瞥见一张从未洗过的小脸，唯一的智慧迹象就是目光中偶尔流露的调皮的了悟。

理查德·罗，《一对泥泞寻宝者》，
出自《伦敦街头生活》（1881）

Maps
地图

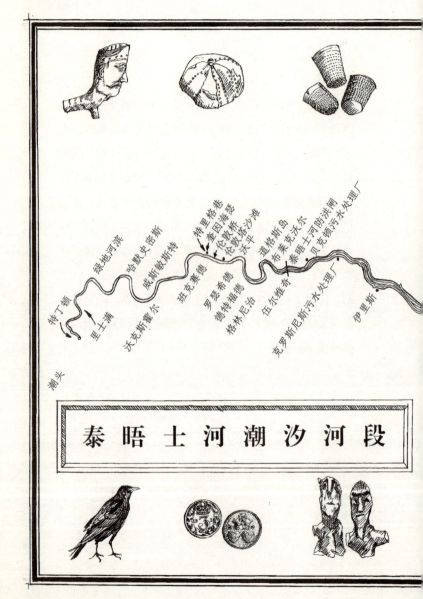

特丁顿
里士满
绿地河湾
哈默史密斯
威斯敏斯特
沃克斯霍尔
特里格巷
奎因海兹
伦敦桥
伦敦塔沙滩
沃平
班克赛德
罗瑟希德
德特福德
格林尼治
道格斯岛
布莱克沃尔
伍尔维奇
泰晤士河防洪闸
贝克顿污水处理厂
克罗斯尼斯污水处理厂
伊里斯

潮头

泰 晤 士 河 潮 汐 河 段

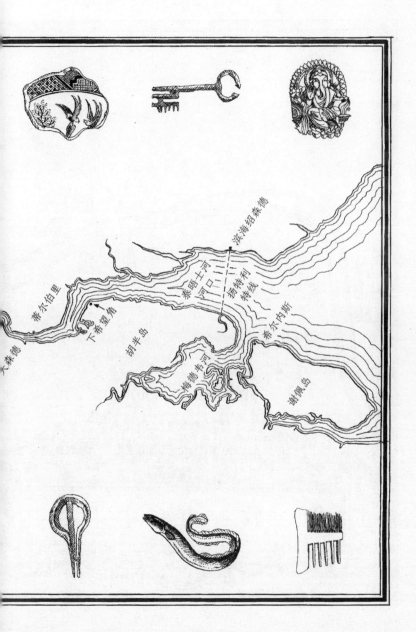

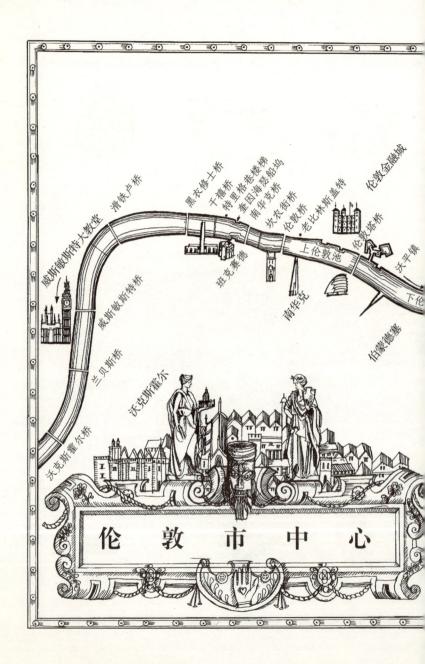

伦 敦 市 中 心

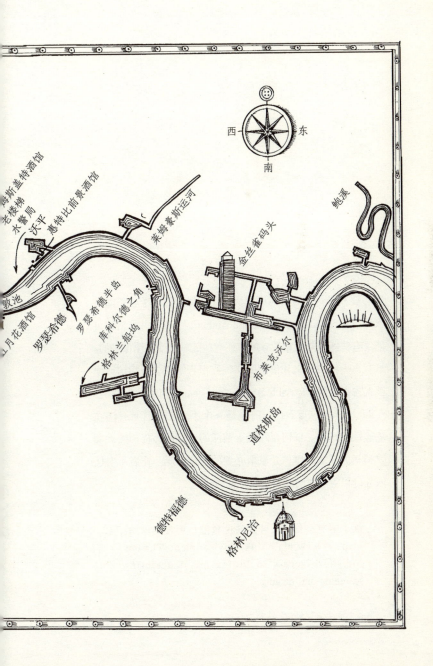

西 东
南

珀斯盖特酒馆
老楼梯
水警局
沃平
莱姆豪斯运河
赖特比前景酒馆
敦池
五月花酒馆
罗瑟希德
罗瑟希德半岛
库科尔德之角
格林兰船坞
金丝雀码头
鲍溪
布莱克沃尔
道格斯岛
德特福德
格林尼治

致读者

要在泰晤士河的河床上搜寻（即泥泞寻宝）必须向伦敦港口管理局（Port of London Authority）申请并取得许可证。有些区域是禁止搜寻的，还有些区域是受法律保护的。具有重大历史意义和价值的文物应报告给伦敦博物馆或便携式古物计划（Portable Antiquities Scheme）的发现联络官（Finds Liaison Officer）。前滩是一个不可预测且具有潜在危险性的地方。任何冒险踏上前滩的人都应该提前熟悉潮汐和相关规章制度，并采取必要的安全措施。作者不对任何独自冒险前往前滩者负有任何责任。

欲了解更多信息，可访问伦敦港口管理局网站：
https://www.pla.co.uk/Environment/Thames-
foreshore-access-including-metal-detecting-
searching-and-digging

目录

Mudlark

泥泞寻宝者

Mudlark /ˈmʌdlɑːk/ 名词，动词。[词源：18世纪晚期；
MUD 图① + LARK 图①]

A. 图［旧］①〈俚〉猪。（18世纪晚期—20世纪早
期）②〈谐〉在河泥或港口淤泥中寻找可用废弃物的人，
也可指街道上贫穷肮脏的流浪儿；〈口〉邋遢的人，尤指儿
童。（18世纪晚期）③鹡鸰。[澳]（19世纪晚期）④〈俚〉
=MUDDER（善于在泥泞中奔跑的赛马）。（20世纪晚期）

B. 团从事在河泥或港口淤泥中寻找可用废弃物这份职
业。也可指在泥里玩耍。（19世纪中期）[1]

Mudlarker，名词。= MUDLARK 图②（19世纪早期）

《基于历史主义原则的牛津英语大词典（新简编版）》（1993）

早上7：42，我搭乘火车从格林尼治前往坎农街，车厢内十
分闷热，我挤在陌生人中间，竭力避免与那些陌生躯体碰触。车
内无人用目光交流，也无人交谈。清晨的伦敦，有一条不成文的
通勤规则——安静。火车摇摇晃晃地朝城里驶去，几乎一丝低语
都听不到，只有翻动报纸的沙沙声，以及铁轨刺耳的尖啸。

我对这条路线的每一寸都再熟悉不过。在过去的将近二十年
中，我都这样前往伦敦市中心，去工作、开会、会友，以及到河

---

［1］ Mudlark，本书译作"泥泞寻宝（者）"。——编注

边寻宝。我知道何时该抓稳扶牢，何时火车会倾向一侧，站与站之间会间隔多久，以及司机什么时候会开始减速驶进前方站台。多年来，我目睹了老涂鸦的消失，新涂鸦的出现。一只被丢弃的运动短袜卡在铁轨上，我看着它在这里躺了六个月，从白色变成了又脏又破的深褐色。

这趟旅途需要十七分钟，我不耐烦地又看了看表，距离今天预计的枯潮时间还有三个小时。水位会在上午 10：23 到达最低点。我的时机正好。当火车驶出伦敦桥站时，我耐不住地不停跺脚，希望它能再快一点：我的目的地就快到了。火车轰隆隆地缓慢驶过高架桥，经过了南华克大教堂（Southwark Cathedral），我能看到它贴着燧石的斑驳造型墙面，以及哥特式的尖顶。接着，火车从博罗市场（Borough Market）的中心穿过，我的视线越过它的玻璃屋顶，试图找到入口上方铸铁制的菠萝标志。火车驶上坎农街桥，天空开阔了，河水从我脚下自西向东流淌而过。我的目光费力地从人缝中挤出，越过他们的报纸与双肩包，仔细观察河的两岸，确认退潮情况。一小块裹满污泥的碎石刚刚露出头来。这块碎石是在靠近河堤的地方，但潮水正不断退去。等我下到河边时，水位会降得更低，足以露出前滩让我开始寻宝。

当我在河边寻宝时，会听到在河堤上驻足的路人对这条河的评价。令我吃惊的是，很多人都不知道伦敦市中心的这条河是有潮汐的。即便是我在伦敦居住多年的朋友，也对这条河昼夜不停的涨潮、退潮浑然不觉。潮水每天都在二十四小时不停地缓慢移动着，白天是一股潮汐，夜里还有另一股来换班。他们完全不知道，伦敦桥下高低水位间的最大落差在 15 英尺（约 4.6 米）[1] 到 22 英尺（约 6.7 米）之间，他们也不知道潮水会用六个小时来到上游，然后再用六个半小时回到大海。

河水永不停歇地起落，这令我深深着迷。多年来，我的空余时间都献给了这条河的潮汐，以及河边滩头的隐现。我知道这条河的哪个地方能最早落脚，知道在被河水轻柔但坚定地驱走前，哪个地方可以停留最久。我已能读懂这条河并捕捉它的变化，我能够察觉到极其短暂的潮汐转换时刻——河水不再流向大海，平衡被打破，不同流向的水流撞击在一起，剧烈翻腾，再次将河水推向陆地，在这一刻，对退潮的期待化为了失落，就像不得不与老友在期盼已久的重聚后再度分别一样。

潮汐表会记录这条河的动态，记录它的过去，预测它的未来。我用一行行一列列错综复杂的数字、日期、时间点和水面高度填满了自己的记事簿，围绕各种诱惑来组织我的生活，但真正能决定我何时可以去寻宝的只有这条河本身，它的潮汐对睡眠和努力毫无敬意。我总是根据潮汐来精心安排会议和约会，并且都故意选在河边，这样我就能在涨潮前和退潮后悄悄溜下河堤，去到前滩。我总让别人等，在我身后留下的是一路泥印与数不尽的道歉；我错过了许多电影的开头，甚至还会为了赶上最后几英寸 [2]

---

〔1〕 为便于中文读者阅读，译者将英国计量单位换算为中国计量单位，括注其后，下同。若无特殊说明，本书注释均为译者注。
〔2〕 1 英寸约为 2.5 厘米。

的前滩而提前离开影院。为了挤出去河边的时间，我撒过谎，耍过手段，动过手脚。机会随时可能出现，我总是会听从它的召唤，强迫自己离开温暖的床，套上层层衣物，蹑手蹑脚地下楼，尽量不吵醒屋里熟睡的人。

我第一次看潮汐表时根本看不懂。我不是天生的数学家，数字令我头疼，这样一页纵横交错、满是数字的表，简直令我晕头转向。但现在，我已经研究它们很久了，久到它们变成了我的第二天性。瞧上一眼，我立刻能发现哪些潮汐好，什么时候值得一去。最重要的是，你所挑出的潮汐表必须对应你计划去的那个河段。泰晤士河河口的退潮会早于上游潮头，因此里士满的枯潮时间点与绍森德的枯潮时间点可能会相差五个小时左右。甚至枯潮的时长都会因你所在位置的不同而变化。虽然远海上潮汐涨落的持续时间几乎相同，但泰晤士河有二十五个弯道，河床与河岸也会产生拖曳效应，这些都会缩短涨潮时间，延长退潮时间。也就是说，泰晤士河哈默史密斯段的枯潮时间长于河口处，理论上说，这就意味着越往上游，可用于泥泞寻宝的时间就更长，不过，即便如此，河水何时会赶你走，还是要取决于当时的天气与前滩的坡度。

我从不关注最高水位点，但我知道好的枯潮水位点是小于等于 0.5 米，这样裸露出的可寻宝空间是比较适宜的，因此，它们才是我浏览潮汐表时的目标，会被我用红笔圈起来。大潮（spring tide）指每个月水位最高和最低的潮汐。它的名字中有表示"春天"（spring）的英文单词，因此，一些人误以为它的名字源自其发生的季节。实际上,它代表潮水"涌出"[1]。每个月有两次大潮,分别是在满月和新月时,此时地球、太阳和月亮在一条直线上,海洋受引力拉动更大,但最好的大潮是在三月春分与九月秋分之后,最低水位点可为负数。它们被称作负潮,因为它们的潮高小于零,零线是根据特定地点的平均枯潮水位设定的。几年前出现过一连串反常的枯潮,大多数泥泞寻宝者的记忆中都没有比那时更低的水位。它们也是我所见过的最好的潮汐,暴露出了十多年来都无人搜寻过的前滩区域,以及无数的宝藏。

有了潮汐,伦敦的泥泞寻宝才会如此独一无二。泰晤士河每天只会有短短几个小时是将它的内里敞开给我们的,这些所呈现的内容会随着潮水的涨落而变化,揭示出关于一座城和一城人的故事,以及他们与这一股自然力量之间的关系。如果巴黎的塞纳河也有潮汐,它无疑也会是同样慷慨的,无疑也会为一大批巴黎的泥泞寻宝者带去令他们满意的馈赠;阿姆斯特丹的阿姆斯特尔河没有潮汐,前不久,为了修一条新铁路,这条河被排干了,考古学家从中发掘并记录了近70万件物品,类型与我们在泰晤士河中的发现物一样:很久以前从马甲上崩掉的纽扣、从手指上滑落的戒指、孤零零的鞋子搭扣,都是普通人的个人物品,小小的它们,每一个都是一把通往另一个世界的钥匙,每一个都是与被遗忘已久的生活的直接联系。正如我所发现的那样,最微小的物件往往讲述着最伟大的故事。

---

[1] spring 这个英文单词还有"涌出"的含义。

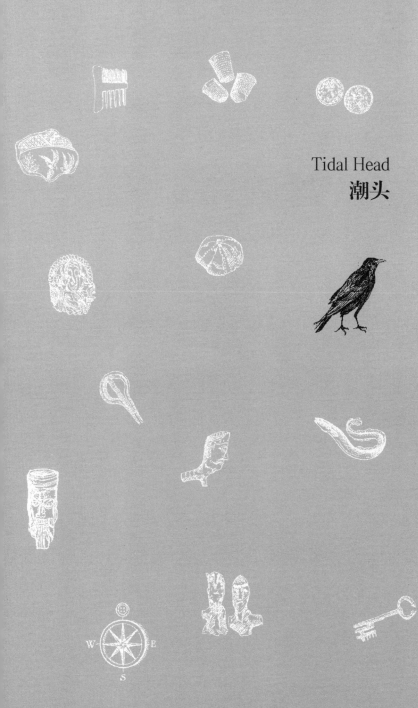

Tidal Head

潮头

> 在里士满和特威克纳姆（Twickenham）附近，泰晤士河的状态似乎正在快速向热带河流靠近，那些热带河流在夏季会完全消失。所有不得不在里士满桥与特丁顿水闸间行船的人，一定常常因为这段航道的曲折与狭窄而深感困惑与忧心。
>
> 《圣詹姆斯公报》，1884年6月

西边对普通泥泞寻宝者来说没多少吸引力，我也是在泥泞寻宝十多年后，才决定要去特丁顿"朝圣"。不过，从泰晤士河潮汐河段的起点（或终点，取决于你如何想象它的流向）开始本书的旅途也很合理。里士满到特丁顿之间的泰晤士河段与众不同，这里的水位是受控的。特丁顿水闸人为地终止了泰晤士河的潮汐，若非如此，潮水还会去到更上游——实际上，当涨潮水位够高时，潮水还是能够漫过水闸，继续前往上游。不过，历史上，泰晤士河的潮水并不总是在如此靠西的地方掉头的。在公元1世纪，它的潮水是在罗马人建桥的地方掉头的，靠近今天的伦敦桥。

1831年老伦敦桥的拆除也对潮头产生过影响。几个世纪以来，老伦敦桥狭窄的拱门和宽阔的桥墩挡住了水流，阻碍了潮汐，令整条泰晤士河潮汐河段都具备了航行的条件，当该桥拆除后，特丁顿河段的水位下降了约30英寸（约76.2厘米），宽阔的大河缩成了泥滩间一条流淌的小溪。在这里的河床上，会举行板球比赛。1884 年 6 月 25 日星期三，《地球报》（Globe）报道了一场野餐会，地点就在特丁顿水闸的下游："本应该是泰晤士河的地盘……已经留给这一代人用餐了，他们在河床上铺上野餐布，喝酒庆祝'这个新水闸的繁荣，而它是否会繁荣，这是个问题'。"为了消除特丁顿水闸的这一影响，让里士满到特丁顿之间的水位保持在半潮水位及以上，确保该河段的河道可供航行，里士满水闸于 1894 年启用。

该水闸至今仍在使用，每年秋季都会开闸三周左右，与此同时，特丁顿水闸会因一年一度的"泰晤士河泄水"（Thames Draw Off）而关闭。这样一来，它们之间的河段就能随天然潮汐的涨落而变化了，退潮后，水位会降得极低，裸露出大量河床。在这短短的时间内，这里成了泰晤士河潮汐河段上唯一可以不湿脚地从北岸［米德尔塞克斯（Middlesex）］步行到南岸［萨里（Surrey）］的地方。打开里士满水闸后就可以进行必要的维护工作和在河床上开展环境调查了，当地行动小组可以清理河中的垃圾，泥泞寻宝者也可以到平时去不了的前滩区域逛一逛。

对泥泞寻宝者来说，泰晤士河上最好、最多产的都是那些长期有着繁忙人类活动与河运的地方。繁忙的河运会搅动前滩，松动河底藏着宝藏的结实泥土。我在沃克斯霍尔（Vauxhall）以西的河段从未有过太多发现，但当我读到关于一年一度泰晤士河泄水的消息时，我决定亲自去看一看。无论如何要去一次。真正引起我注意的是那些照片：裸露的河床上，搁浅的船只歪向一边，摇摇欲倒，人们在干涸的河床上任意游逛。或许即便是在这么遥远的西端，你仍然能在这条河中有所收获吧。

　　每年泰晤士河泄水都是在十月底、十一月初，那会儿，水面上笼罩着潮湿的雾气，混杂着树叶燃烧的气味。第一周时，当地人会下到新裸露出的河床上，捡拾人们在过去一年里偶然遗失的物件和象征幸运的硬币。他们带着家人，提着塑料袋，小心翼翼地低头行走在碎石滩与泥泞之中，探索着这片并不熟悉的区域，好奇地观察着平时只有这条河自己才能看到的风景。我犹记得，几年前的十一月，在一个寒冷的下午，我从里士满桥出发。

　　我沿着米德尔塞克斯郡一侧的河边小径前进，过桥后左拐，路的前方是一条滑道，到滑道处，我又上了一条柏油小路，小路两旁是裹着泥泞的树叶和满是砂砾的泥土，我调整好步伐，踏上了前往特丁顿的漫长路途。我已经在前一晚确定好了路线，知道此行路途遥远，因此，我决定穿步行靴而不是惠灵顿长靴，后者是雨靴，但长途跋涉穿会不舒服。只希望我不会需要它们。就我所看过的那些照片而言，这一路不会太泥泞，但我也不希望等我结束回来时，又和以往去前滩一样，靴子里都是泥，走起路来，鞋带孔里都吧唧吧唧往外冒着泥。

　　上游的一切都那么闲适，不慌不忙。我路上遇到的人不多，就几个：洋溢着满足的女士们，结伴推着婴儿车散步，车里的婴儿裹得严严实实，以抵御寒气；慢跑者经过时会十分礼貌地说"借过"。在这一河段，人们可以进行水上运动，好好放松。沿岸停泊着摩托艇、窄艇和改作船屋的驳船。夏天的时候，你可以在这里租到传统的泰晤士河小艇，后座上绘有老式的船名，比如琳达、维奥莱特。甚至这里的河水都要比伦敦市中心和河口处的更平缓。它没有在流经城市、流向大海时所能获得的速度和力度。对我来说，这恰恰是它的不足。

不过，它的美是毋庸置疑的。小径两侧，绿树成荫，靠河畔是一列垂柳，另一侧是古悬铃木。空气中能闻到土、腐烂树叶与河泥的味道，鸟儿随处可见。通往河边的楼梯上，一群鸭子挤在一起，抖着羽毛。不远处的河岸上，两只加拿大雁警惕地盯着我。海鸥和鸬鹚飞过，让我想起我距离滨海绍森德码头也不过才60多英里（约96.6千米）。乌鸫在路旁的灌木丛中沙沙作响。一只知更鸟跟了我好一阵子，不时出现在我身边，眼珠滴溜溜地盯着我看。伯祖母曾对我说，知更鸟是逝者的灵魂：这就是为什么它们会与人走得这么近，它们的陪伴会让人觉得如此亲密。它们是你远道而来的亲人或故知，来与你问好，我也总会回以问候，毕竟你永远无法知道它们到底是谁。说不定就是我的伯祖母呢。

只有经常响起的飞机降落希思罗机场的轰鸣声还在提醒我，我仍身处伦敦。若是忽略这点，我很可能以为自己走在一条乡间的小路上，后面不远处就是我20世纪70与80年代生活过的那个农场：在一条长长的混凝土路尽头，是一个绿意盎然的山谷，农场就坐落于此，拥有300英亩（约1.2平方千米）粗重的威尔德黏土地，120头奶牛，许多的旧谷仓，以及一间建于亨利八世统治时期的农舍，房子已歪向一边。

一条小河穿过农场，从这间农舍后绕过，夏日里，一棵高大的白蜡树会在河面上投下阴影，还有一棵孤零零的柳树将柳条伸入浅水中。这里没有邻居，我的两个哥哥大我很多，他们上了寄宿学校之后，我的玩伴就只剩下农场里的那只狗和这条小河。当狗转着圈地忙活着追鸭赶天鹅时，我会花上好几个小时在河里捕鱼。我把网子系在长竹竿上，搜寻着藏身在近岸水草中的小鱼和螺。有时，我也会躺在高高的草丛里，看着蜻蜓在芦苇丛中时而加速，时而盘旋，找好位置就把尾端伸进水里去产卵。如果我静止的时间足够长，就容易在黄昏时看到出洞的水鼠，它们的洞就挖在河岸上；如果运气够好，还能看见草蛇悄无声息地游过水面，它会扭动着身子，骄傲地昂着小脑袋，吐着叉子一样的信子。

这条河由东向西从农场中央穿过，它的每一寸，我都再熟悉不过了。我知道每一个会拦下垃圾的弯道，有时是足球，有一次甚至是一艘破烂的划艇。我知道每一个要避开的深坑，也知道哪里水浅，可以从一边蹚到另一边，且不会有水灌入我的惠灵顿长靴。我知道水草中哪里藏有刺鱼，知道鸭子在哪里筑巢，知道如何进入混凝土桥下的低矮空间，在那里，我会听到挤完奶的奶牛拖着步子慢悠悠走回牧场草地的声音。就是在那个农场里，我学会了热爱河流，河流也成了我最持久的激情所在。

在特丁顿河段，河边小径上没有任何堤坝或屏障。一路走来，我大多数时候看到的河岸都是天然的，它们因为水流而非人力的作用，形成了一个自然的斜坡，伸向河中。而河，就在我身旁。

我若是愿意，步出小径，只需跨过几英尺[1]高的草丛，就能立刻踏入水中。在渐渐枯黄的草丛中，长长地支楞着干枯的荨麻茎秆，一碰就折。路上会时不时出现又宽又短的混凝土楼梯，通向河岸。这一段沿途有不少划船俱乐部的会所，我猜想，这些楼梯或许就是他们放船下水的地方。

我经过了一座河心小岛（英文中也叫 ait，源自古英语 īgeth，该词基于 īeg，īeg 就是"岛"的意思）。这就是格洛弗岛，是用一个名叫约瑟夫·格洛弗（Joseph Glover）的船工之名命名的。1872 年，他用 70 英镑（约为现在的 4400 英镑）买下了这座岛，23 年后，他将该岛标价 5000 英镑（约为现在的 41 万英镑）出售，成为了一场丑闻。最终，1900 年，这座小岛以非公开的价格出售给了一位当地居民，然后被转赠给了当地议会。里士满桥与特丁顿水闸之间有三个这样的河心小岛，整个泰晤士河潮汐河段的上游河段一共九个，它是其中之一。河心小岛是这一河段的特色。河水将这些泥滩和小块的陆地从大陆上切割下来，随着泥沙的沉积和河水的冲刷，形成了长条的岛形，宛如滑落的泪滴。它们大都荒无人烟，野草丛生，长满了茂密的矮灌木丛和柳树，柳条低垂，伸入水中，在水流中带起圈圈斑纹。

对岸似乎比这边还像乡间，我都在想，自己是否应该走那条路的。渐渐地，路边看不到房屋了，都是开阔的绿地、公园和林地。根据手机上的地图显示，我应该很快就看到汉兰兹（Ham

---

[1] 1 英尺约 0.3 米。

Lands）那一片平坦且灌木丛生的河漫滩草甸了，那是一块占地178英亩（约0.7平方千米）的自然保护区，位于河流弯道处，该弯道位于里士满与金斯顿之间，靠南。若有洪水冲破河堤，河水可以安全流经这一自然保护区。

生活在泰晤士河潮头沿岸的居民已经习惯了大潮高点时的河水泛滥。这里没有任何可以帮助他们防御该自然力量的河堤或护坡，因此河水经常泛滥。在奇西克（Chiswick）的绿地河滨（Strand-on-the-Green），河边小径旁的房屋都做了充足的防洪准备，建了花园墙，窗户前还安装有有机玻璃或普通玻璃的屏障。沙袋和用来堵门的木板都已备好。在过去的几个世纪里，为了远离不断上升的水面，这里最古老的房屋是真的在不断抬高自己的门廊。通向它们的台阶数量越来越多，每增加一阶，门的高度就会减少1英尺（约0.3米）。如今，在有些楼梯的最上方，那些房门的高度就只比3英尺（约0.9米）高的霍比特人家门高出一点——这是水位正在不断上升的切实证据，无可争议。随着冰帽的融化，伦敦的下沉，以及各种其他地理和环境条件的作用，伦敦桥这里的潮汐每百年会上升3英尺左右。如今的潮水是有史以来最高的。

我经过时，潮水正在下降。我离特丁顿越近，裸露出的河床就越多。有些船只已经搁浅，龙骨触到河床，船身歪向一边，我也开始考虑是否要下到前滩上去。我抵达了鳗鱼派岛，它得名于曾在这里出售的鳗鱼派，在有人居住的河心小岛中，它最有名。鳗鱼派岛将这条河一分为二。离我最近的水道几乎完全干涸，只剩下几处浅浅的小水洼。鸭子们围着水洼转来转去，生气地冲着闯入的人类嘎嘎大叫。人们四处查看，因为走入了平时都是河水的地方而连连称奇。我决定加入他们，便开始四下寻找方便下河的地方，我可不愿意从矮灌木丛和杂草间攀爬过去，一脚踏入未知深度和稠度的泥泞之中。最终，老天助我，我找到了一条宽阔的滑道，直接连着小径与前滩。

这里的河床很坚硬，一点也不泥泞，只有一层薄薄的淤泥，稠度就像薄薄的蛋奶沙司。还有一层平坦的砂砾层，混杂着又小又圆的蚌壳，在我脚下嘎吱作响。河床是干净、天然的，看不到建房铺路的碎砖和乱扔的城市垃圾。我低头看着这陌生的河床，目光在满地都是的河蚌壳间快速扫过。它们就像我小时候曾搜寻过的那些贝壳一样，那时的我坚信自己总有一天能找到珍珠，但事实是，我从未找到过。出于那时养成的习惯，我弯下腰，拾起一只蚌壳，欣赏了一下里面泛着的乳白色光彩。就在几码[1]远的地方，乌鸦扑腾着翅膀落在河床上，把握着这难得的机遇，翻找着石头下搁浅的小虾和其他小生物。我周围到处是精心建造的"小房子"，看起来像是石蛾的幼虫；乌鸦或许也会吃它们吧。

当我沿着河岸，在步行桥下努力搜寻时，找到的全是垃圾：一个空的行李袋、两辆小型摩托车、一个旧打火机、一件衬衫、一只惠灵顿长靴、耳机、一辆淹在水里的购物车、一个汽车的排气装置、一个锥形交通标志、一部手机和14便士的零钱。再往前走一点，楼梯附近找到好东西——少量的陶土烟斗杆——的希

---

[1] 1码约0.9米。

望更大了一些，这也证明，它们确实是在整条潮汐水道上都可以找到的；另外还有相当多的碎玻璃。我认出有些深棕色的厚玻璃碎片是来自19世纪末到20世纪初的啤酒瓶，还有一些水绿色的玻璃碎片是来自老式的苏打水瓶和柠檬汽水瓶。泰晤士河的这一河段曾是短途旅行者和划船派对的圣地，这些瓶子或许就是当时从嘎吱作响的柳条野餐篮中掉出来的，也或许是在一天结束时，从疲惫但快乐的人们手中滑落的。当时，一些人会从火车站蜂拥而来，另一些喧闹的伦敦人会搭乘汽船从伦敦东区沿河而上。

在这些碎玻璃片中，我发现了一颗绿色的弹珠，它其实是科德瓶的瓶塞。维多利亚时代有许多你会希望被重新推广使用的杰出发明，科德瓶就是其中之一，目前，印度和日本仍有使用。1872年，一个名为海勒姆·科德（Hiram Codd）的天才想出了解决汽水瓶密封问题的方法，并为之申请了专利。这种瓶子的瓶颈很特别，像被掐过一样，向内收紧，形成了一个玻璃"架子"，弹珠可以停在上面。汽水中的气体会产生压力，把弹珠压进瓶口处的橡胶圈中，有效地密封瓶口。要倒饮料时，可以用个小起子将弹珠按进瓶中，或者将它快速地撞向某物，据说这就是"胡言乱语"[1]这个词的起源。没有被想取弹珠玩的小孩砸碎的科德瓶，

---

[1] "胡言乱语"（codswallop）一词的起源没有可考证的确凿说法，一种说法是，它来自发明了科德瓶的海勒姆·科德，是喝啤酒者对软饮料的一种取笑，由Codd's（科德的）和wallop（"啤酒"的俚语）构成。参考：https://www.publicationcoach.com/codswallop/（译者注中的所有网页链接于本书出版前查看是有效的，若于出版后发生变更，与译者与出版社概不相关。——编注）

制造商会回收、清洗，然后重新灌装。我从那些曾买过科德瓶饮料的长者那里听说，瓶中那些弹珠对孩子们的诱惑太大了，许多瓶子都被砸碎了。我必须承认，我找到的弹珠数十上百，但完整的瓶子只有一个。

多年来，我攒了相当多各种各样的瓶塞，从被河水冲蚀过的雕花玻璃酒瓶瓶塞和热水袋的大陶塞，到 HP 品牌英国传统棕酱的压制玻璃瓶塞和精致的香水瓶塞。我拥有的最古老的瓶塞来自罗马统治时期，年代在公元 2 世纪到 3 世纪之间。这个瓶塞很大，是用未上釉的红色黏土做的，像一朵肥厚的蘑菇。它被认为是从那不勒斯湾运到伦敦的，曾塞在双耳细颈瓶的瓶颈中，瓶中装的可能是橄榄油。我最喜欢它的地方是其顶部之下那一圈模模糊糊的线，可能是它密封容器时留下的痕迹。

塞着瓶塞的碎瓶颈完全不值钱，大多数人都会忽视它们，但对我来说，它们十分珍贵。令我惊讶的是，有时瓶身的其他部位都碎了，瓶塞还牢牢塞在瓶颈中，仍然是最后一个倒过酒或喝过酒的人把它塞回去时的样子。我带回过一些非常古老的瓶颈，来自 17 世纪无模人工吹制的葡萄酒瓶和小药瓶。软木塞在湿润时还能留在瓶颈中，一旦干了，体积缩小，就会滑出瓶颈。一旦魔法消失，就没有收藏它们的意义了，我会将它们还回河中。

许多泥泞寻宝者是懒得收集那些黑色的硬橡皮塞的，无论它们是在水边翻滚，还是卡在鹅卵石与其他石头之间。它们往往已经被冲蚀得十分光滑了，只能大概看出原本的形状，但它们也保存得十分完好，仍紧紧塞在啤酒瓶里，忠实地守护着酒瓶里剩下的东西。拔出它们，就像打开一个臭烘烘的时间胶囊，一股气流嘶的冲出，随之而来的就是百年啤酒渣发臭腐烂的味道。

许多瓶塞都带有生产商的商标和名称，这些正是我所寻找的；这些早已被遗忘的啤酒厂和当地的软饮生产商都有着曾经辉煌过的老式名字，比如"巴斯街装瓶公司"（Bath Row Bottling Co.）和"斯泰尔与温奇公司"（Style and Winch）。它们大都来自伦敦、肯特或埃塞克斯，但在特丁顿，我找到了一个远道而来的瓶塞。我捡起它时，上面还裹着厚厚的泥，当我用拇指将它擦干净时，着实吓了一跳。它带一个大大的万字符，边沿上写着圣奥斯泰尔啤酒厂（St Austell Brewery）。

这个瓶塞上的标志是如此有震撼力，又如此充满禁忌，立刻引起了我的兴趣。我确信它产于那场战争之前，但背后一定有故事，于是，我一到家就立刻上网搜索。我发现，这家位于康沃尔郡的圣奥斯泰尔啤酒厂与其他公司一样，也生产可口可乐、嘉士伯啤酒等产品，他们是在 1890 年左右选择了万字符作为其瓶塞的造型，因为该符号最初只是象征着健康和生育，但在 20 世纪 20 年代，当希特勒将其选作纳粹党的标志后，他们就撤回了所有该造型的瓶塞。战争期间，由于积压了大量的库存以及原料短缺，该啤酒厂在将瓶塞上这一令人反感的符号磨去后，又重新使用了它们。与此同时，在生产新的硬橡皮塞时，他们采用了顶端向内凹陷的造型，以减少橡胶的用量，并会在瓶塞边缘印上"战争级"的字样。我曾在前滩找到过大量这样的瓶塞，但这一阵子是一个都没见过。也许是有越来越多的人开始意识到它们的价值了吧。

我将那个与众不同的硬橡皮瓶塞和那颗科德瓶的弹珠稳稳地塞进了口袋，心满意足，认为是时候离开了。天色渐暗，灌木丛中，乌鸫开始断断续续地夜啼。我距离特丁顿水闸还有一段距离，那里有我想看的方尖碑，它标志着泰晤士河潮汐河段的起点。我继续向西。这一次，这条小径把我带进了内陆，穿过了郊区的街道，绕过了那些带有草坪的住宅，这些住宅很幸运，它们的草坪一直延伸到了河里。

这里是我母亲出生的地方。她小时候是在特威克纳姆与她的外祖母凯特（Kate）一起生活的，她从小就在泰晤士河边玩耍和野餐。当战争结束，我的外祖父退伍归来，她就随父母搬到了泰晤士迪顿的河边，那是一栋小巧整洁的郊区小屋。我的外祖父母在那里住了很多年，他们那精心修剪的花园就是我从小玩耍的地方，每一年他们都会在里面种满红色的天竺葵与番茄。我外祖母开车开得飞快，每次去他们家，她都会开着那辆褐红色的凯旋使者，载着我来一场惊心动魄的旅行。我们会去河边，一边看船、喂鸭子，一边吃着番茄和湿软的白面包三文鱼酱三明治。快活极了。

在拉德诺公园（Radnor Gardens）的尽头，我低头望向河边的泥潭，努力想象我母亲四岁时被困在泥里嚎啕大哭的样子。她和她的哥哥常常自己四处玩耍。有一天，他们无意中来到了拉德诺公园，这是河边上的一个小公园，水边有着很深的泥潭，泥潭中有一只漂亮的板球拍，我舅舅让我妈妈去拿，妈妈就掉了进去。幸运的是，两位路过的女士发现了他们，把我妈妈拉出了泥潭，在用手绢帮她擦拭干净后，把他俩送回了家。

　　走到这里，其实已经离我外曾外祖母家不远了。如果我走快点，过去看一眼之后，还能赶在天黑前到达特丁顿水闸。它出现在一条很长的笔直道路中央，我一眼就认出了它。我家有一个放家庭照的盒子，我曾在其中一张褪色的老照片中看到过它。那张照片肯定是 20 世纪 20 年代中期拍的，照片中，与朋友站在屋外的外曾外祖母还是个十几岁的少女，虽不是我记忆中的那个样子，但眼睛一模一样。眼睛不会说谎，也不会变老。房子也一样，那是一栋维多利亚式的大别墅，由黄色的伦敦砖砌成，带有凸窗。我凝视着它，想到了我生命中所有曾住在这里的人，他们曾跨过它的门槛，站在它的窗前，住在它的房间里。这种感觉很奇妙，既熟悉又陌生。就像看着泰晤士河泄水期的河床一样。我知道我的外曾外祖父母艾伯特（Albert）和凯特是"古董商"，我也知道他们的生意并不总是光明正大。他们都出生于伦敦东区，决心不择手段也要出人头地。艾伯特运营着一个固定拍卖价格的团队，凯特负责保管他获得的所有物品。外祖母曾跟我讲过她的父母是如何大批量出售古董的，他们会全部用古董来布置里士满的那栋房子，然后又一次性全部卖掉。那时，她经常只是上个学的工夫，一回到家，卧室就空了，除了地上还有一张可供睡觉的床垫，其他都卖了。

　　我很想敲开那扇门，解释一下自己是谁，然后进去看看。只可惜没时间了，而且天都快黑了，那户人家可能会以为我是个疯子。我回到主路上，满心都是对家人的思念，那些我从未谋面的，以及那些已然逝去但我依旧想念的亲人们。我拐进了一条更安静的通向特丁顿水闸的街道，然后走过了一座狭窄的铁步行桥。走在这座桥上，几乎可以俯瞰到整条没有潮汐的泰晤士河河道，而就在南边的不远处，就是那块 1909 年建的方尖碑，标志着泰晤士河潮汐河段的上游源头。1909 年，伦敦港口管理局成立，接管了整条泰晤士河潮汐河段，因此，这块方尖碑也标志着该局管辖的开端，以及旧时泰晤士河船工被许可的上游界。标志着其下游界的，是竖立在泰晤士河河口的另一座方尖碑。

特丁顿的这座方尖碑看着至少没有它那位身处河口海风中的姐妹那般令人失望。那块方尖碑微微朝内陆倾斜着，四周都是风从海岸线上刮来的垃圾。有人为了保护特丁顿的这座方尖碑，在它周围建了一圈铁栏杆，如今的它依旧站得笔直。我每次经过河口的那座方尖碑，都会去摸摸它，因此，在这里，我也跪在冰冷的石板上，手穿过栏杆，尽可能地朝前伸去，努力用手指轻轻擦过这座方尖碑的基座。我终于走完了从泰晤士河潮汐河段最东端到最西端的这条路线。这项目标达成了，我应该会有一阵子不再需要重走这条路了。

Hammersmith
哈默史密斯

> 您真是太善良了，希望不要让您感到烦恼……我是个破坏者而非收藏家，我总是尽可能地减少自己的所有物，尽可能一件不剩。
>
> T. J. 科布登 – 桑德森致一名顾客的信，1918 年 2 月 14 日

从特丁顿往下游曲折前行 10.5 英里（约 17 千米）后，这条河开始渐渐恢复成我所熟悉的那个样子。哈默史密斯是个转折点，能让你真正感受到这条河变宽阔了，感受到它正在为穿越伦敦、奔向大海而蓄势。这里的河面更宽，河水更快更急也更脏。南岸的泥泞小径两旁是树与灌木丛，这一点与特丁顿很像，但北岸沿途的房屋更密集，还建了一道高高的河堤防洪，看着这道河堤，你就知道未来会发生什么。再往下游，经过哈默史密斯桥就能看到现代化的公寓楼了，它们挤向河道，改变了河的特征。

在特丁顿，河流受控于里士满水闸，但在这里，潮汐会随大海自然涨落，水面会抬起停泊在北岸霍普码头（Hope Pier）和达夫码头（Dove Pier）的窄船、改装驳船与漂浮屋。上下船只的跳板从河堤上宽阔的开口处通向河中的浮式突堤，这些开口大部分时间都是用木板堵住的。有些突堤是划船俱乐部的，这些突堤几乎都有警示标志，提醒你它们是私有的。

在南岸一侧，要下到前滩是很容易的，尽管需要踩在泥泞中，穿过高高的杂草丛，但没有任何需要翻过的河堤或屏障，只有几

英尺微微倾斜的粗糙路面，中间铺着鹅卵石，以防河水侵蚀掉天然河岸上的土壤。这些鹅卵石中到处能见到狭窄湿滑的混凝土台阶。它们上面杂草丛生，泥泞不堪，涨潮时河水上涨，让台阶底部长满了黏滑的杂草与藻类。尽管如此，这些台阶还是让通往前滩的路变得相对简单了些。北岸通往前滩的路就比这艰难多了。我试过，还选了一条我认为曾是滑道的路，你要翻过桥边的栏杆，踩着泥泞，蹚过高高的芦苇丛。我不得不承认，入侵"私人领地"前往前滩会更容易——从河堤上的开口处翻过去，快步走过向下的踏板，从木制平台上跳到退潮时才裸露出的前滩上。

我对哈默史密斯河段的北岸非常熟悉。20 世纪 90 年代晚期，我有一阵子常来这里，当时我就在附近立交桥旁的一栋无名办公楼里上班，做着一份消磨灵魂的工作。这条河被这座城市藏了起来，透过办公室的窗户，我只能看到错综复杂的道路和无穷无尽的混凝土与砖块，过了好一阵子，我才发现自己原来离这条河这么近。当时，我来到伦敦已经好几年了，为的是远离安宁与平静，我受够了乡下的泥泞，想要融入这座城市，完全沉浸在它的肮脏与兴奋之中。我当时真的是满怀热情地投身于此。曾几何时，当我凌晨时分走出俱乐部或离开派对回家时，虽会经过泰晤士河，但却鲜少向它投去目光，我往往会瘫坐在迷你出租车那肮脏的后座上，车内弥漫着松木空气清新剂的难闻气味。不过后来，我开始注意到它：宛如一条银色的丝带，连接着东西两端，是穿透城市混乱的一缕天然静谧，是疯狂夜晚结束后突然降临的平静时刻。

它有时会刺痛我的良知，令我悲伤、懊悔，甚至产生负罪感。

我开始意识到，如今的自己与伴我长大的那个世界已经有多大的脱节。我身处两个世界之中。我是个在农场长大的小孩，梦想着去更大、更热闹繁荣的地方，但在内心深处，我想家，非常思念被我抛在身后的一切。工作间隙，吃午餐时，我会逃离办公室，跑到公园或广场上独自吃三明治。不过，大家原来都和我一样。每当我坐在整齐的郁金香花丛旁时，身边总是挤满了陌生人，我会好奇他们在吃什么，并偷听他们的对话。周末，我会在住处附近寻找绿色空间，但找到的只是一片片随机分布的破败草地，上面有破损的滑梯与秋千，各种涂鸦，以及一群群面露凶相的孩子，看着他们，我根本不敢靠近。我尝试去更远的地方找一找，但摄政公园（Regent's Park）让我觉得，我好像是在参观某人精心设计的私家花园，就连汉普斯特德荒野公园（Hampstead Heath）也有着太过明显的人为管理痕迹。

　　某天下班后，我无意中来到了泰晤士河边。我是去见朋友的，她提议约在河边的一家酒吧。我到早了，已经在办公桌前窝了一天的我决定要在等她的同时顺便舒展下腿脚。潮水涨得很高，河面已接近河堤顶端。我看着开阔的深棕色河面，感觉自己的肌肉都放松了，耸到耳朵处的肩膀落了下去。不知怎的，有那么片刻，流水带走了这座城市，只留下了我与这条河，我感觉到了前所未有的舒适，是终于回家了的感觉。原来，我的玩伴一直都陪在我的身边。

　　距此又过了几年，我才发现前滩之妙，不过，对于当时的我来说，我终于在这座肮脏、嘈杂、躁动的城市中央，找到了一些熟悉的东西——一个天空开阔、天然静谧之所。在这里，我找到了我所需要的空间与孤独，正好能与我内心那个热爱城市、追求喧嚣与混乱的孪生姐妹互补，在这里，我能感受到自己与大自然之间的联系，我内心的两个自己合二为一了。这条河成了我获得平静的秘密基地，我总是独自前来，赏四季流转，感气候变换。没有了挡风遮雨的建筑，我就像身处田野之中的家，暴露在大自然中，这对我而言是一种解放。就连河上的鸟都与众不同。不同于伦敦那些脑满肠肥、宛若残疾的鸽子，它们翱翔空中，自由自在，无拘无束。纯白的海鸥在水面上时而扎向水面，时而冲向天际；鸬鹚则沿着河岸低空飞行。

来到河边，就像到了另一个世界，断开了我与这座城市的联系，让我远离了各种问题与烦恼。它就是我的避难所，可以帮我逃离人群、工作以及尴尬的处境，有时甚至是逃离我自己。每当我想要忘记失败的恋情与不如意的工作时，就会来到这里，它能治愈我破碎的心，让我理解那些毫无意义的事，并在我因生活而不堪重负时，用它那水做的臂弯，环住我的肩膀。有时，哪怕只能偷来半小时与它相处的光阴都足够了。其他时候，我会在河岸边一走就是好几英里[1]，将所有问题都抛到退去的潮汐中，并告诉它我所有的秘密。

但我不是唯一会这样做的人，很多人都会来河边寻求内心的安宁与内外的统一。在这里，有些人是为了控制自己内心的

---

[1] 1 英里约 1.6 千米。

恶魔，有些人是为了应对当前的生活或自己的过往。对他们来说，前滩是一个匿名的世界，不会有人评判你或要求你，你也没有任何的目的或目标，这里居住的只有亡者的灵魂。我朋友约翰尼（Johnny）将他的前滩之旅比作进入另一个世界的入口。他称它为 670 号门，因为他第一次去河边泥泞寻宝时，路上经过了一个标志牌，上面写着 P670（停车场，共 670 个车位）。它成了他旅程中的一个标志，看到它，他就知道自己快要到达内心的庇护所了。

经过多年探索，约翰尼已经找到了自己最喜欢的那片前滩，一块不超过 50 平方英尺（约 4.6 平方千米）的区域。他会定期前往探查，每次可长达 4 个小时。我知道只要来这里总能找到他。他会把找到的宝物装进小小的塑料口袋，从他把手伸进口袋取塑料袋的样子，我就能知道他这天的运气好不好。有很长一段时间，我们聊天的内容只有这条河和这里的前滩。我们尊重彼此的隐私和空间，从不试图闯入对方的生活。后来有一天，他让我吃了一惊。他从包里掏出了一个小小的笔记本，但鼓鼓囊囊的，用松紧带捆着才合得上。里面是精致的微缩画与整洁的文字记录。那是约翰尼的河流日记，记录着他的每一次前滩之行，有天气，有所见，有遇到的人，有发现的物品。这个身高 6 英尺 5 英寸（约1.95 米）的大汉，他的作品却是那么小巧可爱。他笔下的每一个发现物都是那么美好，而且记载详实，仿佛随时会从书页中滚落出来，再次掉回泥中。他同意我从他的笔记本中取几页用在本书卷尾，并在封面用一些他的绘画作品。[1]

对我所认识的大多数人来说，泥泞寻宝是能还心灵以平静的消遣，能让思绪逃离这个世界，暂时忘却种种忧虑。但还有另一种人，对他们来说，前滩就是战场，无声，却充满因琐事而产生的积怨、领地争议、激烈竞争，以及嫉妒和偏执。

现代泥泞寻宝者分为两类：猎人和采集者。我是后者。我只收集能用眼睛在前滩表面发现的物品。像我这样只用眼睛的寻宝者，对寻找过程本身的热爱完全不亚于对发现物的热爱，我们总能从最简单的物品中获得快乐：一块奇形怪状的石头、一块彩色的陶器碎片或是一个小铅块。我们所做之事有点冥想的作用，就我而言，我搜寻所花时间的重要性是绝不亚于我带回家的那些物品的。

猎人们对这条河就有更多需索了。他们的动力往往来自于发现物的货币价值或稀缺性。大多数猎人都会使用金属探测器、筛子和泥铲，他们会深入河泥，破开前滩，剥掉它的皮，他们毫无耐心，他们的字典中没有"顺其自然"一词。以我的经验，猎人多是男性，女性往往是采集者。带金属探测器来前滩的女性十分罕见。

多年来，想用金属探测器、筛子和泥铲破开前滩的泥泞寻宝者都必须先取得许可证，不过，最近也出现了一些质疑，认为对

---

[1] 参见本书的英文原版设计。——编注

仅用眼睛搜索前滩的那部分泥泞寻宝者，也需要制定相应的许可证制度。对安全问题、在禁区开展泥泞寻宝活动的人，以及未报告就带走历史文物的做法，人们有了更多的担心。2016年，伦敦港口管理局决定澄清这一情况。该机构管理着一直到平均高水位处的全部河床与前滩。现在，任何人，无论想以任何方式在前滩开展寻宝活动，都必须先取得有效许可。许可证分两类："标准"许可，任何人都可申请，允许携带金属探测器前往许可区域，挖掘最大深度为7.5厘米；"泥泞寻宝"许可，持有者的最大挖掘深度为1.2米，可使用金属探测器的范围也大于前者。

但要拿到泥泞寻宝许可证并不像你可能认为的那样容易。就目前而言，要取得该许可证，你必须是泥泞寻宝者协会（Society of Mudlarks）的会员。要加入该协会，你必须先获得标准许可证，并且已经连续两年向伦敦博物馆报告自己的发现。即便如此，你也不是一定能申请到泥泞寻宝许可证，首先，你是否能入会，是由该协会自行决定的，而该协会一直刻意保持着神秘感和排他性。他们的政策是"仅限邀请""一进一出"，这就限制了会员数量，就算能得到邀请，往往也需要先等上好几年。

你若误以为该协会源自19世纪的某个邪教，也是情有可原，不过，它其实成立于20世纪70年代，那时金属探测器爱好者才刚刚出现。为了监控被带走的物品，阻止非法挖掘，政府制定了许可证制度，寻宝者若想获准挖掘前滩，就必须将自己的发现报告给伦敦博物馆。渐渐地，该协会发展成了一个大约50人的精英团体，会员以男性为主，大都是金属探测器爱好者，他们会在秘密地点（实际也没那么秘密，就是伦敦的一家酒吧）定期聚会。我不知道他们的聚会都会发生什么，除了他们自己，没人知道——甚至是为便携式古物计划记录他们发现物的发现联络官（Finds Liaison Officer），以及受邀参与各种话题探讨的专家，都必须坐在房间外面等待，被叫到才能进去。不过，要我猜的话，我觉得它的模式应该与大多数金属探测器俱乐部的会议模式差不多，不会有比比较和讨论最新发现物更神秘的内容了。

这些年来，该协会会员挖出的物品无疑增加了我们对这座城市及其居民在过去数千年中的经历的了解，但我认为现在是时候彻底禁止挖掘了。没有必要为了获取更多更好的东西而继续破坏业已十分脆弱且在被迅速侵蚀的前滩。考虑到未来，最好让它们留在原地，而非任由它们被挖掘铲或叉肆意摆弄。尽管现在还在挖掘的只是少数，且合法，但他们所造成的破坏可能是极其巨大的。短短一个下午，他们就能劈开数个世纪的遗存，涨潮前的时机是十分短暂的，他们会在匆忙之中打碎一些精致的物件，也会错过金属探测器扫描不到的小巧的非金属物件。前滩的泥都被他们戳松了，如有人不小心踩进他们敷衍填上的坑洞，或可危及生命。至于那些被忽视的物件，没有坚实河泥的保护，也不知会被潮汐带去何处。我有一些最好的发现物就是在那些挖掘者翻找过的地方获得的，我真不愿去想究竟还有多少珍贵古物曾被这滔滔河水裹挟而去。

有些人给这条河制造麻烦的方式更加直接——将私人物品扔

进河中，任由河水带走。现代的漂浮物被冲上前滩，有时会给人"不速之客"之感，像是入侵者。我找到过祷文和诅咒、纪念花圈、单支的玫瑰、情书、撕毁的照片，还有结婚和订婚的戒指。它们都是窥见私人时刻的窗户，是令人难过的不幸福的证据。我其实很害怕发现这些。我会很不安，仿佛自己在翻看别人的私人物品，或是偷听陌生人的生活。这种感觉与找到年代久远的古物截然不同。这些现代物品的主人很可能还活着，他们扔掉这些东西时，可能以为河水会将他们的问题一并吞没，永远带走。他们以为自己将这些物品扔进了一个私密空间，无人再会知晓；他们并没有考虑到有像我这样的拾荒者存在。

我找到的所有现代的戒指要么自己收藏，要么送人，只有一枚例外。那是一枚造型简单的9k金婚戒，已有一些磨损，本没什么特别，但内圈刻着"WJ 1970"。我想都没想就把它放进了口袋，但渐渐地，它压在我的心里，越来越沉，令我焦虑不安。如果上面没有首字母缩写和日期，我可能还会留着它，但这行文字赋予了它太过私密的含义。它承载着一份额外的悲伤，我不想让这份悲伤进入我的生活，最终还是把它扔回了河里，让它回到了本该待着的地方。还有比这枚戒指更令我不安的东西，乍一看非常无害，我以为只是一块被冲到河堤拐弯处的灰色塑料砖，它周围是一堆空水瓶和破损的聚苯乙烯包装。我之前从未见过这样的东西，原以为很轻，但当我拾起它时，却重得出奇。我摇了摇它，听到了像是沙子混着碎石的声音，就在我把它翻过来时，一张潮湿的标签揭开了谜底："已故者的遗骸……"这是某人的骨灰。

我盯着这个孤独的小盒子看了好一会儿，慎重考虑着该怎么办，我甚至都走开了好几次，还是觉得不能就这样把它留在泥里。最终，我郑重地与这个灰色盒子及里面的骨灰告了别，把它重新扔回了河里，看着它向东边的伦敦塔桥漂去。我希望无论沉睡其中的是谁，都能顺利漂过泰晤士河河口，进入大海，但我也知道，更有可能的是，它会被困在下游前滩的某一处荒僻之地，与旧车胎、塑料瓶和不成对的人字拖为伴。

至于 19 世纪的装帧大师 T.J. 科布登－桑德森（T.J. Cobden-Sanderson），我认为他是真心希望后人能发现他的秘密。他曾将自己最爱的 50 万块铅字倒进了泰晤士河的哈默史密斯河段中，寄望"永永远远"。鸽子字体（Doves Type）是泥泞寻宝者间的传说，当我还在立交桥旁那栋无名办公楼里工作时，对此还一无所知，若是知道了，那对我的诱惑可就太大了，我会忍不住想逃离办公室，去寻找它们。我开始泥泞寻宝后才得知了这个传说，并立刻开始在伦敦市中心的前滩寻找这些小小的铅字。我对它们十分好奇，还向其他泥泞寻宝者打听过。

过去，在黑衣修士桥以北有着非常多的印刷厂，因此，获得最多人认可的理论是，这些铅字是不小心落入下水道，后被冲到了曾是弗利特河（Fleet River）的地方。这是条地下河，位于现在的弗利特街（Fleet Street）之下，里面的小股水流会从黑衣修士桥下的雨水沟中排出。但也有其他说法。有一个人告诉我，在 20 世纪 70 年代以前，罗瑟希德附近的泰晤士河河段边有一个铅回收厂。他说，当时的铅字是由驳船运输的，可能是在运输过程中落入了水中。还有一些人认为，这些铅字是排字工下班回家，在经过这座桥时，正好要清空口袋，就顺手扔进了河中。印刷完成后会销毁套字版，这时所有铅字都会放回活字箱，每一块小小的铅字都有单独的隔间。这就是"大写字母"和"小写字母"[1]这两个术语的由来：大写字母会放在箱子的上层，小写字母放在下层。这项工作非常麻烦，我听说排字工常常会把较小的铅字塞进口袋，省去重新装箱的麻烦。一如关于泰晤士河的众多谜题，这个问题似乎也没有确切的答案，但当我将这枚铅字拿给别人看时，他们总会问出同一个问题，"是'鸽子'吗？"这激起了我的兴趣。"鸽子"是什么？

故事始于 1900 年，托马斯·詹姆斯·科布登－桑德森和埃默里·沃克（Emery Walker）在泰晤士河的哈默史密斯河段边共同创办了鸽子出版社（Doves Press）。沃克是个排字印刷师；科布登－桑德森是他那一代中最杰出的装帧师。两人都参与了工艺美术运动（Arts and Crafts movement），他们的家也都可以俯瞰泰晤士河。他们用河畔的鸽子酒馆为自己的出版社命名。科布登－桑德森家住上玛尔街（Upper Mall）15 号，与该酒馆仅有几户之隔。桑德森的家是一栋三层楼房，如今墙面已被粉刷成白色，有着黄色的前门、黑色的门廊和黑色的栏杆。

他们二人以 15 世纪意大利文艺复兴时期的书籍为灵感，开

---

[1] "大写字母"（upper case）英文的字面含义为"箱子上层"，"小写字母"（lower case）的字面含义为"箱子下层"。

始创作印刷字体。每个字母都是精心设计的，用于制作铅字的字模都是手工雕刻，字体的字号相同（16 磅），有大写和小写，没有斜体。他们印制的书与该字体一样精简，封面为朴素的白色羊皮纸，书脊用金色字体。书中文字间没有任何插图的干扰，唯一的变化就是偶尔出现的更大的大写字母，这些字母有的是木刻印制的，有的是手绘的。这是科布登－桑德森的一种追求，他想要创造出一种完美的书籍版式，专用于承载最高级的文学作品——比如《圣经》，以及弥尔顿、莎士比亚、歌德和华兹华斯的作品。正如传记作家科林·富兰克林（Colin Franklin）在他关于私人出版社的书中所写，科布登－桑德森相信"书籍可以将上帝浓缩成一版可见的字体，正如宁静的清晨，阳光可以让泰晤士河呈现出上帝的样子"。科布登－桑德森在他 1898 年 12 月 11 日的日记中写道："在死之前，我必须为当今的'美之书'创造出专属的字体，并将它一一实现——纸墨、印刷、印刷文字、装饰和装订。我要学会书写、印刷和装帧。"

他们合作了六年，一起印刷、装订和出版科布登－桑德森的"梦想"。1906 年，两人分道扬镳。科布登－桑德森日益沉迷于自己工作的质量，越来越难与他人合作，他告诉沃克，他想终止二人的合作协议，并买下他的全部股权。沃克拒绝了。一切与该出版社相关的东西，沃克都想要分走一半，包括鸽子字体——这一点科布登－桑德森无法同意。对他来说，鸽子字体是神圣不可侵犯的，他不能冒险让它商业化，让它被玷污。最终双方达成协议，科布登－桑德森可以继续用该字体印刷书籍，在他去世后，该字体将由沃克所有。不过，他已准备不惜一切代价防止该字体落入他的老商业伙伴之手。

科布登－桑德森从1893年开始就一直在泰晤士河边工作，对这条河的动向非常熟悉。他甚至曾形容它的河面就像"一层熔化的铅"，或许这就是他接下来所做之事的灵感来源。他在1911年6月9日的日记中写下了自己的打算：

> 泰晤士河的河岸，是我所有书籍的印制之所，在我离去之时，我将把鸽子出版社的字体"字之源"（Fount of Type，包括其字模、铸模和在用铅字一并）馈赠给泰晤士河的河床。愿那来自伟大海洋的潮汐可以永远冲刷着它们，直到潮汐停止，河流凝固；愿它们与整个世界命运相同，在永不停歇的时间潮汐中，历经一个又一个的变化，永不再用作他途。

自1913年3月开始，他陆续将该字体投入河中，先是扔掉了所有的字模和铸模，并在日记中记录了他从那时起所做的一切："是的，昨天和前天，还有星期二，我站在哈默史密斯的大桥上，望着我的出版社与不断下落的夕阳，将'字之源'的铸模扔进了我脚下的泰晤士河，希望在 ___ 日（？）出版社结业那天，我还可以在同一个地方，亲手将'字之源'投入这条伟大的河流。"

不过，直到1916年8月31日夜，他才真正开始处理该字体。"我刚在玛尔街散了会儿步，突然觉得今夜正是时候；我回家，先扔掉了第一版，然后是第二版，最终成功扔掉了三版。我会继续，直到将它们全部扔掉。"经过 170 个夜晚，一直到 1917 年 1 月，他才将该字体全部扔掉，总计扔了超过一吨的铅字到泰晤士河中。他总是在黑暗的掩护下，从位于玛尔街的住所，沿着河边，行走一英里（约 1.6 千米），过桥，来到河水最深而且身影正好能被道路挡住的地方。他会等到有车经过时再扔，车声能掩盖铅字砸在水面上的河水飞溅声。结束后，他就会匆匆过桥回家。科布登－桑德森的日记显示，他并不感觉遗憾，而是乐在其中。虽然也害怕被警察抓住，但也乐于被发现。"我相当喜欢'被发现'这个想法。如果被人发现，我也不打算隐瞒，我会承认并解释我的打算：'献出这个字体'。"

每趟河边之行都是一次精心策划的冒险。他试过把铅字装在衣服口袋里、亚麻包里，以及用纸包裹起来。某个星期五的夜里，他扔了两个包裹，但都落到了凸出的桥墩上。他没有惊慌失措，反而觉得整件事十分有趣。他放弃了雇船去回收它们的打算，决定等着河水来决定他和它们的命运。后来，他找到了一个滑盖木盒，事实证明这是扔铅字的最好方法。"我用力举高木盒，推向大桥的防护矮墙边，然后松开盖子，铅字就会径直掉入河中——就一眨眼的工夫。"但这种方法也不是毫无风险，有天晚上，他差点把铅字一股脑倒进一条路过的小船上。

相当讽刺的是，自科布登－桑德森完成这一切的那一刻起，现存的剩余鸽子字体就都在沃克那里了。他曾用它们给妻子印了一条圣诞祝福，写道："愿本世纪的这个圣诞节可伴你至最后。

亲爱的 M.G.W[1]。哈默史密斯排屋 3 号，你的 W，1900 年圣诞节。"但这里仅是一小部分，原铅字字体有 98 到 100 个字形（或字符），如果没有其余部分就无法正常使用。因此，归根结底，科布登－桑德森还是成功了。

但故事并没有就此结束。1922 年科布登－桑德森去世后，他的骨灰被藏进了自家花园尽头的一堵墙中，非常隐蔽，但又可以俯瞰泰晤士河。1926 年，他妻子的骨灰与他的放到了一起。后来，1928 年暴发大洪水。泰晤士河哈默史密斯河段的河水冲破河堤，卷走了科布登－桑德森及其妻子的骨灰，让他们与他心爱的字体团聚了。现在，他正亲自在河中守护着它们。

这就是故事的核心。我简直不敢相信泰晤士河上曾经发生过这样的事，读到的故事越多，我就越着迷。后来，我在自己的脸书主页上放了一张照片，是我在下游黑衣修士桥前滩找到的部分铅字。一个名叫罗伯特·格林（Robert Green）的人回复了我。他说，他怀疑它们是鸽子字体，因为现已发现的大部分，甚至有可能是全部鸽子字体都在他那里。罗伯特·格林是谁？他对该字体还知道些什么？我约他见面，几周后，我坐在了肖尔迪奇街区的一家咖啡馆里，开始听他讲述他是如何沉迷于此的。

初次见面时，我觉得罗伯特看起来和我差不多年纪。他剃了光头，个子不高，但十分壮实。他一边喝咖啡一边聊着自己的设

---

[1] M.G.W. 是沃克妻子玛丽·格蕾丝·沃克（Mary Grace Walker）的姓名首字母缩写，后一句"你的 W"中，"W"是沃克的首字母缩写。

计师工作，以及自他从艺术学院毕业后，设计行业发生了怎样的变化。聊天时，他眉头紧锁，眼皮耷拉着，盖住了疲惫的双眼。不过，一讲到鸽子字体，他立刻就精神了。他沉迷于再现这一他认为的最完美的字体，而这一执念始于 2010 年，当时他正在为一个进行中的项目寻找适合的字体。当他在网上第一眼看到鸽子字体的图片时，就确定这就是他想要的，由于无法获得该字体的数码版本，他决定自己制造。

他一开始是从"垃圾参考书"中复制字体。"垃圾参考书"是他的说法：他用作参考的这些图书，收录的都是该印刷字体被多次复印后的图片，所有线条都显得厚重、斑驳、模糊，根本不可能由此复制到准确的内容。后来，他在大英图书馆找到了鸽子出版社的样书。不过，除非支付极其高昂的费用，否则该图书馆是不允许他对这些珍贵书页进行高清扫描的，但高分辨率的图片又恰恰是他所需要的。他算了算，他的需求量非常大，更省钱也更实际的做法还是自己去买一些原稿。于是，他开始到伦敦各书商那里搜寻，千辛万苦，终于找到了一页著名的鸽子版《圣经》，以及足够多的鸽子出版社出版的短时效印刷藏品，凑齐了所有字形。在接下来的三年中，他以这些字形为基础，努力再现该字体，但他制造出来的铅字压在软纸上总是会扭曲，削弱印刷效果，结果并不理想。他认为，要再现一个准确的版本，唯一的办法就是使用真正的原版铅字——因此，他决心要找到一些。他阅读了所能找到的一切关于科布登－桑德森的资料，努力换位思考，假想自己就是这位老人，终于，他推算出了这些铅字可能被抛弃的地点，并准备好前往下游搜寻。

他在退潮后上了前滩，在河床上到处搜寻，不到二十分钟就找到了第一枚铅字，是字母"i"。他说："我就知道它在那里，我知道它在等我。"他感觉就仿佛是科布登－桑德森亲手将它交给了他，奖赏他的坚持不懈。涨潮前，他又在距离第一枚铅字发现地不到 5 码（约 4.5 米）的地方找到了另外两枚。一个月后，他又来了，还带着一支来自伦敦港口管理局的专业团队，其中包括三名潜水员，他们在能见度几乎为零的环境中用指尖摸索，从距离上次发现点大约 10 码（约 9 米）的地方，往回螺旋式搜寻，不过，最终也只找到了 148 枚铅字。原版铅字共有 98 到 100 个字形，罗伯特拥有了大约 30 个——没有数字，标点符号只有几枚。潜水员在潜水点发现了大量的混凝土浇筑物，从修理工事到脊状突起，据罗伯特估计，科布登－桑德森共扔了 50 万枚铅字，而他认为，其中有许多都被埋葬在这些混凝土中了。

哈默史密斯桥是一座吊桥，两端各有两对柱子。这座桥从来就不是很稳固，还遭遇过爱尔兰共和军（IRA）的三次炸弹袭击。第一次是在 1939 年 3 月 29 日星期三，但被挫败了，那天凌晨时分，理发师莫里斯·蔡尔兹（Maurice Childs）从附近的奇西克回家，正好路过这座桥，他在人行通道上发现了一个手提箱，正在冒烟，火花四溅。他打开箱子，发现了一枚炸弹，立刻将整个箱子扔入河中。爆炸掀起了一个 60 英尺（约 18 米）高的冲天水柱，这很可能令那些铅字更分散了，并将它们送到了更远的地方。"就算你从那里下去，也不会有任何发现的。"罗伯特说，"我所找到的那些铅字，都是我五年辛勤付出的奖赏，其余的现在都已经不见了……不过我也不会告诉你可以去哪里找。"他这话说得就像个真的泥泞寻宝者。但我熟悉这条河，我知道它总爱在你最意想不到的时候随机给你一些惊喜，因此我觉得值得一试。

初春的一天，我去了哈默史密斯。面色苍白的人们渐渐从"冬眠"中苏醒过来，河边热闹极了。慢跑者气喘吁吁地跑过，办公室职员坐在长椅上吃着午餐的三明治，享受着今年的第一缕阳光。在快抵达大桥时，我越往前，车流就越少。这周大桥封闭维护，很高兴没有了以往繁忙的车流。穿着工作马甲的工人正在卖力工作；锯子的嗡嗡声和锤子的哐当声此起彼伏，扬起的灰尘漂浮空中，像一团薄雾。这周早些时候，我与罗伯特聊了聊，他无意间透露了几条关于可以从哪开始搜寻铅字的线索。借助这些线索，并尝试像一个想偷偷做违法之事的人那样思考，我最终选定了一根桥柱旁的区域，站在这里，我就和科布登－桑德森一样，处于某一方向的视觉盲区，而我又可以清楚看到另一个方向的来车。我还可以看到鸽子出版社的旧址。我感觉自己找对了地方，我认为自己所走着的正是多年前科布登－桑德森曾走过的路，这给了我一种很奇怪的感觉。

我走到桥的尽头，跳到河边小径上。树木与灌木上冒出了嫩绿的新芽，泥土散发着新生与春天的气息。我攀爬着下到河岸，穿过去年枯死的杂草，踏上一层松软的淤泥，再往前，就是满地碎石了。退去的潮水留下了一个坏掉的保险柜，半截埋在泥里，还有一个空的香槟酒瓶。除此之外，这里的前滩还算干净，我在这片碎石滩上走了好一会儿，试图找到一点金属碎片，我想着或许铅字也会集中在有比较多金属出现的地方，就和之前在黑衣修士桥附近一样。但我什么都没有找到，很快就放弃了。

当我走到水边，惊扰了在石头周围啄食的鸽子。它们飞到了桥下的金属梁间，低头看着我，轻声咕哝着，而我就追着退去的潮水，在潮痕上搜寻。春日明媚的阳光是个意料之外的好帮手，它穿透了清澈的河水，放大了河床。潮水渐渐退去，远离桥柱，露出了带有螺母和螺栓的混凝土块，以及过去维修时嵌入的铁块。我的心一沉。也许所有的都没了；也许就像罗伯特所说，它们都被包裹在了这些混凝土中。突然，我看见了！河流在混凝土块上沉积下了薄薄的一层碎石，它就躺在它们中间。一小块暗灰色的铅字。我简直不敢相信。我此行的目的居然达到了，我的感觉和罗伯特一样：仿佛科布登-桑德森从遥远时空的另一端伸出了手，亲自将它递给了我，奖赏我为之付出的所有努力。

我用湿漉漉的业已冻僵的手指拾起这枚小小的铅字，眯起眼睛仔细打量，只能勉强辨认出逗号的弧度与尾巴。罗伯特没有逗号；据我所知，这是目前全世界唯一一枚鸽子字体的逗号。一想到我在众多资料中读到过那个人曾经触摸过它，我就激动不已。我把它仔仔细细地塞进了我装发现物的袋子，然后继续四处寻找。很快，我就在同一区域又找到了两枚，都是空格，在那之后，就什么收获都没有了。我又搜寻了两个小时，直到涨回来的河水将我驱走。我窃取了科布登-桑德森的秘密，而这就是我那天的全部收获了。

我眉开眼笑地走在空无一人的大桥上，迈着欢快的步子，迫不及待地想要与能理解我的人分享。我几乎是下意识地踏上了科布登–桑德森曾经走过的路，沿着河边小径朝西，经过乔治王朝时代的房屋和停靠在码头上的船屋，走入一条鹅卵石小道，经过他那栋三层楼的白色故居，进了鸽子酒馆，点了一杯配得上今天这一发现的美酒。我止不住地得意，给罗伯特发了一张它们的照片，立刻就收到了他的回电，他半信半疑地说："我还以为都没了呢。我得再仔细看看。"

之前一年，我都没有再去过哈默史密斯。我根本没有打算回去。我认为自己的执念已经消失，拥有了一点当时历史的证据也算是取得了一些成果，但它仍在我的脑海中挥之不去。我想要一枚真正带有字母的铅字，我有预感，还有更多待发现的铅字存在。于是，在某个水位很低的深夜，我长途跋涉回到伦敦西边，再次搜寻。水位会在接近午夜时到达最低点，我不想一个人待在那里，所以让我的朋友丽莎陪我一起去——表面上是为了帮我拿手电筒照明，实际也是为了安抚我紧张的神经。当我们走下台阶，走上漆黑的河边小径时，我们一路兴奋的交谈声立刻变成了低低的耳语。我感觉自己的眼睛都瞪圆了，努力在微弱的光线下尽可能看清周围的环境，寂静中，我们的每一步都显得格外响亮且笨拙。

丽莎举着手电筒，我俩借着这道光，仔细观察着满地的泥泞。大概四十五分钟过去后，我看到了！又一枚铅字，卡在一大块混凝土旁。我一把抓起它，把光线对准它——"f"。我的愿望实现了。丽莎也想要一枚，因此我们又继续搜寻了大约一个小时。天色太晚了，我们再没有更多发现，于是今夜就到此为止了。哈默史密斯并不在我定期泥泞寻宝的活动区域内，因此，我不会再去了，我已经得到我想要的了。不过，最近我又读到了关于另一套字体的故事，该字体叫"山谷"（Vale），1903 年，一个名叫查尔斯·里基茨（Charles Ricketts）的人将它扔进了泰晤士河。里基茨希望成为"一名真挚的出版商"，他为之付出的努力与科布登－桑德森对实现"美之书"的执着颇为相似。它也许会成为我的下一个目标……

在此期间，罗伯特已经根据他复印下的参考资料和他在泰晤士河中找到的原版铅字，制作了一套数码版本的鸽子字体。原版中没有斜体字，因此，该版中的斜体字是他自己设计的，他还设计了一个 @，以符合当前时代的需求。罗伯特说，这并不是真正的鸽子字体，只是在他个人理解基础上的重现，是原版的"幻影"。或许这反而能安抚科布登－桑德森的在天之灵，毕竟他曾在日记中写道："我希望鸽子出版社的这一字体永远不会被除人手以外的任何机器所使用。"如果你好奇该字体长什么样，可以仔细看看本书护封上的书名，每一页最上方的书眉标题，以及每一章的引言和正文首字母。它们用的都是鸽子字体，至于其中的逗号……用的是我的那一枚。[1]

---

[1] 参见本书的英文原版设计。——编注

Vauxhall

沃克斯霍尔

> 我见过密西西比河，它的河水充满泥沙。我见过圣
> 劳伦斯河，它的河水宛如水晶。而泰晤士河，那是流动的
> 历史。
>
> 约翰·伯恩斯，英国自由党议员（1892—1918）

我不常去西边的沃克斯霍尔，但偶尔还是会在枯潮水位异常低的时候，下到沃克斯霍尔桥附近的前滩。这是我最爱的一座桥，是泥泞寻宝者之桥，欣赏它的最佳位置是前滩。从路上看，它很普通，似乎还需要涂点儿油漆，但从前滩和河上望过去，它就是一件艺术品，不过相比之下，从这个角度看过它的人是少之又少的。它的花岗岩桥墩上安装有八座有寓意的人物雕塑，代表着不同的行业，它们在桥的两侧，面向着这条河。所有雕塑都是女性，这是相当了不起的，毕竟它们铸造于19世纪与20世纪之交，当时男性几乎主导了各行各业。它们两倍于真人大小，在伦敦最大的青铜雕塑之列。这些女性都简单地裹着长袍，手持自己行业的代表物。面向上游的雕塑分别为："制陶"，坚定而强壮，一侧臂弯中托着一只罐子，另一只手叉在胯上；"工程"，有点像希腊女神亚马逊，高大强悍，一手托着一台微缩版蒸汽机；"建筑"，则相对纤瘦，更显年轻，一手托着等比例缩小的圣保罗大教堂；"农业"，戴着兜帽，一手扶着镰刀，一手抱着一捆谷物。另一侧，面向下游的雕塑分别为："教育"，一手环抱着一个赤裸的婴儿，

另一只手的斗篷下护着一个双手抱书的小男孩;"艺术",出神地俯视着河面,胸前抱着调色板与画笔;"科学"与"当地政府",则神色庄严、肃穆。

泰晤士河南岸,艾伯特河堤那高高的灰色花岗岩堤体从沃克斯霍尔桥一直延伸到了威斯敏斯特桥,从前滩望去,有种气势恢宏的感觉。河堤上覆盖着翠绿的野草,挂着三条粗粗的链子,给这条河增添了一抹其上游所没有的城市的复杂气息。在修筑该河堤前,沃克斯霍尔河段是出了名的肮脏、拥挤和不卫生。恶臭的小巷、破旧的房屋、码头、船坞、臭气熏天的工厂都在向这条河里排污,前滩上满是污水与工业废物。但在 1866 年至 1870 年间,随着该河堤的修建,这些都被清理干净了,河岸也改造了。有了该河堤,伦敦的大都会工务委员会(Metropolitan Board of Works)才得以为首都修建一条新的主排水系统。该河堤高高的堤体也为沃克斯霍尔的低洼地区挡住了洪水的侵袭,此前这些区域常常被淹,尤其是在满潮时。河堤上,大石狮皱着眉头,紧盯着这条河。一些石狮的嘴里仍含着金属环,另一些却已口中空空,看上去残缺且悲伤。有一种说法是,若满潮时石狮子喝到了水,伦敦就会被淹。我见它们喝过好几次水,但并没见到伦敦被淹。

当沃克斯霍尔河段的水位极低时,水边会露出古老建筑的遗迹。这里有两排木桩,是一位泥泞寻宝者于 1993 年发现的,可追溯到大约公元前 1500 年的青铜时代中期。自它们被发现以来,这片前滩就一直在遭受着侵蚀,现在,曾埋于河泥之中的它们已然傲立于其上了。附近还有一处遗迹，可能是铁器时代[1]的一道鱼栅。在该桥以东，还有一处遗迹，虽尚未证实，但很可能是一处史前建筑物，比前两者还要古老。

两千年前的泰晤士河流速更慢，水面宽度是现在的两倍，但水深要比现在浅得多。它途经众多小岛，时而也会从岛上漫过，它还穿过了众多沼泽、灌木丛林和泥滩。当时，在如今的伦敦市中心，也就是罗马人建城的地方，只有几座小山和砾石排屋骄傲地立于河中。当时的英国本地人称这条河为"塔梅沙"（Tamesa）或"塔梅西斯"（Tamesis），源自凯尔特语的 *tam*，意思是平稳的或分布广阔的。罗马人夺走的除了这片土地，还有这条河的名字，将其翻译为"泰晤西斯"（Thamesis）。

罗马人之所以能来到这里，就是因为有这条河。它的潮汐变化为他们的船只进入内陆创造了条件，这些船带来了军队与进口货物，带走了当地的农产品与奴隶。他们建造了突堤、码头，还有一道河堤。随着这座城市的发展，河岸与天然河心小岛之间的空间被逐渐填平，支流被覆盖，在众多的木头与石头的河堤后，人们填出了更多的土地。几个世纪以来，河岸慢慢向河心最深处靠近，河道越来越窄，这条河也渐渐变成了人们今天所熟悉的这个样子，宛如一条细长的棕色丝带，蜿蜒曲折地穿过这座城市。

自然状态下，河床会以平缓的坡度延伸向河心，但为了便于

---

[1] 铁器时代始于约 3000 年前，人类开始用铁制工具的时候。

船只的装卸，必须消除坡度，将其填得平整。自 18 世纪初，有越来越多世界各地的船只来到伦敦。狭长的前滩变得稳定，码头和突堤旁建起了被称为"驳船床"的水平平台。至今前滩上还留存着的驳船床都被包围在牢固的木板和地桩结构中，它们被称为护坡或护堤，就建在距离河堤几码远的地方。护坡里填埋着各种城市垃圾、土、旧建筑碎片、普通垃圾，总之什么都有，外面再加一层硬"壳"，通常用的是白垩，用夯锤把它压到坚实平坦。

由于频繁的使用和河水不断的冲刷，驳船床必须定期维护，但到了 20 世纪 60 和 70 年代，码头和仓库都关闭了，船只不再在河堤边卸货。由于无人维护，河水慢慢剥开了它之前的"补丁"，破开护坡，冲出了里面的填充物，渐渐地，前滩开始恢复到最初天然的样子。有许多驳船床都只留下了诡异的白垩条纹和破木板，每次涨潮，这些木板都会随水快速摆动着，使劲拉扯着拴住它们的金属桁架，直到某天完全挣脱，它们会顺水漂向更遥远的下游。在沃克斯霍尔，河流正在侵蚀着老旧的混凝土层，一点点掏出下面泡软的白垩，营造出了一幅凹凸不平的月球地貌，仿佛是凹陷的火山坑。

有些人为失去这些河畔建筑而痛心，但它们的"死亡"是我的收获，它们的填充物是我的宝藏。填在这些护坡中的，有被拆除的房屋碎片、路面清扫出的垃圾、生活垃圾、窑炉废料，以及修建地基与地下室时挖出的弃土，这些弃土有些是来自中世纪与罗马统治时期曾活跃过的地层。这也是前滩的慷慨馈赠有时格外出人意料的原因之一。有一次，我小心翼翼地从泥里扒出了一只

18世纪的陶土烟斗，结果下面躺着一枚中世纪的硬币；你可能也会在罗马统治时期的瓦旁发现都铎王朝时代的砖，在维多利亚时代的瓶子旁找到16世纪的粗陶罐碎片。前滩混杂着垃圾与偶然的遗失物，而那些被忽视的破损驳船床又为这交错混杂的历史遗存增添了慷慨的一笔。

泰晤士河是英国最长的考古景观带，我国的博物馆里有成千上万件来自泰晤士河前滩的藏品。其中包括大量青铜时代和铁器时代的剑、盾和矛，这都是在沃克斯霍尔与特丁顿之间的河段被发现的，其中包括了著名的巴特西盾牌（Battersea Shield）。巴特西盾牌是1857年在巴特西桥进行挖掘工作时发现的，至今仍是该河出土的最美文物之一。它的年代可追溯到公元前350年至公元前50年之间，它由青铜制成，比较单薄，类似长方形，但四个角是圆弧形的，原本应该是一块木制盾牌的饰面。它应该出自一位制盾大师之手，三个圆盘图案内外都精细地雕刻并点画了涡卷形的纹样，中央圆盘的中心是一个高高的圆形凸饰。最后又点缀了四种不同尺寸共27个的红色玻璃"珐琅"饰钉。

在19世纪的一百年间，这条河又被改造了。两岸筑起了河堤，老伦敦桥被拆，修建了新的大桥与船坞，疏浚后的河道可以让大型船只去到更上游。这条河开始失去它的宝藏。富有的收藏家和古董商犹如饿虎扑食一般，扑向挖泥工桶里的和工人铲子下的物件。尤其是托马斯·莱顿（Thomas Layton）和查尔斯·罗奇·史密斯（Charles Roach Smith），他们通过收集河边发现的精美物件，拥有了令人称羡不已的藏品规模，这些物件都是从泥泞寻宝者、渔夫、船工、挖泥工和其他工人那里买来的，价格常常只比一瓶啤酒贵一点点。

罗奇·史密斯是名药剂师，他的注意力集中在从伦敦桥下挖掘出的罗马统治时期的文物。莱顿家住布伦特福德，他撒的网则要更广一些。他买东西时出手比较阔绰，因此在河工间十分有名。一旦发现了任何有趣的东西，消息传开，就会有人联系莱顿。很快，他就积累了数量夸张的藏品，装珍宝的箱子塞满了他的家，家里放不下，他就在花园里搭了三十间棚屋，最后连棚屋都塞满了。他开始闭门不出，渐渐沉浸在自己的世界中，就在自己的旧宅中与满屋子的藏品为伴。有时他也会把藏品借给一些学会，但大多数的藏品都躺在箱子里，不为人知，没有记录。当他1911年去世时，古董商来评估他的收藏。他们欣喜无比地打开了一箱又一箱的珍宝，其中包括28把青铜时代中期的长剑，33把青铜时代晚期的剑，34只矛头和6把青铜镰刀，全都出自泰晤士河。

但并非所有看着像宝物的东西都是宝物。在争先恐后抢夺河中战利品的时候，一些收藏家就落入了两个泥泞寻宝者的圈套，这两个狡猾的泥泞寻宝者是威廉·史密斯（William Smith，简称比利）和查尔斯·伊顿（Charles Eaton，简称查理），他们巧妙利用了这一机会，捞到了一点小钱，但又不满足于此，想赚到更多，于是决定自己造假，并谎称是"发现"的古董。他们用手工雕刻的石膏铸模仿冒了一系列的中世纪古董。在"创业"之初，他们声称这些小首饰都是在沙德韦尔发现的，那里正好在挖建新的船坞。在接下来的几年中，他们通过一个古董交易商网络，把这些假古董卖给了中产阶级收藏家，这些收藏家往往钱多，但懂的少。他们甚至还成功骗到了当时一些最著名的收藏家，包括查尔斯·罗奇·史密斯。但在1861年，他们被一个下水道猎人识破了，此人将他们秘密制假的手段告知了伦敦古董商协会（Society of Antiquaries）的一名成员。

虽然他们的暴露让他们丧失了一些市场，但他们从未被定罪，直到1870年查理因肺结核去世之前，他们的生意还一直在继续。查理去世后，就再也没有任何关于比利的消息了。我更愿意相信他是赚够了，金盆洗手了，但更有可能的是，他也死于了结核病，或是在济贫院里度过了悲惨的晚年。但他们还是笑到了最后。"比利和查理"制作的一些假古董现已被大英博物馆和伦敦博物馆收藏，并光明正大地放在真品旁边展出。在自由市场上，他们的假古董很罕见，因此也很受追捧，有时甚至比真品还贵。

直到20世纪中叶，人们才开始欣赏泰晤士河中藏着的那些平凡的宝物。这要感谢已故的伟大的伊沃尔·诺埃尔·休谟（Ivor Noël Hume）。作为现代泥泞寻宝的教父，诺埃尔·休谟基本是个自学成才的考古学家，他于二战结束后开始工作，工作内容是在该市重建工作开始前，对大空袭中暴露出的重要遗址进行文物挖掘。休谟讲述了一名消防员的故事，那人叫罗宾·格林（Robin Green）。二战期间，格林在一个被炸毁的仓库救火时，落入了河中，但当他浮出水面时，手里抓了个18世纪的陶土烟斗。从此以后，格林开始频繁造访前滩，收集一些当时大都被忽视的物品：纽扣、陶土烟斗、搭扣和破陶器。他积攒了相当多的藏品，卖给了市政厅博物馆（Guildhall Museum，伦敦博物馆的前身），也是休谟当时工作的地方。

休谟变成了狂热的泥泞寻宝者，或者用他的话来说，"不劳而获的收藏家"，他花了八年时间，即"我一生中最有趣、最激动人心的岁月"，在前滩寻宝，直到1957年，他离开伦敦前往美国，成为了威廉斯堡殖民地的首席考古学家。1955年，他的杰作诞生，《泰晤士河的宝藏》（ *Treasure in the Thames* ），这个书名说明了一切。1974年，他又写了一本书，《最棒的垃圾》（ *All the Best Rubbish* ），分享研究和收集日常物品的乐趣及相关的奇闻轶事。

休谟是首个意识到前滩物件也具有历史意义的考古学家。在他之前，大多数考古学家都对那些缺乏来历的人工制品不屑一顾，认为它们没什么历史价值。但休谟不同，他认为自己的职责就是拯救和欣赏物件本身的意义，不应该只看重它们的来历。他的这一理念让他与前滩无比契合，因为这里的一切几乎都"来历不明"。

在沃克斯霍尔河岸边的一个缓坡上，细小的碎石与沙子一直延伸到河中，但这一河段并不适合那些盲目乐观者。那些坑洼下隐藏着厚厚的淤泥，层层砾石下掩盖着可能下陷的危险区域，可能会把你吸进去，偷走你的靴子，紧紧锁住你的腿。这里还有一些夹点，即前滩的"腰部"，涨潮时，水回流得特别快，不够警党的人很容易在这里被潮水困住。我就被困住过一次，当时是在更下游的地方，我忘记看时间，一转身，发现河水已经切断了我的退路。我当时是踩在齐膝深的冰水中逃出来的，再晚十分钟，过于凶猛的潮水就会让我不敢再冒险往回走了。我还从来没有陷入必须呼叫急救服务的困境，但当时若真的再晚上十分钟，这就会是我唯一的选择了。现在的我更加小心了。我会时刻注意着自己的逃生路线，一旦水流掉头，我就会仔细留意着水面。

　　沃克斯霍尔的前滩变幻莫测，我很少独自前往。我有时会跟迈克（Mike）一起去，他是一名前滩考古学家，来这一河段好多年了，对这里非常熟悉。他酷爱陶器，我们在这度过了很长、很愉快的时光，一起在前滩搜寻那些可以加入他收藏的不同寻常之物。他是个温柔的绅士，有着一双善良、明亮的蓝眼睛。艰苦的生活为他磨练出了宽阔的胸怀。迈克从小就对历史和时光中个人与地点的关系有着浓厚的兴趣。在他六七岁时，学校让他回家去查自己的家族史。他很小就知道自己是被收养的，但直到那时，他才真正直面自己的过去，也才意识到，自己根本没有家族史。他对历史的痴迷由此而生，几年后，这个没有家族史的小男孩在大英博物馆的图坦卡蒙展览上，面对面地站在一张随葬的黄金面具前，那张面具属于一个并不比他大多少的小男孩。就是在那时那地，他决心要成为一名考古学家，但他真正找到自己的梦想还是在那之后。在历经几次失败后，他终于考上了大学，拿到了学位，并成功地成为一名有资质的考古学家。后来，在 20 世纪 90 年代中期的某一天，有人问他，是否有兴趣帮忙开展对泰晤士河的考古调查，他立刻就被吸引住了。从那以后，他就再也没有离开过这条河。

迈克有很大一部分的工作职责就是要提高人们对这条河考古潜力与前滩价值的认识，这些在20世纪90年代之前是很受忽视的。当时，几乎没人关注那些不断被发现的人工制品，除了收集和出售它们的泥泞寻宝者。迈克致力于以一种更负责任的方式来与大家分享前滩，并鼓励人们用它来探索自己的历史，不过，这条河于他已经超越了一份工作所能带给他的意义：被来自过去的众多碎片环绕着，让他倍觉安慰，也给了他一份归属感，填补了他自身历史中的那片空白。

某一天，当沃克斯霍尔河段枯潮时，迈克带我回到了史前的伦敦。随着河水退去，他给我解释了这条河是如何形成的，并带我去看了前滩上经河水冲刷后露出的坚硬的黄褐色伦敦黏土。这些黏土是在大约5500万年前覆盖到下方的白垩之上的，那时的伦敦还身处温暖的热带海洋之下。大约4000万年前，海水退去，陆地出现，未来会变成泰晤士河的那条河诞生了。当时的它还是一条支流，其河道位于现在的河道以北，其干流是现代德国莱茵河的始祖。44万年前，冰川向南推进，将它推到了现在的位置上，它在松软的黏土中一点一点冲蚀出了一条河道，留下了众多铺满砾石与沙子的平坦之地。

被黏土所包裹，躺在前滩这些砂砾之中的，是生活在那些史前海洋里的生物的化石残骸。铅笔状的箭石内壳，箭石是业已灭绝的远古乌贼，在6600多万年前，曾在这里成群游动；被封印在石头中的双壳软体动物，大小与形状就像鸟蛤；以及"魔鬼的脚趾甲"，一种业已灭绝的海洋牡蛎，原本生活在海床沉积物中。在泰晤士河河口的守望者角（Warden Point），螃蟹、龙虾、贝壳、小树枝和鲨鱼牙齿的化石会从伦敦黏土形成的低矮悬崖上掉落到沙滩上，在那里，你可以一小把一小把地收集到它们，在河口与北海交汇的地方，偶尔还会有光滑的黄色琥珀被冲到岸上。多年前，在人们还不知道化石是什么时，它们就已出现在许多的民间传说之中，被赋予了各种伪宗教与神秘的色彩。在英格兰南部与泰晤士河前滩沿线，最常见的化石之一是海胆纲动物的化石，这种动物的俗名就是"海胆"，这个词源自过去乡下人对刺猬的称呼。不过，最终能以化石形式保存下来的只有它们轻如羽毛的外骨骼，这种柔软多刺的生物就变成了光滑、坚硬、沉重的化石。

在我小时候，我父亲的堂兄弟在白垩质的北部丘陵（North Downs）上有一个农场，每年秋天，我们都会跟着犁去寻找这些小巧的、圆面包形状的石头，上面布满了点线构成的错综复杂的图案。我们了解它们的年代与形成方式，但对我们来说，它们仍然具有一种令人难以抗拒的魅力与魔力。史前人类在挖掘燧石来制作石器工具时，应该对这种石头是很熟悉的，但应该也觉得它们很神秘，在青铜时代与铁器时代的墓葬中，也出现了它们的身影，这也证明它们在当时具有某种特殊的意义。根据所在地的不同，你对它们的称呼可能也会有所不同，比如"仙女面包""牧羊人的王冠""小精灵的头盔""仙女帽""糖面包""白垩蛋"和"鹰石"（因其两侧有明显的爪痕）。过去的人们相信，将它们放在壁炉边，可以确保房子里的面包永远不会吃完；将它们放在窗台上，可以防止雷击，并帮助预测天气（据说在暴风雨来临前，它们表面会结出水珠）。它们能保护主人免受巫术的侵害，可以治疗和预防疾病，在一些地区，人们还会将它们放进牛奶场和食品储藏室里，以防止牛奶变酸。在我从小生活的那个农场里，我们的牛奶场内也放了一块海胆化石。在我的记忆中，它一直都放在一个高高的布满灰尘的架子上，我够不着。我不知道是有人在田野里发现它后，把它忘在了那个架子上，还是有人故意把它放在了那里，只是据我所知，那里的牛奶从来没有变酸过，哪怕是在打雷的天气里。

有一些前滩化石是"藏身于"货物和压舱物中，从世界各地漂洋过海来到伦敦。有一次，在一堆珊瑚灰岩化石附近，我发现了一颗光滑的巨大牙齿，约2英寸（约5厘米）长。这块光滑的黑色石头将它的每一个细节都完好地保存了下来，包括它独具特色的浅裂牙根，我也由此得知，它曾是一颗鲨鱼的牙齿。某个阴雨凄凄的日子，我带着它去自然历史博物馆排队，想让工作人员确认一下它的身份。我得知，它曾属于一只宽齿鲭鲨（*Isurus hastalis*，一种巨型大白鲨，灭绝于约300万年前）。全球许多地方都能找到它们，但目前已知的是，泰晤士河区域是不产这类化石的。前滩还经常出现大块的鱼鳞状纹路的鳞木化石，这种化石也非这一区域的原产物。鳞木这一石炭纪植物，出现在大约3.59亿至2.99亿年前，能长成树的大小，它们成片生长于当时的热带湿地之中。最终，这一丛丛的鳞木变成了煤，它们的化石很可能是随运煤船从英格兰北部来到伦敦的。

燧石来自填充驳船床的白垩土中，原产于前滩。它形成于数百万年前的白垩土中，产自泰晤士河盆地下的天然白垩层。风化的灰色圆形燧石区域很滑，在上面行走很容易扭伤脚踝；它们还在沿着前滩缓慢向河中推进。新冲蚀形成的燧石块形状扭曲怪异，就像天然形成的现代主义雕塑，以及亨利·摩尔作品的微缩版。它们有时会被误认为是远古的雕刻品，实际是大自然母亲自己的杰作。燧石太硬太脆，无法雕刻，但在水流持续数千年的轻柔冲刷下，它上面还是会有一些较为薄弱的地方被穿透，形成孔洞。

前滩上很容易找到有孔洞的燧石，传统认为它们象征着好运。在英格兰，它们被称为女巫石或巫婆石，过去的传统是将它们挂在门口和窗户上，以防止邪恶的入侵。人们还认为，它们可以治疗和预防疾病，防止做噩梦，并能提供一扇通往仙境的窗户。我小时候常常去沙滩收集它们，并拖着满满几口袋回家。我会用金属丝把它们串成巨大的项链。现在，我虽然是在泰晤士河收集它们，但仍然会把它们串成项链，挂在篱笆上，挂在花园里的树枝上。在我举办婚宴时，有一张桌子上就放了一堆这样的石头，让客人带走，既象征着给他们带去好运，也是为了让他们注意到大自然的力量与永恒。如今，我在教我的孩子们，如何将它们用作看见一个魔法王国的小型望远镜。

44万年前，泰晤士河会流经一片寒冷、无树的苔原，那里住着长毛犀牛、猛犸象、狼、熊和早期人类。随着气温和海平面的上升与下降，其他动物也成功穿越欧洲大陆，来到了这里。狮子在泰晤士河沿岸猎捕巨鹿，河马在浅滩上打滚。到一万年前的中石器时代，游牧部落在河边长满草的平原上狩猎野牛、野马和马鹿，在附近茂密的树林里寻找浆果与坚果。最后，他们沿着这条河宽阔蜿蜒的河道定居了下来，在浅滩上捕鱼，用独木舟往返于河中星罗棋布的沙洲与砾石滩。

那些早期人类留下了众多的燧石工具，包括巨大的椭圆形手斧和精工细作的棕色薄片，这些薄片很小，都是从更大的燧石上敲击下来的，表面如玻璃般光滑。在满地自然形成的石头中，你很难发现这些加工过的燧石，但我学到了识别它们的诀窍，留心"打击形成的半锥体"，在从燧石上打击剥离薄片时，打击点处会向外扩散，形成锥形凸起。用它们制作的工具用途多样。人们可能会用树脂和麻线把它们固定在一根杆子上，做成捕鱼的鱼叉。可能把它们做成刮刀，用于清洁兽皮和刮下骨头上的肉，做成刀片的用途就更多种多样了。

我在前滩搜寻了好多年，才找到了我的第一块中石器时代的燧石，那是一块泥巴色的圆形石头，刚好是我能用拇指与食指拿住的大小。在那之后，我又在同一地点发现了好几件燧石工具。我的泰晤士河藏品已有了不错的规模，里面有小小的细石器、刮刀、刀片和一个破损矛头的部分碎片，但第一件总是最特别的。你或许认为要从一大堆石头中挑出一块燧石是十分困难的，但并不是，它们其实很显眼，并不会融入到周围的背景中去。我也不知道除此之外还能如何解释。我就是觉得，我找到的第一块燧石看起来就不像是应该出现在那里的，它像"被人工干预过"。我在拿起它的那一刻，就知道它是什么了。终于找到了，一种疯狂、眩晕且幸福到满溢的感觉立刻席卷了我全身，就仿佛是压抑了三十五年后的突然释放。在过去的成千上万年中，我是第一个触碰到它的人类。时至今日，它仍然是我所发现的最古老的人工制品。

在沃克斯霍尔河段，水线周围的地面是隆起的，像是沉积了许多深褐色的河泥，迈克告诉我，它们是源自史前的泥炭，形成于 3750 年前，当时水位上升，淹没了河岸上生长的低矮灌木丛和树林。嵌在这些隆起河泥中的是柔软的海绵状根、纤细易碎的树枝与保存完好的榛子，它们在时间的流逝中越来越脆弱，也越来越黑。我扒开泥，仔细观察河泥的构造。微小的植物纤维在我捏紧的拇指与食指间破碎成泥，化作了一团均匀细腻的巧克力糊。

榛树是智慧之树，至今仍有一些人会用它分叉的树枝来寻找水源和被埋藏的宝藏。我的冰箱里放着三颗史前的榛子，十分小巧，是我在沃克斯霍尔发现的，我不敢冒险把它们解冻烘干，担心它们会碎成粉末，化为乌有。它们能以如此完好的状态幸存到现在，真是令人难以置信。在拾起它们时，我还以为它们会溶成糊状，但摸上去仍然坚硬，虽然没有新鲜坚果那么硬，但也足够撑到被我用小塑料袋运回家。当时，它们是我所找到的最古老且可确定年代的有机物，我感觉自己仿佛有了一个了不起的发现。但我其实并不是第一个注意到它们的人。在发现了这些洪水中的小小幸存者后，过了大概一年，我在佩皮斯（Pepys）的日记中看到了一段描述，和它们很像。佩皮斯在 1665 年 9 月 22 日星期五的那篇日记中提到了他与亨利·约翰逊（Henry Johnson）的对话。亨利·约翰逊是布莱克沃尔的造船工，当时正忙着挖建新船坞，"在地下 12 英尺（约 3.7 米）的地方，找到了裹在泥中，保存十分完好的坚果树，还带有树枝和坚果。他给我们看了其中一些坚果，它们的外壳因年代久远已经变成了黑色，一打开，内里的果仁就腐烂了，但它们的外壳还是一如既往地坚硬"。我与 350 年前的佩皮斯有着相同的发现，他那种奇妙而特别的感觉，就与我拿着那些史前榛子时一样。

不过，能证明泰晤士河存在史前生命的最好证据其实出现在位于沃克斯霍尔下游约 20 英里（约 32 千米）处的伊里斯，这里正好是伦敦与肯特郡的交界处。伊里斯的前滩出了名地难以预测，我听过很多人被困，需要救援的故事，因此，迈克建议我联系一下简（Jane）。简是一名环境考古学家，也是一名古迹巡检官（Inspector of Ancient Monuments），古迹巡检官的职责就是保护伦敦最有标志性的古迹。每年年初，简都会在某次大潮时前往伊里斯，对该地进行评估，而她每年都会报告史前树木的减少。河流正在一点一点地带走它们：另一个正在逐渐消失的河岸特征。

在一月某个寒冷刺骨的潮湿日子里，我加入了她。她娇小、能干、态度从容，从车站到河边距离很长，她一路快走，浑身散发着一种自信但时间紧迫的感觉。我们一边走，她一边向我解释她对前滩及其内容物的态度。她说："人们应该要了解在这条河中都能发现些什么，这样才能更重视、更了解它的重要性。你若把它当作自己私藏的秘密，那就不算是什么发现了。"我激动地点着头，她说的与我所想的不谋而合。

这里还留存着最后一些盐沼地，我们就是通过其中一块盐沼地进入前滩的。我们小心翼翼地走在这块盐沼地里，提防着突然出现的深泥潭，我们走过时，冬天枯黄的芦苇与草地沙沙作响，受惊的涉禽在我们面前振翅飞走。在快要抵达河边时，森林映入眼帘，眼前的一切真是太不可思议了。这座森林分为两层，遍布古树。我们从下层陡峭的河岸跳到了上层，古树盘根错节的根系仿佛搭起了一个架子，下面它们曾破土而出的地方还牢牢抓着泥土。不过，更接近水面的下层才是最壮观的。我们从一个陡坡处又返回了下层，腿深陷在厚厚的淤泥中。站在这里，我向四周极目远眺，能看到的全是躺在泥中的古树遗迹。

这些倒下的古树就像是在上一波潮水中被冲到这里来的，只是暂时被困在了这里的淤泥中，下一波的潮水就会将它们带走，但实际上，我们是走进了树的墓地。6000 年前，这里还是河边一片茂密幽深的林地（经放射性碳测定，这些古树的年代可追溯至公元前 4000 年左右），后来水位突然上升，将它们淹没，此后，它们就一直躺在这里。"我们记录了橡树、白蜡树、榆树和冬青树。"简一边说，一边将不同的树种指给我看。其中最长、最大的是紫杉树，其中一些肯定有差不多 30 英尺（约 9.1 米）长。它们的树皮还在，另一端多节瘤的根系纠缠成了球的形状，我小时候住的农舍边有棵大梨树，它们让我想起了它在 1987 年大风暴中被连根拔起的样子。简说，它们内里仍然很硬，只是吸饱了水，但完全没有腐烂。这让我想起了佩皮斯在日记中对上游布莱克沃尔处所发现古木的描述："我们发现，他带我们去看的那棵紫杉树（他说之前是完全被常春藤所覆盖的），在切割时，比通常的活紫杉树还要坚硬得多。他们说非常坚硬，但我并不知道紫杉树天生有多硬。"

在简统计古树数量时，我就在这片泥滩四周搜寻人类曾经在这里生活、狩猎的痕迹。在伊里斯这些倒下的古树周围，以及在沃克斯霍尔的泥炭河床上，都曾发现过人造的燧石工具与早期陶器。不过，我在这儿找了一个小时，只找到了一块圆形的石头，上面有因大火高温而产生的裂痕。我把它放进口袋，一边旋转摩挲，一边沉思。我听说，石头曾被用来烧水。或许，这块石头也曾是 6000 年前一个家庭取暖的工具。

我的惠灵顿长靴裹满了泥，很沉，每走一步，都会带出河中结实的淤泥。前滩的不同位置会散发出不同的气味。我永远不知道接下来迎接我的味道是令人愉快，还是令人恶心，也不知道会被触动到什么样的精神开关。河泥与黏土构成了它气味的基调，前调则会随着位置、天气和季节的不同而改变。天气炎热时，这片前滩会散发出令人厌恶的阴湿恶臭——温热的藻类、腐烂的木头和潮湿的沙子散发着刺鼻的碱性气味，充斥了我的鼻腔，并会附着在我的舌头上，久久不散。这种气味中不仅有气体，还带有一些黏稠、可咀嚼的物质。冬天，刮向下游的寒风中弥漫着好像钢铁般的浓烈矿物气味，会在我的口腔中留下一种冰冻石头的味道。暴风雨则会唤回这里对大海的记忆，飘散出一丝淡淡的咸味，随着乌云渐暗，雷声更密，咸味也会越来越重。夏雨会刺激到干燥的河泥，让它们向空中释放出潮湿白垩土的气味。

在过桥时，或在经过通往河岸的潮湿道路入口时，我偶尔也会闻到各种浓烈的气味，但要感受到这些气味的丰富，只有真正来到前滩才行。有时，光是闻到气味，我就知道自己身处何处。在潮头，这条河会散发出叶子腐烂时那种淡淡的泥土味。在道格斯岛，深色的沙子中掺杂着生锈的碎片，散发着冷酷的金属味道。在布莱克沃尔，当阳光温暖了厚厚的沥青带，河泥就会变魔术般地散发出帆船的气味，伍尔维奇的油砂闻着则会让人想起引擎和机械。在伊里斯和沃克斯霍尔，枯潮的前滩会散发出一种古老的泥炭味。如果时间是有气味的，应该就是这个味道吧。

当我听到简在远处呼喊我时，我早已忘了时间。抬头一看，发现河水已经掉头。它正在悄无声息地朝我们逼近，我们必须得返程回家了。我脚下一滑，直接滑到了简附近，她站在上层，我找到了一个有落脚点、可以攀爬上去的地方，每踩一脚，我的靴子都会戳进淤泥中。上去后，我停了片刻，最后看了一眼这些正再度被河水淹没的古树。

一团团的雾气开始弥漫，笼罩了达特福德跨河通道（Dartford Crossing），这也是泰晤士河上的最后一座桥。很多很多年前，当这条河还只是一股涓涓细流时，这雾就在了，陪伴着它一点一点地在伦敦黏土中、在如今这两岸的树林之间开辟河道。泰晤士河以雾闻名，雾气会悄无声息地越过河道，厚厚地盖在前滩上，这团巨大的白色雾气就像是河流的呼吸，浓密，令人窒息，会填满你的耳道，遮住你的眼睛，会盘旋着经过你的喉咙，停在你的肺里久久不散。泰晤士河的雾太密、太有侵略性了，能给人带去难以忍受的幽闭恐惧感，但它也能给人带去抚慰和安全感，就像一个柔软的白色口袋，躲在里面，你就可以逃离这个世界。

当雾很浓，能见度降到只有几码时，你的世界就只剩下周围依稀可辨认的空间了；再没有城市，没有交通，没有另一个灵魂。唯一能让你想起外面世界的就是偶尔传来的沉闷声响，潮湿而扭曲，它们从四面八方而来，难以辨认方位：迷路海鸥的叫声；河边建筑工地上工人们含糊的喊叫，以及沉闷的锤子声，仿佛是敲击在什么柔软的垫子上；远处过往船只的汽笛声，以及越来越响又渐渐消失的引擎轰鸣声，船只过处，只留下掀起的浪涛拍打着前滩，那声音就像一只担心自己受了伤的狗。

在这雾气中，时间都静止了。随着这条河与现代的一切关联都模糊了轮廓，它就仿佛是永恒的、静止的，如幽灵一般。住在前滩的灵魂会从泥里升起，只是他们躲在雾中，你看不见。在盘旋的白雾中，中世纪的渔夫在河床上钉渔栅，维多利亚时代的拾荒者光着脚在泥滩上游荡，乔治王朝时期的造船工在检查他新造的船体。河上，你看不见的西班牙大帆船和驳船正在安静驶过，退去的潮水载着渡船快速向下游漂去，幽灵一般的桨轮蒸汽船正在破浪而行。泰晤士河的雾是名副其实的时间之雾。这些显然都是过去的幻象，在雾气中快速流转。

Trig Lane
特里格巷

> "宝藏"无疑是英语中最具煽动性的词汇之一,毕竟几乎每一个人都会在人生中的某个时刻梦想能发现埋藏的宝藏。
>
> 伊沃尔·诺埃尔·休谟,《泰晤士河的宝藏》(1956)

当人们问我该从何处开始搜寻时,我告诉他们,研究老地图。对泥泞寻宝者来说,这些老地图就相当于藏宝图。看一眼,你就能知道这座城市的起源,它曾经最繁忙、人口最密集的地区在哪里。你能看到人们曾在哪里工作,船只曾在哪里卸货。你还能看到哪里曾出现过桥梁、楼梯、堤道、仓库、码头、突堤、船坞和已拆毁的宫殿与豪宅。正是在这些地方,河流曾贪婪吞噬过大量的遗失物与抛弃物;人类曾倾倒过城市垃圾,后又将其填平改建,让其成为今天前滩上的繁忙地带。

我看老地图时,就像瞪圆眼睛寻宝的喜鹊,特别仔细,满脑子想的都是下一站去哪儿。就连看到与这条河有关的老的油画、版画与照片,我看的都不是前景中的主角,而是作为背景的河岸,搜寻关于它曾经样貌的线索:河边摇摇欲坠的住宅与仓库,住宅与仓库之间通往河边楼梯的窄巷,看上去不太结实的木制楼梯,以及搁浅在河泥里的满载驳船与其他船只。所有这些都是潜在的寻宝线索。

我喜欢全景地图,这些地图通常都是在南岸望着城北绘制的,能看到伦敦开始的地方。菲斯海尔全景地图于1616年左右首次在阿姆斯特丹出版，该地图采用的就是这个绘制角度。这幅地图长6英尺6英寸（约1.98米），是早期地图中最详尽的，而且令人震惊的是，据说荷兰人克拉斯·菲斯海尔（Claes Visscher）在绘制该地图时从未去过伦敦，只是参考了印刷品上的旧风景图片。没有尖塔的老圣保罗教堂位于地图中心，显得很大，河流沿岸的一些房屋中飘出了袅袅炊烟。老伦敦桥以西的河面上满是看上去小小的船：载着乘客的渡船、堆着高高干草的驳船以及船帆摇曳的大船（或许是渔船吧）。该桥的东面能看到满帆的西班牙大帆船。有些似乎是停泊在河的中心，菲斯海尔把这条河画得比它当时的真实宽度要宽得多。老伦敦桥的刻画非常精细，能看到上面一排高大、宏伟的房屋，在其南面入口上方，甚至能看到木桩上挂着的卖国贼的头颅，一个男人正站在那里，准备赶着牛从这些头颅下走过，好到桥的另一边去。

不过，真正令我百看不厌的是阿加斯地图，它首次印制采用的是木刻板，印出来长达八张纸，比菲斯海尔地图早了约55年。阿加斯地图的风格更简单，但其细节之精确仍然令人惊艳。这两幅地图所绘制的景观是一样的，也都是坐南望北，但阿加斯地图的视角更高，绘出了道路，标注了路名。道路两旁是一排排杂乱的房子，有非常小的门，以及带山墙的屋顶与窗户。码头上堆满了货物。今天的坎农街桥，在当时还是一片浅滩，浅滩上站着个人，带着个好像是锄头的东西，还有两匹驮马或驴子。我不知道他在干什么，或许是在饮他的牲口，也或许是在河泥中寻找些什么。那里正是我经常去泥泞寻宝的地方，无论他在做什么，都算是在我的地盘上。

我根据自己对前滩结构和地点的了解，认出了地图上的一些名字：有一条路叫"老斯旺尼"（The Olde Swanne，有一段楼梯也以此命名），就在伦敦桥附近，现在只剩几根木桩和一条快消失的堤道了；"施蒂亚尔多"（Styllyarde）是 15 和 16 世纪时的一个贸易基地，属于汉萨同盟（Hanseatic League），该同盟由一群有钱有势的德国商人组成，后来这个名字给了坎农街桥下的一条过道；"特雷克兰斯"（Thre Crans）是今天一条河边小径的名字，之前曾是一个很大的码头；还有"特里格拉内"（Tryglane），原本是一条很不起眼的街道，从泰晤士街（现在的上泰晤士街）一直通向河边的一处卸货码头，如今被称为特里格巷楼梯（Trig Lane Stairs）。

该巷及其原本的楼梯都没有了。老特里格巷就与其他许多的古老街巷小路一样，在火灾、战争与重建中被摧毁并遗忘，最终彻底消失在了地图之上。现代的特里格巷是一条很短的死胡同，被现代化的办公大楼夹在中间，若不特意去找，很容易错过。在 20 世纪 70 和 80 年代，这一地区被重新开发，旧的仓库都拆掉了，新的特里格巷就建于这一时期。从千禧桥上还是很容易看到特里格巷楼梯的，走在河边小径上就不太容易发现它们了，你需要很仔细，才能找到这段很短的楼梯，它能带你通向河堤上的一处开口。特里格巷楼梯很陡，是一段很结实的现代楼梯，最开始是混凝土的，与河堤分离后变为木构的，抵达前滩后，就能看到嵌入河泥里的宽大旧木板与梁，有人认为该处曾有过更古老的楼梯，很可能追溯到18世纪。

20世纪70年代，伦敦博物馆沿河岸开展考古挖掘，挖掘范围也包括重建前的原特里格巷所在区域。在这次挖掘中，伦敦博物馆发现了中世纪河边楼梯的遗迹。在过去几代人的时间里，滨河地区慢慢侵入到河道内，与中世纪时相比，向河道推进了约50英尺（约15.2米）。伦敦金融城的地面高度也有所抬升，每百年约上升1英尺（约0.3米），这意味着19世纪的城市遗迹位于地下约1英尺处，罗马统治时期的遗迹则是位于地下约20英尺（约6.1米）处。随着挖掘的深入，考古学家们发现了各历史时期的存在证据，而在20世纪地表之下10到12英尺（约3到3.7米）处，他们发现了一整个中世纪的码头：用巨大橡木搭建的码头本体，以及沿码头而建的宅地基。这里就是特里格巷居民曾经生活与工作过的地方，其中包括鱼商特里格家族的成员，这条路就是在1422年左右以该家族的名字命名的。在此之前，人们对它的称呼五花八门：鱼巷、费希尔巷、叫菲什沃尔夫的巷子、通往费希沃尔菲的巷子等。

这里找回过许多"失物"。它们都出现在"填埋"区，是当时为填河造地而倾倒在河堤之后的。这份"失物"清单对我来说非常熟悉：细绳、铁链、骨刀手柄、铁刀、木碗、枪管碎片、铁桶手柄、一口大铁锅的碎片、一口长柄铜锅的支架、石钵碎片、双股编织纤维垫的残片、一个残损的铜提灯、一个铁盒、屋顶用的瓦片与石板、铁钉、陶瓷的顶端饰、一块残损的陶瓷百叶窗板、一块石线脚装饰、四块窗用有槽铅条、三个烛台、一根高大的铁门柱和两把铁钥匙。最多的一类物品是个人服饰：仅一个倾倒点就发现了300只鞋，此外还有木屐、皮带、腰带、刀鞘、丝绸碎片、彩色穗带碎片、一个发网、一把木梳、一个青铜挖耳勺、两枚带红宝石的金戒指、一枚普通的金戒指、一枚铜戒指、两个黑玉手镯的碎片、一颗木珠、一枚铜合金顶针、一根石纺锤、一个石研钵、一根锡铅合金勺、一个黄铜书夹、两个骨制游戏计数器、两个骨制调音弦轴、一些连衣裙配饰、一个铜制的带子固定装置、一些搭扣，以及不计其数的硬币、筹码与代币。

这些年来，我在前滩寻宝，上述提到的这些物件，至少有半数我都找到过，其中有许多都是在伦敦桥到特里格巷之间发现的，一般在潮汐结束时，我都已走到特里格巷附近，我会在这里结束寻宝。而我泥泞寻宝的起点一般都是在尽可能靠近伦敦桥的地方，然后从东向西，朝上游的特里格巷而去。特里格巷不是个理想的寻宝起点，我得等到潮水退到足以让我通过一个夹点才能开始搜索。时机的把握是很棘手的，如果要全神贯注地搜寻每一处，就得在前滩裸露出来的那一刻就抵达河堤边。最先露出水面的是一片微微隆起的瓦砾堆，正好在一个长长的梯子下，长梯顶端固定在河堤上，下去非常方便。河道两侧都有不少这样的梯子，但我觉得它们很吓人，总会绕着走。不过，我有时也会因为某片前滩的魅力太大，或者需要争取更多的搜寻时间而不得不攀爬这样的梯子。这些梯子被螺栓固定在30英尺（约9米）高的河堤上，以令人胆寒的坡度伸向前滩，而且横档很细，感觉一下就会坠入到过去的洪流之中。

我很怕自己会摔下去。万一我手一滑，没有抓稳横档，瞬间的寂静之后，下方的瓦砾堆上就会传来一声令人心惊的巨响，然后，潮水就会把我卷走，一如它带走那些宝物一样。每次攀爬这种梯子，我都会细心准备，且绝不会往下看。我会收紧背包，系紧身上一切松垮的带子，并把所有可能勾住、缠住或绊住我的东西通通塞进衣服里扎牢。我还会在牛仔裤上一遍又一遍地擦拭双手，确保双手干燥，然后再慢慢挪到梯子顶端，握紧冰冷的金属横档，把一条腿伸到墙外。

有些梯子扭曲、松动了，有的横档缺失、锈迹斑斑，看上去就不太结实，还有些就是太高了。我只会攀爬那些我确定安全的，但有一处例外，因为只有它能通往一处非常棒的前滩。我当然不会告诉你们它在哪里，但仅凭鲜少有人到达那里，也足以说明你能在这找到好东西。曾有个泥泞寻宝者提醒过我，该梯子的末端已经锈损且距离前滩还有 8 英尺（约 2.4 米）高，因此，我第一次去时，自带了一把折梯，用绳子将它吊着放下前滩，并将绳子一端牢牢系在最上方的那根横档上。这一方法非常管用，但我总不能每次去河边都随身携带一把折梯吧。我开始在网上搜寻有创意的替代方案，终于在某攀岩运动网站上找到了"绳梯"，即"一种用结实织带制成的短梯，可以整齐地收纳到不大于糖袋的小口袋中"。将它与一个结实的攀岩扣环组装到一起，就可以随时进入这块特殊的前滩区域了，而这也成了我现在常带的随身物品之一。

对我来说，由下往上总是比由上往下更容易，毕竟向上爬时，我看不见身后越来越远的地面。要进入前滩时，进出路线很重要，而要离开时，进出路线就更重要了。潮水掉头很快，你也很容易因为太过投入而忘记距离和时间，因此，确保自己视线范围内有一条安全的离开路线至关重要。

我今天要攀爬的梯子很安全，但很高。我摸索着握住了第一根横档，这才慢慢转过身去，待确定有一个安全的支撑点后，我才敢将整个人挂在梯子上。我稳住身体，深呼吸了好几次，这才开始一梯一梯地慢慢向下爬，我换手和换脚时，另一只手总会抓得很牢，另一只脚也会踩得很稳，每个动作都小心翼翼，而每向下一梯，城市的喧嚣、孩童的尖叫、迫在眉睫的最后期限和下周的会议就会远离我一分。我下到了满潮线以下。堤体仍然十分潮湿，都是潮水退去时留下的痕迹。下到一半时，灰色的花岗岩变成了翠绿色，爬满了水藻，下方的新鲜泥土气味随风飘到了我的鼻尖。继续向下，遇到了一小群苍蝇，挠得我鼻子痒，还贴着我的睫毛嗡嗡地飞来飞去，穿过这朵"苍蝇云"，离开最后一根横档，就来到了隆起的瓦砾堆。站在这里，我便成功来到了另一个世界。

一落地，我就立刻整理装备，迫不及待地要开始寻宝。我从背包里掏出一副护膝戴上，这副黑色护膝已经洗不干净了，而且从来没机会干透。接着，我又迅速戴上了一双乳胶手套，把我装发现物的袋子绕在腰间，再拨开眼前的头发就准备完毕了。这部分前滩的表面有大量碎石瓦砾，有时能拦下些较大的物件。几年前，我从梯子上下来，那一脚差点就踩到了一套18世纪的化妆工具，它就夹在两块砖之间。那是一根银色的管状物，约有我小指那么长，朴实无华，破旧不堪，就好像在几个世纪以前被人踩踏过一样，但它的盖子没坏，也很容易拧开。失主将管中的工具摆放得十分整齐，有一把小小的挖耳勺和一把刮牙器，这把刮牙器就像一把没有耙齿的微型钉耙。它们都是从一张薄银片上剪切下来的，都有一个尖头，既可以剔除指甲下的污垢，也可以用作牙签。到17世纪，人们了解了牙菌斑，称其为"牙垢"，医生也鼓励他们定期刮牙。当时的小型化妆套组中常常会有挖耳勺、镊子、牙签和指甲刮刀，而这种套组从罗马统治时期一直流行到了维多利亚时代。

我沿着水线来回搜寻，随着潮水退去，水线也越来越靠近河心，前滩的地面也从碎砖，变成卵石，再变成河沙。朝东而去，穿过伦敦桥，我已能看见远处的伦敦塔桥，以及西边的坎农街铁路桥。我花了大把时间搜寻我的幸运地点，并极目远眺，尽可能大范围地观察前滩。这里常常能发现陶器，有时，退去的潮水还会露出一些卡在沙子中的硬币，但今天没有。我捡起一片厚厚的陶瓦，在手中翻转观察。陶瓦一面粗糙朴素，另一面则带有一些粗糙花纹，像是在黏土未干时刮削或压制出来的。这些内凹的花纹中，还夹杂着一些白色的灰浆斑点。我知道它是什么，我以前发现过不少这样的陶瓦，花纹不一，有直线、曲线、网状线。它应该是来自罗马式集中供暖系统中的火炕或烟道。

罗马统治时期的英格兰，气候应该是比较温暖的。不过，对一些南欧人来说，来到该帝国北部边缘的这座潮湿小岛，可能还是会觉得阴冷无比吧，因此，他们中的有钱人还是在自己家中修建了火炕供暖系统来保暖。这种取暖方法很聪明，也很简单：修建一些小柱子将一楼抬高，让炉中的热空气在柱子间流通，加热上方的房间。墙体中会嵌入一些正方形或长方形的管道（烟道），这些管道的两端是开口的，会将下方的热空气吸入，再从屋顶排出，这样，热气流过时就能给途经的所有房间供暖。出于美观考虑，它们会被涂上灰浆，而它们外侧表面的内凹纹路是灰浆能够牢牢附着的关键。尽管这些图案从不是用来给人看的，但这些用手指、梳子或特殊滚轮绘制的浮雕图案非常多变且独特，甚至有人认为，它们可能是瓦匠在自己作品上的"签名"或体现个性化的一种方式。

我收好了这片来自火炕供暖系统的陶瓦，然后转身继续扫视这条河。河水开始掉头了。若要充分探索这一河段，我就得立刻向西进发。就在坎农街桥前不远处，我经过了一片填埋加固区，为了阻止河水对堤体的破坏，这里倾倒了大量的碎石和石填料，还将一个个装满石头的巨型尼龙网放在这里，用以加固。这些年过去了，我第一次来时曾走过的一些前滩区域已经不复存在了，过往船只的尾流不断侵蚀着前滩，前滩前的护坡已然垮塌，前滩本身也因为20世纪80和90年代泥泞寻宝者的挖掘而变得松软且不稳定。只剩几根坚硬结实的圆柱没有被泥泞寻宝者挖过，但它们四周都被挖松了，缺了支撑，最终也没能逃过倒塌的命运，只剩一片弯曲凸起的瓦砾堆以及一小片沙滩，直到今年这里才被填平。

这里的场景看着令人悲伤，但我不得不承认，这里的发现却是很棒的。随着前滩的消失，被它藏了几个世纪的宝藏也渐渐露出了水面：一根老旧的木制排水管，它是用一根榆木树干掏空后制成的，这种排水管有着出了名的抗腐蚀性，因此，直到20世纪仍在伦敦街道下使用；一枚玛丽·都铎（Mary Tudor）短暂统治时期（1553—1558 年）的银先令；一枚圆圆的骨代币，来自18 世纪的游乐园兰贝斯韦尔斯（Lambeth Wells）；以及一根 17 世纪的锡铅合金大眼粗针，上面刻着姓名的首字母缩写"SE"。它是一根不锋利的扁针，约 7 英寸（约 17.8 厘米）长，宽的一端有一个长方形的大针眼，顶端是个微型的勺子。这类勺子用途多样，比如从小玻璃瓶中取香水，甚至是清除皮下脓肿。与我找到的那个管状的化妆银盒一样，这根针也被压弯、压扁了，但上面刻着的姓名首字母缩写赋予了它特殊的意义：它曾被某人珍惜过，是与那人之间的直接联系。这个叫 SE 的人可能每天都会用它来系紧紧身胸衣的带子，甚至是用它来别住自己的头发。她可能也曾用它清洁过耳垢，并用"方便又便宜"的耳垢来替代蜂蜡，用以聚拢纤维，以及润滑线。我的手指在 SE 上反复摩挲，好奇她是谁，她是怎么把这枚针弄丢的。

桥下的前滩结实且平坦，被看似火山岩的深灰色岩石压得很紧实，但即使是这里，靠近边缘的地方也在被一点点蚕食。维多利亚时代的护坡坏了，隔档的木板也不见了，河水开始一点点将其掏空，露出下面埋藏的诱人秘密。破开护坡上陡峭的墙体，能看到陶器碎片、破损的陶土烟斗杆、动物骨骼与牡蛎壳，以及很久很久以前被填埋于这片前滩的无数食物残渣。大桥另一侧，一些锈蚀的驳船停在松软的白垩河床上，散发出食物腐烂与垃圾箱发酵的气味。我屏住呼吸，快速从旁经过，来到了三起重机码头（Three Cranes Wharf），它沿用了中世纪这里的码头之名，那个码头前的水面上高悬着三台大型的木制踏车起重机，它便由此得名。在阿加斯地图上还能看到这三台起重机的身影，但在现实中是看不到了。今天的这座码头只有一台起重机在工作，每次吊起集装箱都会发出恼人的警报声，集装箱里装的都是被压缩的废物，散发着阵阵恶臭。起重机会吊着它们从河边步道上方通过，放进我身后的这些驳船中。

从我面前一直延伸到奎因海瑟船坞（Queenhithe Dock）的这段前滩，随处可见脚手架杆子、木桩、汽车轮胎和半埋在泥里的锥形交通标志，这幅场景意味着，泥泞寻宝者协会会员已经来过这片前滩，深入挖掘过了。我仔细查看了这一满目疮痍的地区，发现他们应该是最近又来挖掘过一遍。这里有一处灰色河泥的低矮隆起，是一片废石堆残留的痕迹，正骄傲地被一片河沙环绕着。它的表面已经被潮汐冲刷得比较平缓了，满是鹅卵石与陶器碎片。旁边有一个浅浅的水坑，是他们挖的洞，河泥又回填了一些进去。这些地方都很值得搜寻，能找到一些他们遗漏的或不太看重的小物件。

我在这片废石堆里的最佳发现是：一颗比豌豆还小的雪佛兰贸易珠，由于它的稀有性与收藏价值，这颗珠子比同等重量的黄金还要值钱。但我对它的金钱价值不感兴趣。为了找到这样一枚珠子，我已搜寻多年，我永远不会卖掉它。它就是一件微缩的艺术品，白、红、蓝三种色层交替融合，由特殊的十二角星模具塑造而成，使其横截面呈现出了独特的条纹星型图案。这一制作工艺是威尼斯人在大约 1500 年前发明的，并沿用至今。最早的雪佛兰贸易珠是七层，当我回到家，用放大镜数它的层数时，我兴奋地发现，我的珠子就是七层。不过，尽管它无比美丽，我也知道，它的制作目的很可能是罪恶的。许多雪佛兰贸易珠都是为与西非开展贸易活动而制造的。它们成了一种便宜但有效的资源掠夺手段，用以交换黄金、象牙、棕榈油和奴隶。

今天，我还从河泥里捡到了一枚 18 世纪末或 19 世纪的平纽扣，造型朴素。这样的物件我找到过很多，它们的用途相当广泛，可能来自马甲，也可能来自夹克，可能是从下水道冲到这里的，也可能是从河工衣服上扯落下来的。我口袋里还装了两个完好的 18 世纪烟斗，到家后，我会把里面早已被压实的泥土通通洗掉。我还从泥里拔出了几块陶器碎片，但它们既没有装饰，也没有其他特殊之处，我就把它们留在了原地，然后继续朝南华克桥下的"瓦山"（Tile Hill）走去。多年的拆迁与破坏已经把这片前滩的部分区域变成了橙色，桥边，河水冲来的屋顶瓦与地板砖已经垒成了一座巨大的土堆，周围是一圈有些年头的动物骨头，恍如"精心设计"的裙摆。这些枯骨是漂亮、柔和的浅黄色，踩到它们时，会咔嗒作响。我走在上面，寻找着刀柄以及带装饰的或有不寻常之处的雕刻物。即使是制作骨雕时废弃的边角料也很有趣：有一些扁平的骨头，可能是猪或羊的肩胛骨，人们为了制作珠子和纽扣，在上面掏出了一排排整齐的圆形或半圆形坑洞。

我在瓦山的骨滩上快乐地搜寻了很久，一片一片翻看那些瓦片，寻找 14 世纪的地板砖——"佩恩"砖，该名源自其产地，位于白金汉郡的佩恩村。它们可能曾铺在教堂和豪宅的地上，带有精巧的白色涡卷形纹饰、几何图案、鸢尾花等各种花饰；够幸运的话，你或许还能找到一些像是狮子、人物或鸟的线条纹饰。

罗马统治时期和中世纪的屋顶瓦在烧制过程中，中心部分的黏土会因为氧化反应而变灰。罗马瓦很厚，形状很有特色——约 2000 年前，卷边的平板瓦与弯曲的筒瓦会被拼接在一起，为屋顶防水。中世纪的屋顶瓦是用木销钉挂起来的，而且这些老瓦片上的圆钉孔比后来瓦片上的更大，制作工艺也更精细，后者往往就是很随意地戳了个洞。在 1666 年伦敦大火之后，木销钉改成了金属钉，瓦孔随之缩小，形状也变成了三角形、正方形或菱形。但要论这瓦山上的圣杯，还是那些捕捉到了旧时光的罕见砖瓦，它们将关于过往日常的平凡记忆印在了新制瓦片那尚且松软的黏土中。我有一片瓦能清晰看到织物布料的纹路，或许是制瓦匠的袖印，另外还有几片瓦留有猫和狗的脚印。

我若还想顺利通过奎因海瑟船坞附近的夹点，就不能再逗留了。潮水涨得很快。河水已经开始从通往河边小径之下的一侧涌入隧道，我开始沿着最靠近河堤一侧的混凝土隧道壁一点一点缓慢前进。这个倾斜的隧道壁十分湿滑，极其危险，我见好几个人摔倒过。我侧着身子，脚尖朝上，缓慢地挪动步子。隧道内的金属桩上挂着各种各样的旧绳子与塑料袋，它们纠缠在一起，五颜六色的。隧道顶上滴着水，奔涌的河水拍打着下方的隧道壁，水花飞溅。跳出隧道，回到阳光下，我落在了一块旧地毯上，它已经在这里待了很久，长满了水藻，看上去毛绒绒的；它已经融入了这片前滩，是它的一部分了。

我沿着这一段缓慢地走着，眼睛快速扫视着四周，在黑色的河泥中寻找着纯净的银白色。我看到了一个，弯下腰把它从泥中拽了出来，并在附近的一滩小水洼中洗了洗。这是一片完美的珍珠母，几乎有我手掌那么大，是非常干净的银灰色，带有彩虹的光泽。但它并不来自这条河的原生物种，而是来自鲍鱼，主要见于新西兰、南非、澳大利亚、北美和日本的一种海洋生物。鲍鱼是如何来到这里的？我为此困惑多年，直到有一次与迈克聊天，他告诉我，这里的码头曾有过一个贝壳仓库，会购买、储存和销售鲍鱼，用来制作家具镶嵌物、珠宝、搭扣和钮扣。在进一步研究时，我找到了这座码头的一些老照片，拍摄于 1896 年。戴着圆顶硬礼帽和平顶硬草帽的西装男子们漫步在带编号的箱柜之间，这些箱柜中装满了餐盘那么大的贝壳。我猜想，其中的不合格品，还有地上散落的残次品，最终都被扔进河中，成了河泥的装饰吧。它们对我来说太迷人了，我将它们收集起来，放进寻宝口袋，准备带回家。

我在潮水还差几英尺就要漫过夹点时通过了这里，向特里格巷进发。其实，我可以走到更西边的黑衣修士桥，在那里，当水位极低时，可以直接走到河堤上的一个巨大的金属封盖处，那是伦敦著名地下河弗利特河的唯一遗迹。不过我很少走那么远，我习惯止步于特里格巷，仅剩的那点时间，我更愿意用来在此寻宝，而我的运气往往还不错。这或许得益于此地一直都是泰晤士河上特别繁忙的地带。自中世纪以来，特里格巷就是人来人往的"水门"之一，人们可以在这里上下渡船、洗马饮马、洗涤衣服、取水以及使用公共厕所。此类地点就是我在旧地图上搜寻的目标，我知道这些地方一定藏有宝物——人们掉落遗失的小物件，很普通，都是普通人的日常随身之物：比如简单的黄铜鞋扣，形似一副小小的眼镜，可能是被船上的木板卡住，扯落了下来；女士皮带一端好看的金属标牌或金属圈，从薄薄的皮革上脱落了下来。

我在特里格巷的收获大多都是这样平凡的宝物，不过，几年前，我找到了一枚简单的银戒指，它是真正的无主宝物。根据英国法律，某些无主之物属于"宝物"，此类物品必须报告给当地验尸官，因为它们不属于发现者，而是属于皇室或其他特许之地，比如伦敦金融城。符合"宝物"条件的物件包括：拥有 300 年以上历史，且贵金属至少占其重量 10% 的物品；一组两枚或两枚以上的贱金属硬币，但也需 300 年以上历史；同一地点发现的两件或以上的史前贱金属物品；含贵金属（含量不限）的史前物品；以及与"宝物"一同发现的任何材料（包括袋子、盒子、罐子和散落的宝石）。对于"宝物"的处置，当地博物馆与国家博物馆都有机会表达购买意愿，若都不想要，皇室就会放弃所有权，将其归还给发现者。若有博物馆想要购买，官方就会展开调查，确保该物件确属"宝物"，其价值会由一家独立机构宝物估价委员会（Treasure Valuation Committee）来确定。博物馆支付的费用会作为奖励，发放给发现者和土地所有者（若是发现于泰晤士河，土地所有者就是伦敦港口管理局），双方各占一半。发现者也可以选择将该物件捐给想要它的博物馆。

找到这枚戒指时，我站在浅滩中，正准备在结束这天的寻宝前，再最后看一眼这片前滩。我有好些最棒的发现物都是在即将要离开时找到的，因此，离开前的最后几分钟，我往往会多花些力气，以防有所错过。当时，正好一艘船经过，尾流掀起的浪涌向前滩，逼着我退了几步。正当河水没过卵石滩，即将再掀一波波浪砸向泥滩时，我看到了一枚深色的戒指，小小的，就卡在维多利亚时代的护坡木料一侧。我只有一秒的行动时间，晚了，它就会被冲走。我冲上去，一把抓起它，然后跳回高处，就这一瞬间，我的一只惠灵顿长靴就已灌满了水。尽管这枚戒指已经黑了，失去了光泽，但我看得出，它是枚银戒指。不过，除此之外，它似乎平凡至极，我有微末的失望，开始怀疑自己的付出是否值得，现在靴子进了水，我还得踩着冰冷的湿意走很远的路回家。

接下来的两周我都很忙，过了好久才有时间清洗并分类整理我的发现，直到将口袋中的所有发现物都取出，我才想起这枚小小的黑色戒指，它太小了，卡在了口袋底部的接缝中。我把它取出，举到光下，在指尖翻转观察。戴上眼镜后，我看得更清楚了，能看到戒指内侧刻着字母，有一些已经彻底污损。其镌刻风格让我觉得这枚戒指可能非常古老。一阵兴奋涌上心头，我赶紧抓过纸笔，将还能辨认的字母写到纸上："H–PE X I –IV–IN"。这就像在玩易位构词游戏，但因有字母缺失，很难解读。不过，我慢慢猜出了缺失的字母，将它们重新排列后，得到了有意义的句子：我活在希望 X 中（I LIVE IN HOPE X）。这是一枚爱语戒指（posy ring）！

爱语戒指上会刻一段充满感情的简短话语，即"爱语"（posy），该词源自中古英语中意为诗歌的词。这种戒指在 14 世纪非常流行，爱侣间可以在感情发展的任意阶段互赠这样的戒指，上面的文字，无论是法语的还是英语的，往往都是以爱、友谊或忠诚为主题："上帝让我们不分彼此"；"在你胸中，我心方能安歇"；"美德在，爱不灭"；"将我赠与你"。把这些话藏在贴着肌肤的一侧，再次凸显了话语的亲密。我试戴了一下这枚戒指，立时觉得太过亲密，便又取了下来。它曾经的主人是谁？看这个尺寸，很可能是男戒，或许是从水手或船工的手指上滑落的。又或者，水手航行归来，发现自己的意中人竟投入他人怀中，一时激愤，就将其用力掷入水中，随之消失的还有他在海上工作时，一直支撑着他的美好希望。

我知道这枚戒指有可能是"宝物"，便写了封电子邮件给伦敦博物馆的发现联络官，约好时间，要带戒指过去给她看。我会定期带发现物过去，登记到便携式古物计划的数据库中，这是个了不起的项目，不仅能让我们对这些具有历史意义的失物有更独到的理解，也是能帮我们确认失物身份的宝贵资源。我一直在使用这个数据库确认我的发现物，为它做贡献也是我一直以来的坚定信念。2014 年，该数据库迎来了第一百万个物体，这也体现了在英国田野、海岸线及河流中的发现之丰。

"宝物"的处理可能会耗费数年，但我很幸运：这枚戒指仅一年多就处理完毕，且没有博物馆想要它。大英博物馆已经有一枚与其非常类似的藏品了，而且该藏品正是发现联络官用来确认我这枚戒指年代的依据。英国 14 与 15 世纪的爱语戒指往往刻的是法语，且刻在戒指外侧，我这枚是英语的，且刻在内侧，从书写风格看，应该是来自 16 世纪，当时非常流行这种爱情信物。尽管我还是不习惯将他人的私密之物戴在手上，但并不妨碍它是我最珍视的发现之一，有时，我会用银链将它穿起来，戴在脖子上。

大多数人一听到宝藏就想到金子，总有人问我是否找到过金子。答案很简单，有，但不多。金子不会变色，即使是微小无比的一块金子也会发光，在河泥中很显眼。因此，若有，你是不可能会错过的。不过，我泥泞寻宝这么多年，找到的金子也十分有限：一个坏掉的领带扣针、一个现代的结婚戒指、一个耳环后面的蝴蝶饰物、一个金的钢笔尖、几个链环、一些微小的金子碎片与碎屑、三颗朴素的小金珠，以及其中最美丽的一个蕾丝末端饰物，来自 16 世纪都铎王朝时期，它可能曾是某位绅士的衬衫装饰或夹克装饰。这是我找到的第二件无主宝物，捐给了伦敦博物馆。尽管几乎被压平了，但无损这一英寸的完美，它保存得相对完好，可以看到金线扭转制成的一个个圆环，以及一端上用金银丝制成的环形笼子，笼中饰物可能曾是块色彩鲜艳的珐琅，不过现已褪成了河水的颜色。第一眼看到它，那浓郁柔和的黄金光泽就已告诉我，它古老而纯净，那精湛的工艺也表明，它属于上流社会。它的历史可追溯到一个只有绅士才能在衣服上佩戴金银饰品的时代，因此，它必定属于某个有钱有势之人。

在我发现这个蕾丝末端饰物之处，人们还发现过成百上千个小巧的金物件，包括金银丝的珠子、其他蕾丝末端饰物和其他大型珠宝上剥落的精致装饰碎片。我认识一位女泥泞寻宝者，她大部分时间都在寻金，她几乎是从沙中一粒一粒地挑拣金子。最后一次见她时，她已找到将近百块细小的黄金、一颗钻石和一颗红宝石。这些微型秘藏都是非凡且罕见的，制作精巧，只是并不完整或已破碎。但这并不影响它们所承载的可能性，恰恰相反，它们的特殊状况与稀有性令我更加着迷，唯一会局限它们"身世"故事的只有我的想象力。它们可能是金匠丢失的黄金碎屑。或许，渡船就要开了，他便在木头突堤上快步跑了起来，木板潮湿，匆忙间，他脚下一滑，重重摔倒在地，落地时，装金子的小皮包掉进河中。他连忙将双手插入冰冷浑浊的水中，但已无济于事。无论怎么疯狂摸索，都没用了，金子都没了。

但在前滩上闪闪发光的不一定是金子。我就曾因一个搭扣而心跳加速，捡起来一看，才发现是镀金。真正的黄金，哪怕极小，也会有一种沉甸甸的感觉，这个搭扣没有。我也被所谓"大自然的镀金"骗了：这是一种化学反应，会影响含锡合金，形成一层带黄金光泽的物质。以及愚人金，即黄铁矿，自然存在于伦敦的黏土中，在阳光下的泥土中闪闪发光。枯潮时还能发现其他矿物，如未加工的光玉髓、紫水晶和石英，它们可能是作为压舱物随商船一起抵达伦敦的。

岸上偶尔也会冲来从胸针、戒指、耳环和项链上掉落的贵重宝石与半宝石，而这些与饰物主体脱离的宝石不属于"宝物"。据我所知，有个泥泞寻宝者找到过一大块未切割的祖母绿，另外还有人找到过钻石。我在前滩也找到过一大块 8.2 克拉的斯里兰卡切割石榴石、一颗蛋面切割紫水晶、一颗烟晶和一大颗海蓝宝石。我还找到过珍珠、黑玉珠、珊瑚珠、水晶珠和琥珀珠，但其中最神秘的还是那些未经切割的石榴石原石，目前，我共计在泰晤士河的四处地点发现过它们。它们具有成熟石榴籽的形状与色泽，这也是其得名原因。在早期法语中，石榴石被称为"多籽苹果"（*pomme grenate*）。后来，*grenate* 的意思变成了"红得像石榴一样"，法国人用它来指红色的石头。当它被借用到英语中时，写法变成了 *garnet*（意为"石榴石"）。在其中一处地点，石榴石数量之多，让阳光下的泥滩都闪烁着深红的宝石光泽。

这些石榴石的确切位置是个被严守的秘密，泥泞寻宝者间流传着各种关于如何抵达那里的故事。一个小伙子花了数个小时，跪在地上，用镊子收集石榴石。他收集了数千颗，但他认为其中只有 10% 达到了珠宝品质（尽管如此，据我所知，还是有泥泞寻宝者会将它们镶嵌到戒指上），并声称他有证据可证明，有一袋石榴石是 1810 年从一艘东印度公司的船只上掉落的。不过还有很多其他说法。比如，这些小石头或许是珠宝店从一大袋石榴石中挑拣出的不合格品，扔到地上后与垃圾扫作一堆，最终倾倒在了前滩，这也能解释为什么质量低劣的会有如此之多。再比如，它们可能是从下水道冲入河中的，也可能是有人偷了一袋，为了避免人赃并获，就将它们倒入了泰晤士河。这些石榴石的历史可能早于 19 世纪，不过，也有人认为，由于它们硬度较高，可能是在 19 世纪后用于工业清洗的磨料。我还听说，有些人会雇佣水手从海外带回石榴石。据说，有的水手会在袋子上戳几个洞，让部分石榴石漏到前滩，等枯潮了，再从河泥中收回自己的"战利品"。其实，只有这条河自己知道这些光彩熠熠的红色种子是如何根植在它的皮肤中的。

不过我最喜欢的宝物是扣针，因为没有什么能比它更普通了。当我拾起一枚扣针，就会想到那些曾触摸过它的手，想到它丢失那天早上所插的针垫，想到用它别起来的衣物，想到穿戴着它的人的对话。每枚扣针都会经过如此多人之手：扣针制作者及其家人，他们会先拉一根金属丝，取所需长度，然后再取一根，在该金属丝的一端绕三圈，做成一个小头，然后用一根有凹槽的骨头将它固定住，将它抛光磨尖；伊丽莎白时代销售扣针的缝纫用品店店主；以及购买、使用扣针的普通人。扣针不同于贵重珠宝，它们不被珍惜、爱护，它们只是日常生活的一部分。

手工扣针的历史可追溯到 1400 年，直到 19 世纪初，扣针制造才机械化。无论男女，从摇篮到坟墓都会用到它，因此我们能看到不计其数的扣针被弃置前滩。它们被用于固定包裹婴儿的襁褓，用于制作衣服和蕾丝花边。它们被用于固定帽子、面纱、珠宝和缎带；数百枚可能曾被用于制作伊丽莎白时代服装的颈部皱领。它们能固定衣物，也能固定住包裹尸体的裹尸布。伊丽莎白一世的"别扣针者"是罗伯特·凯尔利斯（Robert Careles），与他相关的一份凭单显示，1565 年，他为女王供应了 1.6 万枚大号裙撑扣针（每千枚 6 先令）、2 万枚中号裙撑扣针（每千枚 4 先令）、2 万枚大号天鹅绒扣针（每千枚 2 先令 8 便士）和 5.8 万枚小号的天鹅绒扣针和大头扣针（每千枚 20 便士）。扣针并不便宜，而且家庭或丈夫分给普通女性购买扣针的钱也不像我们现在所说的"零花钱"[1]那么微不足道。她们十分爱护自己的扣针，会将它们磨尖以延长使用寿命。尽管如此，人们所到之处似乎总是会落下一些扣针。

我把自己藏品中最好的扣针都插在天鹅绒针垫上，其他数百枚都收藏在打印机的大箱子里，与我其他的泰晤士河发现物放在一起。有的扣针非常结实，带着大圆头，可以穿过厚重的羊毛织物；另一些又细又长，可能是用来固定面纱和头巾的。有的扣针带有装饰精致的头，有的来自中世纪初，针头下有一圈箍，独具特色，还有的如婴儿头发一般细，可能曾用于固定脆弱的丝绸或用于制作蕾丝花边。我还有一些弯折的扣针，要么是故意把它们折成钩状，要么是在尝试穿透过厚织物时无意中弯折的。

当年，我花了一年左右才找到第一枚扣针，在我善于识别它们后，便发现它们随处可见。它们常汇聚于旧有的河边楼梯附近（比如特里格巷的那些楼梯），以及曾有突堤或堤道之处，河水会将它们冲到一处，交缠在一起。有些地方的河泥中满是扣针，我

---

[1] 零花钱（pin money）的英文直译就是"扣针钱"。

寻宝时会格外小心，以免被扎伤。若是找到了一片不错的扣针地，我可能会完全沉浸在挑拣和收集它们的简单动作中，忘却时间，一做就是一个多小时。

不过，就算在扣针成堆、易于发现之处，手工制作的扣针还是很罕见的。我泥泞寻宝多年，一共也才发现了八枚。它们是黄铜制的，曾经应是放在针托中的，几年前，我在特里格巷附近发现过一个16世纪的针托，应该与其类似。这个小小的针托是锡铅合金制品，管状，约2英寸（约5厘米）长，管身带有精巧的葡萄藤与叶子图案。两侧的环应该是用来悬挂的，可以将它挂在绳子或丝带上。它原本应该有盖，只是不见了。它的一端是扁的，或许是丝带断了，它落在地上，被踩了一脚。

我还发现过顶针，而且我发现的顶针比缝衣针还多，够所有手指同时戴了。有几枚顶针的命运与我的针托相同，都扁了，要么是被踩过，要么是经历了河泥几个世纪的重压。顶针能给人一种很奇异的感官感受。发现表面坑洼的顶针，将其从泥中拾起，清洗干净，戴上手指，成为其原主人后第一个戴上它的人，这一连串动作会给人一种敬畏与兴奋交织的感觉，令人陶醉。有那么一瞬，时间仿佛完全静止，接着，时光倒流，一扇通往过去的窗户短暂打开，让你得以一窥那些已被遗忘的生活。

我的泰晤士河顶针都是黄铜制的，朴素而实用。在那些没有被压变形的顶针中，只有两枚的尺寸与我完美契合。有些顶针上的小坑是用手撞击出来的，不太规则，又小又密，说明它们是用来做普通针线活的。另有一些的坑洼更大，可能属于修帆工，缝帆必须用到更大的针，这些针撞出的坑洼自然也更大。顶针是非常私人的财产，有时也会被当作爱情信物送出。我曾在两块巨大的碎砖石间发现了一枚保存完好的 16 世纪顶针，可能来自德国纽伦堡。得到它后过了好一阵子，我才注意到它底部有一个小小的心形图案。它一下就从缝纫工具变成了一个人爱慕另一个人的象征，这也意味着它曾为某人所珍视。

在特里格巷，我利用涨潮前的最后半小时收集到了更多扣针。当我趴在地上捡拾泥中的扣针时，突然在某个凹陷处发现了一枚小小的银币——一面极其光滑，另一面是一幅君主半身像，通过上面的铭文足以确定，该君主是 17 世纪晚期的威廉三世。我曾发现过同时代的六便士银币，知道它们的大小，这枚要更大些，币值一定是一先令。就是它了，这就是我所等待的最后一个好发现；我可以圆满结束这一天了。从我从伦敦桥出发到现在已快六个小时，我的背都硬了，再也弓不下去了。

我挪动着僵硬的双腿，双手牢牢抓着台阶，向上攀爬着陡峭的特里格巷楼梯。在我的头上，是最近刚建成的泰晤士河步行桥——千禧桥，它横跨河上，就像银色的巨鲸脊骨。桥上满是行人，有些人甚至驻足看着我爬离前滩。若是在河上更安静的地方，即便离开了前滩，我仍可以继续自己的白日梦，但在这里，我会被粗鲁地唤醒——刚一踏出河堤开口，便会立即跌回 21 世纪。我走在人群中，闪避着自行车，穿过繁忙道路，车流声与警笛声彻底盖住了来自过去的声音，猛地将我拉回现实。

Bankside
班克赛德

> 如果我们害怕放飞自己的想象，这条河中的珍宝就必然是沉闷且毫无生气的。只有在我们的脑海中，它们才能走出没有灵魂的文物展柜，回到最初存在的地方。
>
> 伊沃尔·诺埃尔·休谟，《泰晤士河的宝藏》(1956)

在离开特里格巷河边之前，我又望了望河的南岸，估计了一下涨潮的情况。对岸的前滩更宽、更浅，即便北岸这边的水位已经很高了，那边往往还余有一些搜寻的时间。我总会设法挤出一点时间，到班克赛德快速搜索一圈，我总觉得，如果我没有这么做，一定会错失一生中的重要发现。我通过另一端陡峭的楼梯离开了通往圣保罗大教堂的河边小径，转向南边，汇入了千禧桥上的人潮中，他们有的是在金融城工作，有的是游客。

过桥时，有许多人向我投来了或觉滑稽、或觉怪异的目光，对此我并不意外，毕竟我还穿戴着脏兮兮的惠灵顿长靴、护膝、蓝色乳胶手套，以及一整套满是泥的防水服：我担心破坏它的防水性，已经有一段时间没有清洗过了。所以我看上去确实是挺怪异的，我很好奇，他们看我的方式，是不是就像过去的人驻足凝视佩吉·琼斯（Peggy Jones）那样。琼斯是曾在我此刻身下这一河段活动的"泥泞寻宝者"，1820 年，《柯比的奇异博物馆；或杰出人物杂志》(*Kirby's Wonderful and Eccentric Museum; or Magazine of Remarkable Characters*) 刊载了她的故事。她"常去的胜地"是黑衣修士桥,"甚至是在退潮之前,都常有人看见她走在几乎齐腰高的河水中,艰难地用脚在水底感知和聚拢煤块"。她"一头红发,明显在四十岁左右(比我小一点)"。她穿着破旧的短衬裙,不穿鞋也不穿袜子,腰上围着一条结实耐用的围裙,并折成了口袋的样子,可能是我腰袋的加大版吧。这篇杂志文章中写道,桥上的行人"常常会停下脚步,极其惊讶地凝视着她,他们想不到一位女性竟然会从事这样一份艰难且痛苦的工作"。人们看着我时也是这么想的吗?

佩吉辛苦一趟,捡到的煤块也只能卖八便士,大部分都花在金酒[1]上了。我也喜欢金酒。在前滩冻了一天后,我也喜欢喝上一杯。不过,可怜的老佩吉"太沉溺于酒精了,她会醉得在大街上打滚,腰间还缠着煤块,淘气的男孩与其他路人会看她的笑话"。不过,运煤工偶尔也会出于同情,从驳船上踢一大块煤下去给她捡,有时也会粗鲁地叫她滚开。1805 年 2 月,也是运煤工们发现她突然不见了。没人知道佩吉·琼斯到底发生了什么。她有可能是走得太远,被汹涌的河水卷走了,也或许,她只是死在了奇克巷(Chick Lane)简陋的出租屋中。来到她的"地盘",我常常会想起她,至少,她还没有完全消失在历史中。如果你也像200 多年前黑衣修士桥上的行人一样,想要驻足看一看可怜的佩吉·琼斯,可以翻到正文的最后,在那里,你就能见到她了。

---

[1] 金酒(gin)又译为琴酒和杜松子酒。

班克赛德沿岸没有遮挡视线的河堤，只有一排金属护栏，护栏顶部的扶手是木制的。在泰特现代美术馆（Tate Modern）前的那段护栏中藏有一扇门，设计巧妙，不易发现，门后是一段宽阔的混凝土楼梯，直通前滩。这里远比北岸开阔，是最容易下到河边的地方之一。这里有着泰晤士河沿岸最壮观的景致之一，人们爱在这里散步、打水漂、享受日光浴、两两闲谈，以及漫不经心地捡拾一些零零碎碎的东西，但很少有人会去往更东边或更西边。

　　我通常是在快满潮时来到这里，因此只搜寻三个地点。首先是向西，来到黑衣修士桥附近的加百列码头（Gabriel's Wharf）。然后原路折回，经过千禧桥附近刚刚走过的楼梯，继续向东，朝南华克桥方向走去，停在该河段的第二处楼梯下。这段楼梯位于莎士比亚环球剧院（Globe Theatre）前，台阶更宽，坡度更缓，不过最后一级台阶与前滩表面之间还是有比较大的落差。随着河水的不断冲蚀，前滩表面离最后那级台阶越来越远，此处也就越来越难通行。朝东走是条死路，尽头位于伦敦桥，若是粗心大意，很容易被河水困在那里。若我有足够时间走到伦敦桥，就必须格外小心，别让河水截断退路。接连的翻修与重建留下了成堆的瓦砾，令我前进得缓慢而艰难。克利珀（Clipper）突堤交错的棕色桥柱就像一片黏糊糊的障碍赛场地。此处也是退潮时的一个夹点。再往前，是一片犹如布满了火山岩的区域，粗糙不平，穿着软底靴走在上面，脚底会十分疼痛，还会划伤我的脚踝。如果要去伦敦桥，就连大自然都会来阻挡我的去路，脚下是成堆的鹅卵石与大圆石，走在上面不仅嘎吱作响，还容易打滑。

我来这里是因为仍然心怀希望，希望河水能在瓦砾或石头间裸露的河床上冲刷出一些隐藏的宝物，但我的努力鲜少收到回报。近年来，这里裸露出的河床越来越少，就连泥泞寻宝者也很少来了，正因如此，在如此市中心的地方，这个河段竟是出奇地安静。周围的桥梁挡住了光线，让前滩变得昏暗，也将滨河步道推到了距离河中心的更远处，加深了这种与世隔绝的感觉。但就我个人而言，远离人群就更容易想象在泰晤士河还没有筑岸、伦敦市还没有向南发展之前，这里是什么样子。在我的想象中，曾经的这里应该很像伊里斯的沼泽。如果我微眯双眼，眼前会出现柔和的景致，遍地灌木与野草，还有点缀其中的芦苇地与静止的泥潭水洼。

罗马人从该河段星罗棋布的河心小岛中选择了一座作为其桥梁的南岸起点，与其位于北岸的主要定居点相连。但直到 13 世纪，该河段才建起了堤道，以防洪水泛滥，该堤道的大致方向是从老伦敦桥向西。在过去的几个世纪里，该堤道发展成了一道坚固的河堤，沿着该河堤，人们修建起了住宅与突堤，不过南北两岸不同的是，扩张的城市不断将北岸的河岸线向河心推进，而南岸的河岸线几乎没什么变化，数百年来一直都是荒无人烟的沼泽。

在 1750 年上游的威斯敏斯特桥建成之前，连接南岸与伦敦金融城的桥只有一座——伦敦桥。这就使得班克赛德相对偏远，脱离了金融城的管辖，由温彻斯特的主教们管理，主教们住在温彻斯特宫，距离老伦敦桥的南入口很近。主教们默许了金融城所禁止的一些活动，因此滨河道路旁开起了一连串的小酒馆和妓院。

到 15 世纪中叶，班克赛德已成为伦敦人喝酒、斗鸡、逗牛、逗熊和嫖妓的去处。在北岸的奎因海瑟附近有一条窄巷，叫妓院巷（Stew Lane），尽头就是面向班克赛德的河边。或许这曾是众所周知的男人们去妓院区的路。河边都是木结构的小酒馆，在他们乘船过河时，识字的人就能看到写在小酒馆白墙上的店名——贝亚雷斯海德（Beares Heade）、贡内（Gunne）、克拉内（Crane）和红雀阿特（Cardinals Hatte）。

莎士比亚环球剧院旁的红雀帽巷（Cardinal Cap Alley）就位于班克赛德现存最古老的滨河住宅之间，除了被冲上前滩的老物件外，也只有它还能让人想起这里曾经存在过的臭名昭著的小酒馆。我在此地找到的钩形标牌就可能是某位来此玩乐的绅士所遗失的，或许是用来固定斗篷的，以抵御刺骨河风。它也可能来自一名妓女，她走在湿滑泥泞的堤道上，准备前往等候的渡船，怕裙子沾到泥，就用一根带子把裙摆勾起来，它或许就是用久了，从带子上松动脱落了。它的历史可追溯到 1500 年到 1650 年之间，当我看到它时，它正半掩在沙中。我第一眼看到的是它上面的装饰，像是一颗菠萝或松果。它由铸造铜合金制成，在河中浸泡太久，已经长出了一层厚厚的铜绿。

我发现的物件可能有相当大一部分来自这些在河边玩乐和工作的人。当时城里的道路泥泞不堪，唯一的这座桥又十分拥挤，泰晤士河就成了每位伦敦人高效快速的出行路径。在阿加斯地图上，泰晤士河上满是渡船，有些船上还画着乘客与船工，乘客坐在船后，船工在前面卖力地划着双桨。地图上，班克赛德河边正好有一艘等候的渡船，大约是在梅森楼梯（Mason Stairs）处，那里几乎就是今天千禧桥所在的位置。据说16世纪末时，在泰晤士河潮汐河段上工作的船工有3000人，到18世纪初涨成了8000人，18世纪末时就已发展到1.2万人。班克赛德有一条不起眼的街道，顺着这条街走着走着，你会在一栋现代建筑的墙面上看到两块石板，名为"摆渡人之座"（Ferryman's Seat）。据说它有着很古老的起源，但更多的信息人们也说不上来。这个座位很窄，靠背是向前倾的，有些人说，这是为了防止摆渡人在工作时睡着。这样的座位坐起来无疑是非常不舒服的。

泰晤士河潮汐河段沿岸遍布楼梯与堤道。满潮时，人们走下楼梯就能直接上船；水位很低时，他们需要穿过湿滑的堤道，才能抵达河边。在约翰·罗克（John Rocque）所绘的1746年版地图上，在老伦敦桥与今天的黑衣修士桥之间共有十一处滨河楼梯，但在过去这些年里，它们几乎都被拆除殆尽，许多堤道的石头要么是被拆走用作他途，要么是被河水冲走了。在班克赛德河段，唯一幸存的一段楼梯位于南华克桥以西，但已不能使用，其上方有一扇门，已永久锁上，且门上的铁栏杆带着尖刺。不过，还是从下面欣赏这段楼梯最好。楼梯顶端是一小段狭窄石阶，通过河堤后，台阶变宽，尽头连接着前滩上的堤道，这条堤道比较宽阔，用方石铺就，有约30英尺（约9米）长。堤道尽头距离水面有点高，因此，还有五级木构台阶通向水边。

班克赛德的前滩很吵。轰隆隆的火车在黑衣修士站与坎农街站进进出出，千禧桥上，拉着行李箱的行人脚步匆匆，行李箱的滚轮摩擦着有棱纹的金属桥面，发出巨大声响。从滨河步道上飘下了街头艺人的音乐声，还有孩子们兴奋的尖叫声，他们正在追逐"泡泡人"制造的巨大肥皂泡。在这里，我感觉更暴露，更缺乏保护，没了河堤的遮挡，人们有时会跑过来问东问西。就连这片前滩自己也缺乏保护。只要有许可证，任何人都可以在班克赛德的前滩使用金属探测器，可以刮刨地表，可以下挖至 7.5 厘米深，而他们也确实是这样做的。上次来这里时，我就看见有个金属探测器爱好者在这里挖了一排的洞，一直向西延伸，还有个人刨开了一大片碎石滩，露出了下面的河泥。

当现代的声音太过巨大，你就很难倾听过去的声音，但我是个天生的白日梦者，我很擅长倾听过去的声音。最近，我翻了翻自己的旧物，看到了自己五岁时的生日贺卡、青春期写的令人尴尬的情书以及自己朋克时期的照片。我还找到了以前学校的报告，老实说，非常可怕，所有报告最重要的主题都是：我上课的时候总爱出神，心不在焉。报告本上满是这样的评语："非常容易做白日梦……必须主动地完全集中注意力……能通过更积极地参与课堂互动获益……但她似乎没有意识到自己必须时刻集中注意力……"

我在家也像是活在幻想中，我家的房子有 500 多年历史，有很多人曾在这里吃饭、睡觉、相爱、欢笑和哭泣。我每次拉开老门上的门闩，就会想到在我之前还有人曾成千上万次地拉开过它。

我还会抚摸着凹凸不平的石膏墙，感受它过去所经历的时光。在那些凹凸所投下的光影中，我能看到小丑怪[1]的面孔，以及花儿和鸟儿。其他人是否也曾看到过它们呢？我的卧室里有一扇小小的窗户，木窗框下的石膏墙面上，有人刻下了自己姓名的首字母缩写，我很好奇他们是谁。当他们在世时，从这扇窗望出去，看到的是什么样的风景呢？我摆弄过那个维多利亚时代的旧炉灶，它被弃置在屋后闲置的房间中，在割草机后慢慢锈蚀。在前门旁的园圃中，我也曾沉浸于翻找探索，在这里度过了悠长的时光。这片园圃曾是倾倒厨房垃圾的地方，经历几个世纪，烧火后的残渣、土豆皮和老卷心菜叶让这里的重黏土变轻了，也更肥沃了。我知道这座房子很特别，而且在它的灌木果树丛下，在自然生长的亮黄色金盏花丛间，我找到了曾有人用那个炉灶烧火做饭的证据，以及曾有人睡在我房间中的证据。

因此，在我发现前滩之前，我就已经做好了在前滩发挥想象力的充分准备。我知道这些泥土下藏着不计其数的故事，一如我知道农场那栋房子的砖、梁与嘎吱作响的地板中藏着无穷的故事一样。我知道来自过去的幽灵就等在那里，我所要做的就是去寻找他们——而我已在童年时期完善好了这项技能。

有时，我找到的物件本身就会帮助我，它们身上刻着或印着的首字母缩写与名称会给我提供一些关于它曾经的主人、制作者

---

[1] Goblin，西方童话故事中的一种丑陋的小精灵，爱捣蛋，也常带有恶意。参考：https://www.britannica.com/art/goblin

或使用者的具体信息。在一个寒冷但光线充足的早晨,我发现了一枚薄薄的铜合金代币,大小与现代的便士差不多,它被卡在一大块白垩石旁,这块白垩来自老比林斯盖特(Old Bilingsgate)附近的驳船床。代币一面是一艘大船的图案,船舱是半圆形的,这一面的边缘还写着一个名字——"罗伯特·金斯兰"(ROBERT KINGSLAND)。另一面则写着"萨维尔斯船坞"(SAVERS DOCK),中央是三个首字母缩写 K、R、E。我知道这是 17 世纪商人的代币。我之前曾在其他泥泞寻宝者还来不及洗干净的手掌上见过,但这是我自己找到的第一枚,我迫不及待要把它带回家去研究。

网上有关于这些 17 世纪代币的详尽记载,我很快就找到了这枚代币上的商人。罗伯特·金斯兰是诺亚方舟酒馆的老板,该酒馆位于圣萨维尔船坞(St Saviour's Dock),该码头距离我找到该代币的地方并不远,就在河对岸再往东一点。这艘画得很粗糙的船代表方舟,能帮不识字的人认出它来。三个首字母分别代表金斯兰(K)、罗伯特(R)和他的妻子(E)。通过这枚小小的圆币,我不仅知道了这个生活在 400 年前的男人的名字,还知道了他的店名、店址,甚至是他妻子的一个姓名首字母。我唤醒了一个被遗忘已久的伦敦人,这让我有种侵入别人私人领域的感觉,不过,我还是继续搜寻信息,并在英国国家档案馆(National Archives)的数据库中找到了罗伯特·金斯兰的遗嘱,遗嘱上写着他的身份:萨里郡柏蒙塞圣玛丽玛格达伦的持证售酒者。该遗嘱写于 1656 年 4 月 24 日,内容非常难认。手写的字迹弯弯曲曲,看着很美，但几乎认不出写的是什么，不过，至少为我解开了他妻子名字的谜团，E 是伊丽莎白。他给妻子留下了所有的"有形动产"以及"我房子的租约，该房名为诺亚方舟，位于柏蒙塞的圣玛丽玛格达伦"。

早期的代币多是用锡铅合金或铅制成，价格便宜，易于加工，因此普通人也能制造自己的货币。它们的大小往往与当时的硬币相同，更早期的代币则是与中世纪的银便士一样大。制造代币的有教会、商人、酒馆老板等。代币用途多样，有用来记账的（比如从船上卸了多少货），有用来交换商品与服务的，有用来执行《济贫法》（Poor Law）的，有用作通行证的，最重要的是，有用来代替小面值硬币使用的，在 17 和 18 世纪，小面值硬币是普遍短缺的。

在 1648 年到 1672 年间，因半便士、便士和法新[1] 短缺，当局批准暂用代币代替它们流通。正是在此期间，出现了更多做工专业的铜代币与黄铜代币，罗伯特·金斯兰的代币就是其中之一。他可能有 500 到 1000 枚这样的代币，在诺亚方舟酒馆当作零钱使用。周围的商店店主和酒馆老板只要信任代币的发行者，应该就会接受此人的代币，并保存在柜台下的抽屉里，等积攒到足够数量，就拿去找发行者，或中介机构"法新兑换店"（Farthing Changer）兑换银币。在发现了罗伯特·金斯兰的代币后，我还陆续发现了其他许多人的代币：芬丘奇街（Fenchurch

---

[1] Farthing，1961 年以前的英国铜币，相当于 1/4 便士。

Street）喷泉酒馆（Fountain）老板安布罗斯·史密斯（Ambrose Smith）及其妻子安妮；泰晤士街粉红酒馆（Pink）店主理查德·休厄尔（Richard Sewell）；来自查特豪斯巷（Charterhouse Lane）逃马（Fleeing Horse）店的 I.A.A；还有来自圣凯瑟琳巷（St Katharines's Lane）剑与匕首（Sword and Dagger）店的 I.A.C。这些人和地点都是真实存在过的。

1672 年，政府禁止了代币的使用，尽管如此，人们仍在大量制造非官方的铅代币。上面往往打了或铸了粗糙的图案，便于人们识别发行者。酒瓶和玻璃杯是酒馆老板常用的图案。我有一枚代币上的图案是蜡烛工匠的传统标志——星星和月亮。还有一枚的图案是一个戴假发的男人，有着高挺的鼻子和凸出的下巴。这枚代币背面的图案像是一个皇冠，但倒过来看又像一只猫头鹰，因此，正面的那个男人可能是皇冠酒馆或猫头鹰酒馆的店主。发展到 18 世纪，许多代币就没有那么复杂的装饰图案了，往往就是交叉平行线、非写实的花朵、星星、三叉戟、十字架、一组线条或一组点。一幅个性化的涂鸦足以帮助人们识别代币发行者，对于这些简单的图案设计，发行者甚至可以自制模具。

当我在泰晤士河河口的前滩寻宝时，又出现了另一位酒馆老板的名字与人生。我发现了一只褐色的粗陶大肚短颈瓶，瓶身上长满了藤壶与翠绿色的水草，当我倾倒瓶中淤泥时，还滑出了一只暗褐色的螃蟹，很显然，这是它的家。待安全回到岸上后，我用小刀刮去了瓶身表面那一层坚硬的藤壶，看到在其宽阔的肩部印有一个新月图案，新月之中赫然印有店主的名字："W. 梅

（MAY），王之手臂（Kings Arms），下泰晤士街"。我知道它在哪儿。下泰晤士街位于泰晤士河北岸，与河平行，就在班克赛德对面。这条街经历了战后重建，现在是一条繁忙的道路，两旁办公大楼林立。我的好奇心被激发了出来。这只瓶子怎么会跑到这么远的地方来呢？是某个水手在城里喝完最后一杯酒后捡到或偷了它，然后在出发去公海之前把它扔到了这里吗？它看起来并没有多古老，因此，我推测要找到 W·梅这个人不会太难。

第二天我就开始了搜索。我把知道的所有信息输入谷歌，弹出了一个关于伦敦酒吧历史的网站。这下可简单了！无论运营该网站的是谁，他都为我提供了巨大的便利。他整理了所有的信息：人口普查报告、名录和保险记录。这里有在王之手臂酒馆生活和工作过的人的名单，这些名字会像变魔术一般，召唤出活在过去的那些人：一些满脸胡须、鼻子又红又肿的男人；一个身材丰满、笑容温和的女服务生；一个一身黑衣、表情严肃的女人，她是酒馆老板，会收留房客来勉强维持生计；还有一个瘦削的年轻男子，刚从乡下来，负责收拾碗盆，会干到他转运那天。或许就是他们中的某个人给这只酒瓶倒满了葡萄酒或麦芽酒，端给了一个外表粗野的家伙。这个家伙或许在清晨涨潮时就要离开，正在借酒浇愁，离开酒馆时还带上了这只酒瓶，一路把它带回了船上。

这家酒馆的确切位置是下泰晤士街 61 号，于 1775 年开业，1920 年拆除。该网站列出了该酒馆自 1807 年开始历任老板的记录。我根据该酒瓶的样式，推测其出自 19 世纪上半叶，因此，我优先查了这一时间段。本杰明·韦勒（Benjamin Weller），持证售酒者，王之手臂酒馆经营者，直到1812年店主变更为托马斯·波普（Thomas Pope）。他后来可能是去世了，或者是和酒馆女服务员私奔了，1815年和1819年登记的酒馆经营者都是他的妻子萨拉（Sarah），在此之后就没有更多信息了。直到1832年，售酒执照的持有者变成了威廉·古德盖姆（William Goodgame）。在他之后就是我要找的人了——威廉·梅（William May），在1835年的罗布森名录（Robson's Directory）中，他成为了该酒馆的店主，但经营时间也很短，1839年他就离开了，店主换成了托马斯·史密斯（Thomas Smith）。我获得了一个日期和一个名字，但也仅此而已。我继续往下看。1851年后的人口普查提供了比之前丰富得多的信息，我觉得梅的生活应该不会与他的这些后继者相差太远，于是就继续往下看。

后面的内容很有意思。该酒馆大多数的老板都不是伦敦本地人，主要来自诺森伯兰郡、约克郡和汉普郡，这也反映了当时人口普遍在向大城市转移。他们和自己的大家庭住在一起，会雇佣年轻女性当女佣和酒馆女服务员，雇佣男孩来收拾碗盆。不过更让我着迷的是那些房客，他们几乎都靠这条河谋生。水手——日内瓦的巴卡加卢波·G. 巴鲁［Baccgalupo（原文如此）G Ballu］、多塞特郡的弗雷德里克·格兰特（Frederick Grant）、林肯郡的威廉·平德（William Pinder）、挪威的科尼利厄斯·默克森（Cornelius Merxon）、康沃尔郡的理查德·特雷维里克（Richard Trevillick）、赫尔市的罗伯特·比切纳（Robert Beechener）、爱尔兰的约翰·巴特勒（John Butler）以及根西岛的约翰·科恩（John Cohn）；还有一个码头搬运工詹姆斯·斯帕罗·怀特（James Sparrow White）。他们并不是在 19 世纪拥挤恶臭的泰晤士河上艰难讨生活的无名者。他们都是一个个鲜活的人，来自英国各地，甚至世界各地。

我在班克赛德的运气向来不太好。我一般都是快满潮时才来，好地方早已被其他泥泞寻宝者搜过了。而且，在约 18 世纪末以前，这里并没有北岸那么繁忙，驳船更少，也没有滨河市场，可发现的东西自然也没有北岸那么多。不过，我在这里还是有收获的：钮扣、带扣、扣环和大量的玫瑰法新（只够遮住我指尖的小铜币）。这类硬币大量存在于前滩，一些泥泞寻宝者认为，人们可能常用它们来支付渡船费。这些硬币是 1636 年至 1644 年间由国王授权的私人铸币厂铸造，与商人自制代币差不多在同一时期。它们是用来代替制作成本过高的银法新的。玫瑰法新的一面有一朵戴着皇冠的玫瑰，它也是因此得名，另一面没有用国王查理一世的头像，而是用了一顶皇冠，皇冠背后是交叉的权杖。它们太小了，可能也不太便于使用。不过，它们不受欢迎的原因不止这一个。据说人们因为它们不是银铸的而厌恶它们，因为上面没有国王的肖像而不信任它们。玫瑰法新的造假也很严重，后来，为了难住造假者，该铜币中被插入了一个三角形的黄铜楔子。我有几枚这样的玫瑰法新，但楔子都没了，或许是被无聊的船工挑了出来，或许是被河水冲走了，只在边缘留下了不规则的齿状缺口。

但我必须承认，河水的侵蚀让我最近在班克赛德的运气变好了。一处驳船床的基底正在一点点地被河水侵蚀带走。压实的基底正在破裂、溶解，一点点暴露出下面较软的填充物。没有耐心的人会直接在带有砂砾的深色淤泥中挖掘翻找，这也加速了它的消亡。我每次去，它似乎都更小了一些。在过去的几次搜寻中，我发现了数枚乔治王朝时期的便士，以及一只这一时期的鞋子，搭扣都还在，很完整。因为有过这些收获，某年夏天，在环球剧院戏剧演出开始半小时前，我决定再去看看能不能有所发现。就在不断被侵蚀的驳船床旁，有一枚1797年的铜币，该铜币又大又厚，印着乔治三世的头像，一脸傲慢，在河泥中显得异常镇定。为了它，哪怕弄坏我最好的鞋子也是值得的。

它并不是我发现的第一枚大硬币，我知道它是什么：车轮便士（cartwheel penny），钱币中的异类，因宽边设计与巨大的尺寸而得名。当时，有许多流通中的小面值硬币磨损严重，造假严重，为了恢复民众对皇室硬币的信心便推出了这种车轮便士。每枚车轮便士都用一盎司的铜制成，该币的面值与当时一盎司铜的价值相等，足够普通人买下一周用量的蜡烛。这种两便士硬币的重量是一便士硬币的两倍，不受欢迎也在意料之中，推行仅一年就停产了。它们其实更适合用作砝码，在被更实用的硬币取代前，它们一定压破过许多人的口袋和钱包吧。那天下午，当我坐进环球剧院的座位中时，身上仍散发着一丝泰晤士河的气息，那块令人满足的历史的碎片正安静地躺在我的口袋中。

其他泥泞寻宝者在班克赛德发现过一枚中世纪的胸针和一枚

罕见的凯尔特硬币。我有次从某人身旁路过，看到他正在查看一把残缺的维京人的梳子，那是他刚刚在水边发现的。我就从未在这里发现过任何早于16世纪的物件。16世纪时，该地区因为性和其他一些娱乐活动而臭名昭著。当时有一条小巷名为熊园（Bear Gardens），一直通往河边，尽头就是今天的"摆渡人之座"。它之所以叫熊园，是因为附近有很多逗熊场和逗牛场，这些地方会专门繁育用以进攻的獒犬，攻击被链子锁在桩子上的熊、马鞍上绑着猴子的小型马以及年轻的公牛。有位泥泞寻宝者曾在这里的前滩上发现过熊爪的骨骼。我也曾在漫长的一天结束时，发现了河泥中冒出来的一点点角尖。我握住它，一扭，再用力一拽，一对巨大的牛角就破土而出了。我家的农场里从来没有养过长角的牛。现代大多数的养殖牛都会去角，我所见过的未去角的牛，也远没有这么大的角。这让我想起了一些古老的品种，比如角如其名的长角牛。或许它曾用这对角刺伤过咆哮的獒犬，并多次将其击退，直至最终被其扑倒在地，撕成碎片。

这片前滩还遍布着酒器碎片，这应该也并不令人意外。最容易发现的是中世纪储水器与大型贮酒桶上的桶孔：拇指宽的孔，孔周围会用黏土做一层加厚的壁，或平或带褶皱，这层壁的作用是加固，防止在向孔中推入塞子或龙头时弄破容器。这类容器主要用来装淡啤酒，即低度数的啤酒，当时，各年龄段与各阶层的人都爱每天喝点淡啤酒，他们认为淡啤酒是比较安全的饮用水替代品。但我要找的不是这些，而是一张胡须男子的脸，这种图案见于带斑点的棕色粗陶酒瓶瓶颈之上。这种酒瓶设计独特，大腹便便但瓶颈很短，瓶颈一侧往往有一个小小的环形把手，另一侧是一张长满胡须的脸。这种酒瓶的制作工艺差别很大。最早期的往往细节精致，又长又飘逸的胡须呈波浪状，会一直延伸到胖胖的瓶身上。早期和晚期其实都有图案粗糙、像个面具的，但到了更晚期，那些图案就变得格外干瘪丑陋了，有时根本看不出是张人脸。

这种酒瓶起源于德国，被称为巴特曼（即胡须人）酒瓶，在英格兰，它们被称为贝拉明酒瓶，是以 17 世纪意大利耶稣会会士、红衣主教罗伯托·贝拉明（Roberto Bellarmine）的名字命名的。据说，他是一个坚定的反酒精者，并且在天主教徒与新教徒间出现巨大宗教混乱时站在了错误的一边。常见的说法是，人们会将这种酒瓶砸碎，享受看着他的脸被摔得四分五裂的快乐。事实上，这一胡须人的设计更有可能代表的是林中野人（Wild Man of the Woods），北欧民间传说中很常见的一种多毛的神秘生物。

我找到的第一个胡须人碎片做工精致，能看到胡须人的浓眉、笑嘴和大部分胡须。我花了好些时间才找到它，不过自那以后，我又找到了几十块碎片，有全脸、部分脸、眼睛、嘴巴、鼻子和胡须——但我从未找到过一只完整的胡须人酒瓶。我有时仅凭碎片的大小与形状就能判断出它是瓶颈碎片，然后我就会屏住呼吸，满怀期待地将它翻转过来或从泥中拔出。每个贝拉明酒瓶都是独一无二的：有一些脸很怪异，面带嘲讽与愤怒，另一些则带着令人愉快的傻笑。我这些形状各异的碎片都收藏在家中的一个陈列柜里，它们排成一排，像一个个残缺不全且与周遭格格不入的怪人。我喜欢想象着它们在房中人都沉睡后苏醒过来，像是一群在酒馆喝酒吹牛的老人，交换着彼此荒诞的故事。

有一些德国粗陶酒瓶的瓶身上也会带有复杂纹饰。我所收集的此类碎片图案有橡树叶、橡树果、小幅肖像画、花朵和盾徽，这些盾徽代表的要么是委托制造它们的商人，要么是制造它们的城镇。其中一些还会在褐色盐釉上随机溅上些钴蓝色。我其中一块碎片的历史可追溯到 1594 年，也就是莎士比亚戏剧《错误的喜剧》（*Comedy of Errors*）首演那一年。这让我不禁好奇，是不是哪个看戏的人喝醉了酒，在回北岸的渡船上睡着了，这只酒瓶就从他手中滑落到了水中。我还想象着，他位于北岸的家中可能还有个长期受苦的妻子吧。

对我来说，可追溯到某个特定历史地点或历史时刻的前滩发现物尤为特别，都铎王朝时期的一个钱箱也因此成为了我最珍贵的藏品之一，它发现于 20 世纪 80 年代的班克赛德前滩，是一位泥泞寻宝者送给我的，而他也是从别的泥泞寻宝者那里得到的。我将成为它忠实的守护者，直到将它传到下一个人手中，它会在那人手中继续这场穿越时空的旅程。

它和橙子差不多大小，正好可以握在掌心。它是用粗糙的浅黄褐色陶土制成，表面覆盖着密密麻麻但并不均匀的绿釉斑点，这也是它那个时代的特色。这类瓶、罐和碗其实是通过将器身快速放入釉料中或将釉料快速泼到其表面来上釉的，会留有一些未上釉的空白。我的小钱箱就有一面留着两块未上釉的空白，像两个圆圈，可能上釉时制陶工的手指正好捏在了这里，也可能是在窑炉中，这两块区域正好和其他钱箱贴在一起，釉料没有泼到。

在为修建新环球剧院而进行的挖掘工作中，人们发现了许多类似的钱箱碎片。我自己也在班克赛德的前滩收集到了不少像纽扣一样的钱箱顶端装饰。据说，这些钱箱是售票员在戏院收入场费时用的。买廉价站票的观众会站在舞台前的露天庭院里看戏，入场费是一便士，大约是一名工人一周薪水的十二分之一。多花一便士，就可以站到有顶棚的外围廊台中，再多花一便士，就可以坐在上方的楼座中。位于舞台后方的贵宾间可以俯瞰舞台，不过要花六便士，只有富商和贵族才付得起。

我在想，用过我这个小钱箱的售票员是不是因为嫖妓误工了，为了利用下午的光线，演出可能2点就开始了，但他才刚刚赶到，万幸老板喝醉了，他躲过了老板的怒火。他可能是从制陶工今天早些时候送来的一堆空钱箱里随手抓了一个，然后就一头挤进了嘈杂拥挤的人群。观众已经在涌向色彩鲜艳的舞台前了，其中很多都喝得烂醉如泥，在那大声喧哗，当他们将小小的银币塞进钱箱侧面的缝隙中时，他们的呼吸也会裹挟着口中所嚼生蒜的臭味一起向他喷去。

前面看完演出的观众扔了满地的榛子壳，厚厚一层，他走在上面，脚下咔咔作响。榛子壳中还混着煤渣，雨水从无遮挡的屋顶处飘落下来，让地面看着更脏了。如果有观众不愿意或因为醉酒而没办法尿到尿桶里，那这满地的恶臭就会更加可怕。演出中，尿桶会在人群中传递，演出结束后，它们会被卖给染色工和皮匠。

卖苹果、啤酒、葡萄酒和坚果的小贩可能已经穿梭在人群中了。他紧紧抓着钱箱，以防遇到本是为醉酒观众而来的小偷和流氓。剧院内每挤进一个人，那些喝醉的人都会大声抱怨。当他关上剧院大门时，里面可能已经挤得连一英寸多余的空间都没有了。他将钱箱送回剧院后面的房间，也就是众所周知的钱箱屋，送到后，他就可以离开了，老板则会砸破钱箱，算算今天赚了多少钱。

在我所有的前滩发现中，陶土烟斗是最私密也最能引发情感共鸣的物件之一，它们在泰晤士河潮汐河段上十分常见。从特丁顿到河口，几乎每个河段都能找到陶土烟斗杆的碎片和小小的白色斗钵。任何人来到前滩，一低头就能发现它们。我发现第一个烟斗的那天，也是我第一次发现泰晤士河潜力的那天，对我来说，它不再仅仅是一个可以散散步，消除焦虑的地方；它可以抚慰我，帮我逃离现在，彻底将自己交给脚下的历史。那根小小的陶土烟斗杆是通往另一个世界的钥匙，是与那些被遗忘的人生之间的亲密联系，提醒着我们，这个人间是代代相传的：我们不是来到这里的第一个，也不会是最后一个。

16 世纪中叶，从新大陆返回的船只首次给英格兰带回了烟草。烟草刚进来时是很稀有、很昂贵的，这一点在最早期陶土烟斗的斗钵大小上也有体现——不超过我小拇指指尖的大小。后来，偶然发现了这些微型烟斗的人还以为自己找到了小精灵和小妖精的吸烟工具，这些烟斗也因此被称为精灵烟斗（fairy pipe）。民间迅速掀起了一场吸烟的热潮，吸烟成了既时尚又普遍的行为，据说就连女王伊丽莎白一世也尝试吸过烟，人们当时把吸烟称为"饮烟"（tobacco drinking）。不过国王詹姆斯一世对此并不热衷，甚至专门写了一篇文章《对烟草的强烈驳斥》（*A Counterblaste to Tobacco*）来反对它。文中，他强烈反对吸烟行为，称其"对眼睛有害、对鼻子有害、对大脑有害、对肺有害，还会冒出恶臭的黑烟，那些黑烟是最接近无尽地狱中恐怖烟雾的存在"。

詹姆斯一世没能成功让公众厌恶吸烟，此后，吸烟甚至变得更受欢迎了。随着需求的增长，美洲殖民地扩大了烟草的种植，烟草价格下降了，烟斗的斗钵也变大了，18世纪烟斗斗钵的大小几乎是最初精灵烟斗斗钵的三倍。伦敦人热衷于吸烟。1599年，一位瑞士旅行家写道："他们随身携带这个工具，以便在任何场合吸烟：剧院、酒馆以及其他各种地方。"1614年，一个写小册子的时评者称，当时共有7000家烟草店，比所有麦芽酒店和小酒馆加起来还多，那些烟草店不仅卖烟草和鼻烟，也出售烟斗等吸烟工具。即使该数据可能有些夸张，但也反映了吸烟在当时的伦敦有多盛行。

伊丽莎白时代那种微型的烟斗斗钵已经很稀有、很难发现了。我泥泞寻宝这么多年，也只发现了五只非常珍贵的斗钵，而且都是在同一片很小的范围内找到的，那片区域是以都铎王朝时期的发现物而闻名的。18和19世纪的烟斗就要常见得多，我已经找到了数百个，不过，除了那种很少见的、非常长的，其他的我都会放回原位，留给别人去发现。那些在前滩露出头来的烟斗，其杆通常都已破损，而且非常短，但当它们还是新的时，有一些的杆可能会长得出奇。18 世纪中叶时，有一种烟斗长 18 到 24 英寸（约 46 到 61 厘米），被称为"市议员的吸管"，这种烟斗很时髦但不实用。19 世纪的同类长烟斗被称为"教会执事的烟斗"（有人说这是因为教会执事们喜欢在等待教堂礼拜结束时抽这种烟斗），不过，其中最长的一种被称为"一码长的陶土"（yard of clay）[1]。这种时尚显然并没有持续多久。在泰晤士河柔软的河泥中有时也会发现完整的"市议员的吸管"和"教会执事的烟斗"，不过，据我所知，目前尚未有人发现长达 36 英寸（约 91.4 厘米）的完整烟斗。

大多数的烟斗都很朴素，但我偶尔也会发现一些斗钵壁上带有纹饰的：皇室盾徽，上戴皇冠，左右分别是一只独角兽和一只狮子；蓟与玫瑰缠绕在一起，庆祝英格兰和苏格兰的联合；兵团的盾徽，以及制服公司、小旅馆和小酒馆的盾徽；酒神巴克斯纵情翻滚；《伊索寓言》中的狐狸正在伸爪摘葡萄；异国的鸟；工艺精致的土耳其男人的头像，包着镶有珠宝的头巾，蓄着浓密卷曲的小胡子。我还发现过一支 17 世纪早期的荷兰烟斗，也带有装饰，看起来像是一朵业已凋败的郁金香。

装饰会赋予烟斗更多的特征，能将它们固定在某个时间节点上。我最近发现的一支烟斗，上面绘有一位戴着假发、身着长礼服的绅士，这成了我找到其主人的线索。烟斗上写着"永远的皮特"，说明抽这支烟斗的人是辉格党人，也是 250 年前大英帝国

---

[1]　一码约为 91.4 厘米，正好等于 36 英寸。

诞生的最大功臣老威廉·皮特（William Pitt the Elder）的支持者。这支烟斗的主人可能是个商人，是皮特在印度、加拿大、西非和西印度群岛发动军事行动的受益者。他或许会在一个时髦的咖啡馆里抽起这支烟斗，在那里，男人们聚在一起，谈生意，辩时事。

最早的烟斗可能是手工成型的，后来，为了跟上需求的增长，引入了木制模具，加快了烟斗制造的速度。在现在仅存的17世纪木制烟斗模具中，有一个就是泥泞寻宝者在班克赛德发现的。该模具所能制作的烟斗非常小，伦敦博物馆根据该大小将它的年代确定在1580年到1610年之间。最终，金属模具取代了木制模具，铁模具成了标准，且一直沿用到20世纪。

每支烟斗的制作往往需要全家人的参与：将精细的白黏土揉搓成细香肠状，"香肠"一端为"灯泡"状，要做成斗钵；将它放置一旁，待黏土变硬一点；在细长的杆中小心翼翼地插入一根细金属丝，做出烟道；将其整个放入涂抹了油的金属模具中；将模具放入老虎钳一样的挤压设备中夹紧；用力将金属塞塞入"灯泡"中，将黏土压紧，形成斗钵的腔体；移除塞子，将柄中的金属丝再往前推一点，让其穿入斗钵腔体；用小刀清理掉模具顶部冒出的多余黏土；打开模具，将带金属丝的烟斗取出，放在架子上干燥，需干燥至可以拿握；清理掉多余的黏土。整个过程其实耗时很短，这也是烟斗可以大批量制作的原因。一般来说，男人负责铸模成型，女人（通常是他们的妻子）完成后续烟斗制作，孩子们会帮忙准备黏土，以及包装最终的成品。

在1600年至1700年间，烟斗边缘往往要用带状的打磨机器打磨平滑并封边，很像对硬币边缘的那种加工，不过到了1700年至1850年间，边缘就只剩一个普通的切割面了，常常还会残留修改刀的刀痕。质量最上乘的烟斗在烧制之前，会用坚硬的金属或石头（通常是玛瑙）抛光工具轻轻摩擦抛光。这会赋予它们一种高级的平滑感，并让它们散发出柔和的光泽，我在前滩发现的部分烟斗上至今还保留着这种光泽。

在18和19世纪，许多烟斗杆的末端都蘸有红色的蜡，以防其戳伤吸烟者的嘴唇，有些腐蚀程度轻微的烟斗杆上还能看到1英寸（约2.5厘米）左右残留的蜡。杆的另一端，斗钵之下的部分就是所谓的"斗跟"。如果是18世纪的烟斗，其短小斗跟的某一侧往往会带有首字母缩写，偶尔也会有像太阳、皇冠、马蹄铁这样的小符号。这些都是制作者的标记。当你像在吸烟一样拿起这个烟斗，让它背对着你时，你会在左边看到制作者的教名首字母缩写，在右边看到此人的姓。更罕见的是，17世纪烟斗所带的首字母缩写或花押旁通常还绘有烟叶的图案，都压印在斗钵平坦的斗跟位置，这些图案可以揭示出有关制作者的大量细节信息——姓名、制作日期，甚至是他们作坊的地址。吸烟者也会留下自己的痕迹——他们被熏黄的牙齿会咬住烟斗杆，并在那里留下牙印。斗钵内部会因烟灰而发黑，这些烟灰有时也会被吸烟者舔到杆的外侧边缘。

考虑到烟斗的易碎性，在前滩的浪与泥沙的冲击下，居然能有如此多的幸存者，真是太不可思议了。在某个地方，当水位极低时，你想要不踩到18世纪的斗钵都难，那里的河泥中到处是冒出头来的烟斗，水边也有不少在翻滚。附近可能曾经有过一个烟斗窑，或者被大车拉到前滩来倾倒的街道垃圾中有成千上万被抛弃的烟斗。它们的数量之所以如此之巨，是因为售价相对便宜，而且都是几十万支几十万支地在生产。大多数的小旅馆、酒馆和咖啡馆都摆放着整箱整箱的烟斗供顾客选用，有些甚至是和烟草打包出售。人们对烟斗还是比较爱护的，会重复使用，他们会清洁杆中堆积的焦油，有时还会用特制的金属丝笼子来存放，不过，烟斗杆易折断，杆过短会让热烟熏到鼻子，一旦它们变成"暖鼻器"，就会被丢弃。我发现每次潮汐后出现的烟斗数量不一，不过，有些泥泞寻宝者一直坚称烟斗是越来越少了，还指责不速之客们带走了太多烟斗（有人告诉我，这种说法从20世纪80年代开始就有了）。也许这条河的馈赠天然就是定量的，会根据潮汐一点点地从泥中释放。这些烟斗一旦脱离了河泥的保护，若无人收集，就注定会走向破碎，最终被磨损殆尽。

寻找陶土烟斗非常容易，它们干干净净的白黏土斗钵是很容易看见的。当它从河泥中冒出头来，只要抓住杆轻轻一拉，就能带来惊喜——一支设计典雅的长烟斗，以及将它从湿润河泥中拔出时发出的那一声令人满足的噗嗤声。有些人喜欢将前滩发现的烟斗还原到接近崭新的白色。他们会将烟斗放入洗碗机或泡入漂白剂，但这会给烟斗带来毁灭性的破坏，漂白剂会渗入黏土中，最终，你可能只会得到一堆白色的碎片。我更喜欢让它们保持原样，有时河泥会给它们裹上一层厚厚的包浆，而我存放它们的盒子与抽屉也总会飘出河水所特有的气味。我现在只收藏非常古老、不同寻常或保存完好的烟斗，不过，发现它们依然会让我兴奋不已。即使我不打算带它们回家，也会将它们拾起，享受将这种形状完美、制作精巧的物件拿在手中的快感。我并不抽烟，但古老的陶土烟斗会给人一种奇妙的触感，就是这种手感让我愿意拾起它们来。

Queenhithe

奎因海瑟

她从父亲河泰晤士河的大嘴里救出了半消化的财富，关于这些财富的描述各式各样、模棱两可，其中有许多我们都说不清身份。不过，根据实际观察，我们能证实一部分物件的身份：非常小的木柴碎片，有时是别人赏给她的旧木桶的木板；碎玻璃，以及未打碎的玻璃瓶和石头瓶；骨头，主要是淹死动物的骨头；绳子和残缺的绳子，将会被制作成拖具；旧的铁、铅或任何其他金属，可能是从过往船只上掉下来的；最后，但绝不是最不重要的，来自运煤船的煤块，这些运煤船一年四季不分白天黑夜地往来于泰晤士河上，势必会相当慷慨地向这位潮汐女侍者的艰苦劳动致敬。

查尔斯·曼比·史密斯，《潮汐女侍者》，
出自《伦敦生活的奇物；或该大都市的各生理与社会时期》
（1853）

前滩的有些地方会歌唱，那是来自过去的声音，饱含生活的酸甜苦辣：人们的辛劳、痛苦、希望、幸福与失望。它们的灵魂内核被泥浆包裹着，一个个拍向岸边的浪将它们抛上前滩。古老的奎因海瑟船坞就是这样的一个地方。它是过往岁月残存的痕迹，曾几何时，这里的岸边遍布小河湾。但随着时间推移，这些小河湾被填埋，建起了其他建筑，唯有奎因海瑟船坞留了下来，它也是该市滨河地区仅存的一个古代船坞。

奎因海瑟船坞位于泰晤士河北岸，千禧桥以东不远处，被丑陋的现代建筑紧紧包围：办公大楼与公寓大楼上的深色窗户就那样俯视着这个古老的空间。这个船坞已经淤塞，满是碎石瓦砾，枯潮时还会变成一大片泥潭，实际比看上去要深。它带有缓坡，从河中向岸边抬升，现代伦敦生活的零碎废物随水漂来，被困在它后方的河堤处：瓶子、气球、球、橙色救生圈、锥形交通标志，以及其他各种各样的塑料垃圾。这些垃圾颜色各异，堆在一起，乱糟糟的。一侧，粗混凝土桩支撑着一个红砖建筑，向外突出，支棱在这座旧船坞的上方，形成了一个昏暗、潮湿的河流洞穴，里面淤积了一层污浊的褐色泥浆。洞口处，前滩表层的卵石已完全被冲刷掉了，裸露出了下方的河泥，而这些河泥也在一点点地被潮汐带走。随着河水的侵蚀，河泥吐出了各种代表过去的物件：陶器碎片、纽扣、扣针、硬币、古老的动物油脂蜡烛，甚至是一个木桶。随着这些物件的出现，人们在过去数个世纪中倾倒于此的"过去"也一点点地回到了凡俗的世间。

奎因海瑟是泰晤士河潮汐河段上的贵妇人，在9世纪被称为埃塞尔雷德的海瑟（Aethelred's Hythe）。在最早的泰晤士河地图与插图中都能看到它的身影，在过往的两千多年中，它周遭的前滩发生了翻天覆地的变化，它就成了非常有用的定位器。它可能始建于罗马统治时期，在当时是个港口，从罗马帝国进口的货物会在这里卸货，满足这个不断发展的世界性都市的多元口味。有来自意大利、高卢和德国的葡萄酒。有来自西班牙南部的橄榄、橄榄油和鱼酱（味道浓郁的咸味酱，用发酵的鱼制成），它们会装在双耳细颈罐中，这种大陶罐有时也会被冲上前滩，但也只剩一些粗糙的浅褐色陶器碎片了。

9世纪，在阿尔弗雷德大帝的统治下，撒克逊人重建了这座城市，建造了奎因海瑟船坞，该船坞也成了撒克逊伦敦的中心，是当时建造的两大船坞之一，另一大型船坞是比林斯盖特船坞，已于19世纪填埋重建。"奎因海瑟"中的"奎因"（Queen）源自国王亨利一世的妻子玛蒂尔达王后（Queen Matilda），"海瑟"（hythe）是一个古词，意思是河上的卸货港。在12世纪初，在此地卸下的所有货物，其关税都归王后玛蒂尔达。很多食物都是通过奎因海瑟船坞进入伦敦的，它主要服务于盐、木材、谷物和鱼的运输与贸易。船坞边会有一排船，它们聚集在船坞入口，等待着装卸货。奎因海瑟有一阵子也用作口岸，人们会在这里乘船去河的上下游，以及出海。它曾是伦敦最繁忙的船坞之一，直到15世纪船只才开始更青睐比林斯盖特船坞，其中的部分原因在于，比林斯盖特船坞位于老伦敦桥下游，更容易进入。19世纪的奎因海瑟仍旧繁忙，周围修建了各种仓库和驳船床，不过，到20世纪60年代已有很多停止使用，到20世纪70年代，所有的仓库都被拆除了。

20世纪70年代，奎因海瑟被确定为一片意义重大但可能十分脆弱的区域，并被认定为古代遗迹（Scheduled Monument），以确保它永远不会被开发或扩建，并永远远离那些会将它翻个底朝天的挖掘者和寻宝者。它现在享有与巨石阵一样的保护级别，任何泥泞寻宝者，甚至包括泥泞寻宝者协会会员，都不得进入该船坞的任何区域。从奎因海瑟船坞带走任何东西都是违法的。

当然，人们在造访这片前滩时，往往对它的历史重要性一无所知。这条河沿岸没有任何解释其重要性和相关限制规定的标示牌，除非你自行查阅伦敦港口管理局的网站，否则你根本无从知晓这些信息。遗憾的是，有一些人其实对适用于这一整片前滩的限制规定了如指掌，只是主动忽视了。泥泞寻宝者中总是有一些无赖，他们会挖得比许可深度更深，会带走保护区内的文物，会"忘记"报告自己的发现。

在 20 世纪 70 与 80 年代，在前滩挖宝的职业寻宝者会把战利品卖给商人。这些商人带着大把现金悄悄守在河边，看到宝物就会当场买下。我还听说，有的泥泞寻宝者会直接端开维多利亚时代的木构护坡，让河水涌入洞中，为他们代劳。如今，拍卖网站的出现前所未有地简化了前滩发现物的销售，由此而生的需求也吸引了更多想以此谋利的人。而且这并不违法。我曾看到一些极其漂亮的物件挂在亿贝（eBay）网上出售，还有一大堆年代久远的垃圾：石头、骨头和一个维多利亚时代的黄油刀刀柄，这个刀柄据说是中世纪早期的。

不过，这些物件一旦卖给了出价最高的竞标者，我们往往就会失去与它们的来源及相关历史有关的信息。尽管便携式古物计划与亿贝签有协议，让其监控可能是"宝物"的物件，但他们还是几乎掌控不了这些被带走的物件。有些人提着购物袋和水桶就去泥泞寻宝了，也不管想不想要，看到什么都会一股脑带走。我经常在想，那些物件最终都流去了哪儿呢：是被遗忘在了橱柜和抽屉里，被扔在了花园里，还是更糟，被丢在垃圾里扔掉了呢？就连嵌在前滩里的古木材也被挖出带走了，我听说有个人给自己的花园建了堵围墙，用的就是收集来的石头和砖石。它们与这条河的联系都被切断了，被遗忘了，这一切都遗失了。

不过，对前滩威胁最大的还是侵蚀。我们可以立法限制人类行为，但却难以阻止河流对前滩的破坏。河水作用下的沉积与侵蚀一刻不停，卵石覆盖着河沙，河沙覆盖着河泥，河边一边掏出空洞，一边又聚集成堆。数百年时光，淤泥与伦敦古老的垃圾被压紧在河下，又被河水钻穿。河流天然会侵蚀枯潮水线处的河床，而在高于该线处发生沉积，冬春两季的侵蚀最为明显，对河流或前滩来说，无论变化或增加是多么轻微，都会产生显著的影响。在过去的大约二十年里，船运日益繁忙，所产生的尾流也带来了更多的破坏。尾流不断撞击前滩，回流时还会卷走前滩表面的物质，就这样，它们会一点点冲刷掉前滩表层，挖出其古老的特征。泥泞寻宝者挖过的前滩被侵蚀的速度更快，因为那些地方的泥土更软，更不稳定。

整条泰晤士河潮汐河段沿岸的前滩就是一个不断移动的巨物。在我以它为灵感写作这本书时，它一定又变了模样。那些原本就不易察觉的地标可能一夜之间就被彻底抹掉，这条河可以随心所欲地移走庞然大物，也会让非常小、非常轻的物件在同一个地方一待就是好多个月。鉴于此，许多泥泞寻宝者都只是在努力了解一块相对较小的区域，他们一次又一次地返回这里，在它一点点的变换与重组中，观察着，用大脑绘制着关于它的地图。

我只会带走河水送到我面前的东西，它们停留在前滩表面，随一场潮汐而来，又会随另一场潮汐离开。河流不主动提供的东西，我也不会急切地去挖。我会收集那些我若不带走就会被水流和潮汐冲走或摧毁的东西。我在泥泞寻宝时也深知，泰晤士河的恩惠也终有穷尽的一天，因此，我不会发现什么就带走什么。我只收藏那些独具特色的或我不曾拥有的，其他的，我会留下，供其他人去发现，或让河水再次将它们带走。我从很久以前开始，就不再收集普通的中世纪陶器碎片了，尽管它们对我来说还是很具诱惑，但我已经收藏得够多了。我最近刚把一大包18世纪的陶土烟斗送回了我发现它们的地方。我想，这下这条河该高兴了吧，说不定会给我涨涨运气，但换个角度，我将这么多物件抛下的做法或许是错的。

有些人认为，泥泞寻宝者压根不该擅自带走任何前滩宝物。但反过来说，这些物件若无人带走，终有一天会被河流带走、破坏、磨损和分解。一位前滩考古学家认为，与河流带走的物件数量相比，泥泞寻宝者收集到的只是一小部分而已，鉴于这些物件的数量有限，未来的某一刻它们会全部消失。或许现在正是我们该尽力拯救它们的时候。

这条河会对离开河泥保护的文物造成严重破坏，摔打、翻转、刮擦、磨损、撞击它们，直至最终将它们带走或摧毁。金属物件、骨器、陶器和石器很有韧性，但也会被河水破坏、冲走。我发现的很多东西都有不同程度的破损，不过，若是足够幸运，能在它们刚冒头时就捡到，它们可能还能像刚丢时一样。泰晤士河的河泥是种神奇的防腐剂。它是无氧的，这正是我们能从中获得非凡发现的主要原因。木材、皮革、铁和织物原本是会被腐蚀殆尽的，但被牢牢包裹在潮湿、无氧的环境中，就会像按下了暂停键一样，被完好地保存下来，一如它们刚落入河中时那样。一旦暴露在空气中，拯救它们就会变成一场与时间的赛跑，要救下一切是不可能的。

我曾看到数个世纪前为稳定河泥而铺下的柳木栅栏、一些木桶以及好像是接骨木篮残骸的东西慢慢从泥中冒出头来，最终被潮汐带走。有一些鱼栅和鳗鱼笼是用柳条密密编织的，来自15世纪到19世纪之间，那些柳条柔软且吸饱了水，一旦暴露出来，分解得更快，只能留下一个轮廓，就像在泥中勾的一幅画。

木头若是自然风干，会开裂。这个老化过程原本会历时数百年，但也可以发生在几天，有时甚至是几小时内。我试验过很多种干燥古木的方法，最终发现最简单的才是最好的。首先，动作轻柔地用水将它清洗干净，然后用保鲜膜紧紧包裹起来，放在冰柜底部，能放多久放多久，直到你忍不住将它拿出。这种方法是简略版的半冷冻干燥法。将木头取出后，裹上塑料袋，袋子上戳上孔洞，放入阴暗凉爽的橱柜中，等它慢慢风干，这样的干燥效果非常好。保藏它们与泥泞寻宝这件事本身一样，关键在于耐心、时间和简单。

皮革若是自然风干，会卷曲收缩。我在前滩发现过大量皮革，因此也有大量试验如何保藏它们的机会。我找到的大多是旧鞋子和鞋底，不过我最近发现了一顶皮帽子，此刻它正躺在伦敦博物馆文物保护部门的冰箱里，等待专业的养护。至于那些鞋子和鞋底，似乎没有哪家博物馆想要，就都留给了我自己保藏。我都会尽力做到最好，毕竟对我来说，它们都很特别。在我的前滩发现物中最私人的那些也包括了皮鞋和鞋底。它们最后一任主人的脚印往往仍清晰可见——在皮革上压出了线条柔和的阴影，是脚趾与脚跟的轮廓。在一些更好的鞋子上，还能看见鞋跟磨损的角度、修补的痕迹与鞋面的折痕，它们与指纹一样，是某一个体独一无二的标志。

旧鞋也是探索社会发展的绝佳工具，它们的形状、风格和制作方式就如不同历史时代的快照。比如直脚鞋，鞋底一模一样，不分左右，这种鞋常见于 1500 年到 1700 年间。长尖头的波兰那鞋（poulaine）[1] 则是 14 世纪晚期到 15 世纪中的流行。带有一排排生锈铁钉的厚鞋底通常属于 19 世纪晚期到 20 世纪初的平头钉靴。不过，我最喜欢的还是都铎王朝时期的鸭嘴鞋，或称牛嘴鞋，它们鞋底的脚趾部位很宽，独具特色。根据限制下层人士铺张炫耀的禁奢律，只有富人才能穿这些鞋子。这些鞋子的鞋头表面常

---

[1] 这种鞋也被称为"克拉科夫鞋"，据称起源自波兰旧都克拉科夫，波兰 1596 年迁都华沙。参考：https://fashion.ifeng.com/c/7f6GlnKVFBK

常会做一些开口，露出富人们色彩鲜艳的长袜。我成功用报纸干燥过都铎牛嘴鞋的鞋底，需要放上重物，防止它们卷曲变形。不过，事实证明，更完整的牛嘴鞋就不是我这业余技术水平可以保藏的了。我曾试着慢慢干燥它们，但它们皱缩变脆了。我还曾一连好几周给一只古鞋的鞋面擦羊毛脂，结果它不仅皱缩了，还黏糊糊、脏兮兮的。到目前为止，我试过最成功的是给真皮沙发用的那款膏，在鞋干燥的过程中，它能让鞋头部分保持柔软和韧性。后来，我好不容易找到了一只完整的童鞋，年代估计在 16 世纪左右，我认为它需要更妥善的处理。

我发现它时，它只在泥中冒出了一点鞋尖。我常常发现旧鞋残片，一般都只有鞋底，或是鞋面的一点碎片。这一次却不同，当我小心翼翼刨开它周围的河泥时，我抑制不住地兴奋了起来，它是完整的！固定它的粗蜡线都腐烂没了，但在河泥的保护下，它完全没有变形，取出来时还是完完整整的。我双手捧着它，它是一只平底的无带便鞋，小小的，像是现在五岁小孩穿的。它是用深泥炭棕色的厚牛皮制成，让我想起了曾在摩洛哥看到人们穿着的和销售的那种鞋；这只简单平凡的鞋子与我发现的木梳一样保存完好，仍是几个世纪以前的样子。在它还是只新鞋的那个时代，这种款式很流行，你能在许多普通伦敦人的脚上看到它们，无论大人、孩子。它或许是某人登船时滑落的，也或许是某人行走于泥泞中时，被深深的淤泥给吸掉的。它大脚趾的位置都被磨穿了，所以，也可能是主人长大了，穿不下它了，或者认为它已经无法修补，就把它扔掉了。我把它拿给一位足科医生看了看，医生说，这个洞是锤状趾导致的，这种脚趾趾尖是下压的，关节被迫翘起。一些人可能会将这个洞视为这只鞋的瑕疵，但对我来说，它让这只鞋更珍贵了。这个洞、鞋上的折痕、磨损的鞋底，这些都是一个已被遗忘的、活在约600年前的孩子所留下的。我为之深深着迷。

我用塑料将这只湿漉漉的棕色鞋子包好，好让它保持潮湿。带回家后，我就把它放在了阴凉的楼梯下。它大部分时间都待在那里，直到两年后，我终于找到了愿意帮我保藏它的人。我最先问的是伦敦博物馆，但在伦敦的发现中，鞋子并不罕见；该博物馆已经有大量此类藏品，很遗憾并没有足够经费全部保藏。我绞尽脑汁，想寻出别的办法。后来，我想起曾读过一篇文章，提到了与它类似的鞋子，那些鞋子发现于亨利八世战舰"玛丽·罗斯"号（Mary Rose）的残骸。"玛丽·罗斯"号于1545年沉没，1971年在朴茨茅斯港（Portsmouth Harbour）入口处附近的海床上被发现，1982年被打捞起，从中找回了约1.9万件文物。这些文物的保藏工作正在进行中，他们处理浸水文物的经验首屈一指。对他们，我还是抱持着谨慎的乐观态度。

我联系了玛丽·罗斯信托基金（Mary Rose Trust），并做好安排，带鞋子去见了他们的文物保护主管大卫（David）。在博物馆后面一间昏暗的小房间里，大卫小心翼翼地取下了包裹鞋子的湿茶巾。我略有些局促不安，以为他会因我的保藏方式而严厉指责我，但他只是把鞋子翻了过来，仔细看着其内部，长久沉思着。他夸我把它保藏得相当不错，但也告诉我很抱歉，他们帮不上忙。

资金，或者说缺乏资金，再一次阻碍了我。但他还是给了我一线希望。大卫曾在卡迪夫大学学习文物保护，他认为对方很有可能能帮上忙，让我联系看看。

我重新用湿茶巾裹住这只鞋，再包上一层气泡膜，将它寄到了威尔士。他们在对它进行了清洗、测量、称重、记录和评估后，问我是否愿意去卡迪夫大学看看目前的文物保护进展。清洗阶段很耗时，要清除所有河泥必须用到不同力度的刷子，最后还需要用到显微镜和镊子。我到的时候，它正浸泡在一缸甘油中，处于驱水阶段。这能为被降解的胶原纤维提供物理黏合的支撑，让鞋子具备一定弹性。下一步是用惰性填充物给它定好型，然后放入普通的冷柜中，冻住所有剩余的水分子。接着，再将它放入冻干机，在真空环境中，让固态水分子直接转为气态，跳过可能损坏鞋子表面的液态阶段。冻干完成后，就可将鞋子放到显微镜下进行缝合，然后将它包起来，防止其变形。这就是冷冻干燥法的工作原理。

几个月后，我收到一个从威尔士寄来的包裹。那只鞋干了之后，比我记忆中缩小了些，皮革也成了浅棕色，但它鞋面的折痕、磨平的鞋跟以及鞋头的洞都还在。我曾担心处理的过程会抹去它的一些特色，会弱化过去的气息，但当我将它拿在手里时，那感觉就像魔法般神奇，宛如它是昨天刚从那孩子脚上滑落的一样。它是我最重要的收藏，独享一个陈列柜，那个柜子既能隔绝灰尘，还能调节保藏环境——不会过于潮湿，也不会过于干燥。

泥泞寻宝追求的主要是两方面：寻找物件，以及享受识别与深入了解这个物件的过程。在初次涉足前滩后不久，我就开始带一些神秘物件回家，接下来那一周我都会醉心于研究它们，并不会急于立刻重返前滩寻找更多。我的研究打开了一个逃避现实者与强迫症患者的世界。无论找到的物件多晦涩难懂，似乎总有研究它的专家。我找到了专长于不同物件的人，那些物件诸如：封口铅印、荷兰陶土烟斗、1800 年以前的纽扣、砖块、铅代币、17世纪的贸易珠、维多利亚时代的士兵铅俑、罗马统治时期的硬币、化石和中世纪的地板砖。威斯康星州的一位男士致力于制作出完美的中世纪金属蕾丝饰物；一位女士凭制作纯正的都铎服装谋生。还有一些人一到周末就会完全沉浸在自己的世界中，精心打扮，一遍又一遍地回味历史中的光阴。

　　前滩上也有一些特定物件的狂热者。格雷厄姆（Graham）泥泞寻宝二十多年，一直痴迷于收集扣针。我第一次遇见他时，他就正在用镊子捡泥里的扣针。他总是穿着一件布满泥点的旧西服外套，翻领上别着三个扣针，以祈求好运。通过对数出的 1000枚扣针以及他的所有扣针称重，他估计自己的扣针藏品已超过 18万件。从中，他已识别出 92 种不同类型的扣针。约翰尼是另一个有特殊追求的泥泞寻宝者。他收集珠子。他去了前滩将近 40次，才在砾石间发现了第一颗色彩鲜艳的玻璃珠，从此开始，他便不可自拔地迷上了这些珠子。在接下来的两年里，他搜集了598 颗颜色、形状、大小和材质各异的珠子，既有非常小的玻璃珠，可能曾是长裙胸衣上的装饰，也有钻了孔的半宝石，可能是某人贵重的财物。他目前的珠子藏品一定接近1000件了。

我都害怕去想那些只是因为我不认得就被我留在原地的物件。许多年前，我曾在班克赛德附近的前滩发现了一个物件，当时不认识，现在知道是个注射水银的锡铅合金注射器。尽管水银的毒性远大于它能带来的任何益处，但它曾被认为是治疗梅毒的良药（一夜维纳斯，水银永相随）。水银曾被加热成蒸汽给患者熏蒸，制成膏药给患者涂抹，也曾被直接注射在患者的下体部位。我当时发现的那支注射器被压损得很严重，我仔细看了看，还是决定把它留在原地，只因为"它看起来不太好看"。现在回想起这个错误的决定，我仍忍不住捶胸顿足。

经历过早期所犯的错误后，再发现神秘物件，我都会先带回家，以防万一。有时，我真能从中收获惊喜。几年前，我在被冲上前滩的一堆动物骨头中发现了一小块长方形的象牙。第一眼看到它，我以为自己看到的是一枚多米诺骨牌的背面，但当我将它翻过来时，看到的不是一个个圆点，而是一个圆形凹陷，及其四周向外辐射的线条与数字10、11、12、1和2，雕工精细。我把它拿给附近一位泥泞寻宝者看，对方信心十足地说，这是20世纪30年代晴雨表的部件，但我觉得不太像，于是把它装好，准备带回家好好研究。

回家路上，以及之后的好几天里，我都一直在琢磨它到底是什么。从它的触感以及不同于骨头的细腻纹理，我辨得出它很可能是象牙，但还是不知道它是做什么用的。后来，我请了一些朋友过来，想看看他们有没有什么建议。几瓶葡萄酒下肚后，我们得出的唯一结论是，它长得有点像微型日晷。我一把抓起自己的笔记本电脑，醉醺醺地输入了"象牙日晷"，我其实并没抱什么希望，但答案就这么出现了：在一段视频中，美国詹姆斯敦的某殖民定居点遗址中正在出土一个与它几乎一模一样的物件。我们围到电脑前，视频中的考古学家正一边讲解一边小心翼翼地挖开并刷去它周围的泥土，最后还把它举到了摄像机的镜头前。

这下，我知道它是什么了，再想了解更多就很容易了。我这个像块坏了的表一样的物件，实际是个袖珍日晷，很可能是16世纪晚期或17世纪初在纽伦堡制造的。圆坑中原装有一个带玻璃盖的指南针（用来校准）和一根绳子做的日晷仪标杆（拴在盖子与一个小铁钉之间，以其投下的阴影来显示时间），不过这些零件现在全没了。它曾是一件昂贵的小装饰品。它的主人一定是个富人，可能是个来访的商人，或是个船长。我相信，它的主人一定曾跟朋友们炫耀过它，在他们面前打开它的小盖子，将它置于阳光下。它或许经历过长途航行，曾面朝新大陆或东方的太阳。在那之后，我看过很多关于这些小装饰品的资料，得知它们可能并不是用来精确计时的，而是一种死亡象征物，用来提醒人们生命的渺小，每个人都难逃一死。

即使是最一目了然的物件也可能藏有秘密，需要正确的识别与研究。前滩的许多地方都散落有两千年历史的碎片。它们一看就是些瓶瓶罐罐的碎片，但要认出它们的确凿身份是很需要技巧的。我刚开始泥泞寻宝时就完全不懂辨别。我会把漂亮的19世纪瓷器碎片，或是色彩鲜艳、设计紧凑的乔治王朝陶器碎片带回家，仅仅因为它们很容易找到。不过，随着懂的越来越多，我也更加挑剔了，并逐渐对更古老的家庭陶器产生了兴趣，都是些棕色、黄色和绿色的烹饪锅、壶、碗和单柄大酒杯，它们的碎片很厚，朴实无华。它们没有青花陶器那么漂亮，也没有瓷器那么精致，但那质朴令人舒适，陶土和釉彩都带着淡淡的天然色彩，这些都令我着迷。有些家庭陶器带有粗糙的装饰，但即使是最朴素的也令人赏心悦目，散发着独特的目的感与亲密感。有时，制陶工的拇指形状或指纹会留在陶土上，留下与我手指完全契合的印痕，在那一刻，历史于我就变得有形而直观了。

我在前滩发现的最古老的中世纪陶器是贝壳陶（shellyware），因嵌在棕色粗陶土中的大块白色贝壳而得名，可追溯到 11 到 13 世纪之间。它并不常见，我收藏的都很小，无装饰，也没有其主人的线索。它们混在鹅卵石与碎石间，很容易看漏。相比之下，红土陶（redware）要常见得多。大约是从 11 世纪开始，一直到 20 世纪，这种比较重的实用陶器都在大批量烧制，供伦敦的厨房和酒馆、客栈使用。较早期的中世纪红土陶通常很好分辨，其质感更粗糙，摸上去沙沙的，核心是深灰色的，这个颜色是因为当时所用的窑炉效率较低，烧制温度没有后来那么高。有些红土陶还会蘸上或泼上透明或绿色的釉料，既美观又具有实用性，可以防止液体从易吸收液体的陶土中渗出。在我收藏的较大块的中世纪红土陶碎片中，有一块又宽又平的碗沿；一块还带着小把手的杯子碎片，这个把手与我的手指正合适，制陶工当时应该是捏住它的任意一面，然后将它固定在了这个杯子的正确位置上；一些来自名叫"皮普金"(pipkin)的三足烹饪瓦罐的空心把手与短足;还有一些厚厚的容器边缘,上面"装饰"着一排拇指印,是制作者永恒的署名。我还有一个小小的耳朵形把手,朝上的一面有墨绿釉的斑点装饰,朝下一面是制陶工用拇指抹平的,这个把手来自一种浅口汤碗,用来盛中世纪末期的一种主食"浓汤",这种浓汤是将蔬菜炖至浓稠,里面放有各种豆子,有时也会加些肉碎。

制陶工可能也曾用过一些非常简单的工具,比如我发现的一块扁平的骨头,它有一端的边缘很宽,且呈锯齿状。这个问题困惑了我好一阵子,直到有位闲暇时爱制陶的朋友给我发来一张插图,画的是一位15世纪的德国女陶工,她穿着一件宽松的无袖连衣裙,头发用布包着,那布像是一些宗教中男教徒的包头巾。她正在转轮前制陶,身旁地上放着一块陶土,连衣裙下摆提到了膝盖,露出了光着的双脚,她正用脚转动着木制的转轮。她正在制作的好像是一个高高的水罐或饮酒器,已经在进行最后的修饰了,手里拿着的是个梳子一样的物件,与我在泰晤士河上发现的那个一模一样。据我朋友说,这种工具至今仍在使用,当陶土还在转轮上时,会用这种工具对其进行装饰或塑形。这位光脚的德国制陶工还为我提供了辨别其他更多藏品的可视化参考。她所做的这个罐子,其底部与我在奎因海瑟附近河泥中发现的灰色"馅饼皮"状罐底很相似。这些粗糙的陶土罐底来自高高的水罐和饮酒器,是由商船从德国拉伦(Raeren),经莱茵河,越过北海,再经泰晤士河运抵伦敦的。

大约从 1350 年开始，白黏土逐渐开始流行，萨里郡与汉普郡交界处的制陶厂开始为伦敦市场大量生产灰白色家用器皿。走在奎因海瑟附近的前滩上，你想不发现这种"交界陶"[1]的碎片都很难。这种陶器常会用一种独具特色的绿釉上色，这种釉料的制作方法为，将铜锭锉成碎屑，再将碎屑磨细为粉，最后加入黏土与水的混合物中。加入铅可以让颜色更浓郁，一位制陶工曾告诉我，没有铅，就不可能重现这种颜色的活力。这些陶罐会快速蘸取或被泼上釉料，但会保留一些地方不上釉，然后堆在大窑炉里烧制。这种中世纪绿釉陶器的碎片有可能精美绝伦，且看起来惊人地现代。这种釉料烧制后，会形成层次丰富且充满活力的绿色斑点；我有一块非常特别的碎陶片，釉中还保留着窑炉加热时爆裂的气泡。

　　许多交界陶都是无装饰的，但也有一些会刮出一些线条和图案，更精致一点的会黏上人物和场景装饰。我有两个绿釉小人，被认为是分别从一个 15 世纪的水罐和一口 14 世纪的保温锅上断了掉落下来的。罐上的这个小人可能是个骑士，尽管头盔已经丢了。另一个可能是用来支撑保温锅上层烹饪锅的数个小人之一，撑起的空隙用于放置热炭。这两个小人的造型简单但古怪，伸展着胳膊，凸下巴，高鼻子，简单划一刀就是嘴。我是在同一个地方发现它们的，虽相隔几年，但发现时它们都是面朝下躺在泥里，

---

〔1〕 交界陶（Border ware）是对萨里郡与汉普郡交界区域烧制的后中世纪陶器的称呼。参考：https://nautarch.tamu.edu/portroyal/border/index.htm

这给了我一个教训，让我明白了在放弃陶器碎片前先把它们翻过来看看的重要性。

即使是看似最不起眼的棕色碎片也可能是 16 和 17 世纪的德国炻器碎片，布满盐釉斑点花纹；或是姜饼似的施釉陶片，带有蛋奶沙司颜色的螺旋纹、卷曲纹、线条和斑点；又或是黄色的斯塔福德郡施釉陶片，带有梳痕线条装饰，看着像贝克韦尔蛋挞的上表面。

我从小就爱把一些不同寻常的物件带回家，直到现在，每当看见一些不同寻常或明显与当前环境格格不入的物件时，我的心中仍会涌起一股强烈的兴奋感。这些东西可以简单到只是草地里的一块干蛇皮或泥中的一块石英，它们有些原本就是会令人垂涎之物，一旦换了环境，还会增加一种神奇的特质。我之所以收集它们，就是试图捕捉这种神奇。

小时候，我捡回家的所有东西都会放入我的私人"博物馆"：一个布满灰尘的旧五斗柜，就在我住处旁的谷仓里。柜子有着快要脱落的薄片镶饰、华丽的金属拉环以及三个很深的抽屉。我将自己的宝物分为三类，放入不同的抽屉里。最上层放的是天然的东西：羽毛、破鸟蛋、干树叶、干燥的蝴蝶与大黄蜂、一只兔腿[1]、一只鹿茸和一颗木乃伊化的鹦鹉头（这只浅黄绿色的虎皮

---

[1] 西欧有一种迷信，认为佩戴兔腿，尤其是左后腿，能带来好运。参考: https://www.history.com/news/rabbit-rabbit-feet-good-luck-explained

鹦鹉，是某个夏天我家猫在花园里抓到的）。中间那层放的是人造物件：我从住处前旧垃圾堆里捡来的维多利亚时代的青花瓷碎片、陶土烟斗的杆和玻璃瓶塞；我在鼹鼠丘上捡到的一枚乔治五世时的一法新硬币；我从餐厅地板下捡来的一些黏土弹珠；一个远房表亲送我的飞蝇钓的毛钩；另外两个抽屉放不下的东西我也都会塞到这里。重量决定了化石和各种不同寻常的石头都住在最下层的抽屉里。

我母亲小时候也有一个"博物馆"，她最骄傲的藏品是一只猫的头骨，我很乐意听她讲这只头骨的故事。她是在路边发现它的，当时它正处于半腐烂状态。若将它留在原地，等蛆把腐肉吃光，它就可能被另一个收藏者捡走，因此，她把它直接带回了家，放进我外婆最好的奶锅中煮掉了剩余的腐肉。我很爱这个故事，但听过之后，外婆家那杯睡前的热巧克力尝起来就再也不是以前的味道了。

尽管我泥泞寻宝已有多年，但我的藏品都是精心挑选过的，数量还是相对较少。在我们搬家以前，旧宅里只有楼梯下的几层架子可以放藏品，我也因此学会了选择。我带回家的物件都装在各式各样的盒子和密封袋里，再裹上包装易碎品的棉纸，最后分门别类放好，仔细地编入目录。一旦被我储存起来，它们基本就会过上不受打扰、无人问津的生活，要再把它们拆出来很难，也很费时间。

不过，来到新家后，我已将它们铺开在各处了。我的车库角落有一张布满泥点的桌子，被自行车和各种各样的杂物包围着。

这个车库是我拆封和整理藏品的地方，也是我放所有泥泞寻宝工具、清洁工具和养护工具的地方。这里有一个 WD40 牌工业制剂的罐子，专门用来浸泡易损的铁制品；一盒乳胶手套；各种规格的钢丝刷；各种尺寸的密封袋；我的废铅盒；一块用于抛光和除锈的工艺斜纹布；冬天戴的氯丁橡胶手套；一个晚上寻宝用的头灯；以及一罐混有煤烟灰的羊毛脂，涂抹在清洗后的硬币上，可以让它们的细节处更清晰。车库窗台上有一排维多利亚时代的瓶子，可以沐浴到早晨的阳光。车库里还有一盒盒的陶器碎片（按日期和类型整理好了）。我一袋袋的鞋底和大多数的陶土烟斗都整齐堆放在工作台下的架子上。花园中有一个区域是专门存放老瓶子和都铎砖的。巫婆石被我用金属丝挂在了厨房外的一棵树上。冬天，当温室没有被西红柿占满时，我会在里面干燥浮木，还会将发现的铁器铺在地上，喷上 WD40 防锈剂或透明的漆，这样可以给它们封层，减缓锈蚀的速度。对于更大件的铁制品，比如撑篙，我会在温室房顶上挂上绳子，把它们悬挂起来，再给它们涂哈默里特（Hammerite）牌涂料。

我办公室后面的架子正在一点点地被更大的物件填满：一个完整的贝拉明酒瓶，是我在澳大利亚用一个陶土烟斗与人换来的；我那个绿色小巧的都铎钱箱；两个 18 世纪无模人工吹制的葡萄酒瓶；一个方形的金酒酒瓶；一个科德瓶；一个乔治王朝时期的芥末酱罐；以及一个（据我推测是）18 世纪的夜壶。我的硬币都装在一个木箱里，但会放在带不同编号的托盘中，我为此建立了一个复杂的网格参考系，对应我写下的标签。我收集的封口铅印都装在硬币收藏册中那一个个塑料小格里，整整齐齐的。墙上的箱形架陈列着陶土烟斗。我办公桌旁的玻璃柜里，贝拉明酒瓶上的胡须人一直凝视着我。我所有的藏品都带有小标签，我的笔记本上也写满了关于它们的代码，记录着我发现它们的地点、日期，以及它们的年代等一切已知详情。我是唯一能看懂这些代码的人。我喜欢这多一层的保密性，不过，若是我明天死了，那世上就再没人能看得懂它们了，我确实应该把它们写清楚一点。某一天。也许会吧。

其实，我大部分的收藏都非常小，完全可以放进我那个墨迹斑斑的大橡木箱里，它原本是装打字机的，在当地一家旧货店的后面放了差不多两年，一直没卖出去，我偶然发现了它，纠结良久，最终还是买了下来。它就好好地摆在我的办公桌旁，成为了我的珍奇百宝柜，也是我长大版的"五斗柜博物馆"。箱子里有十八层并不高的抽屉，曾经是用来放金属铅字的，铅字上的墨把里面都染黑了。这些抽屉我都是用一层洗一层，我会用砂纸小心翼翼地磨掉上面的墨迹，再给每个分区各垫一块毛毡，毛毡的颜色会根据我的心情或将存放藏品的大致主题来选择。绿色适合放精致的骨制品；深灰色能很好地展示出玻璃的美；微小的珠子在橙色背景下更容易被看到；有个雨天，我没有任何考量，直接给一整层都垫上了亮黄色的毛毡。我用这个箱子来收藏更现代的陶器碎片，目前已装满四分之三。里面装着的不仅仅是我找到的珍宝，还有我辛苦寻宝的光阴、被我抛诸脑后的问题以及我无数的白日梦。剩下的那四分之一正在等待迎接未来的珍宝。

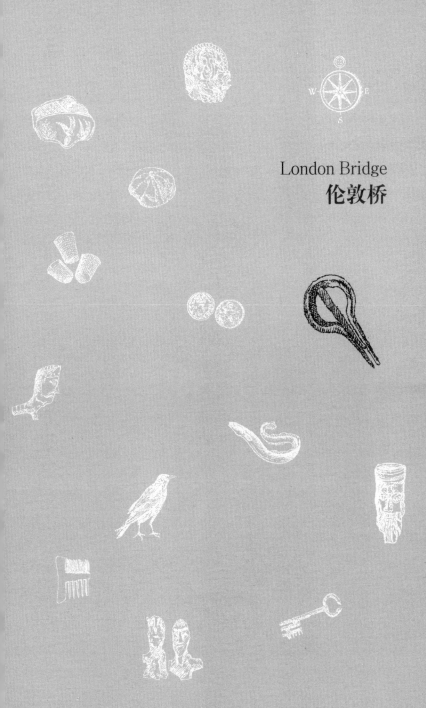

London Bridge
伦敦桥

伦敦桥下，因为才刚过凌晨六点半，枯潮河中唯一的活物就是一个悲惨的女人，是能激起男人同情心的那种形象：她浑身湿漉漉的，溅满了污泥，没穿鞋袜；头上戴着一顶破旧的系带女帽，帽子裂缝间伸出了缕缕白发，还沾着污泥，就仿佛是在匆忙追赶流浪儿、走失者的时候，一头撞上了搁浅驳船的船体……她踩在脚踝深的水中，裙摆都在水里，她正清洗着拾来物上的陈年污垢，好让它们能有个好卖相。

詹姆斯·格林伍德，《泰晤士河岸的拾遗者》，
出自《伦敦苦工，众生相》（1883）

我收集别人丢失的东西，但我自己从没丢过。好吧，是几乎从没有过。丢东西会让我非常不安，会令我心力交瘁。那个丢失的东西会在我的脑海中萦绕数天，有时甚至数周，我会搜遍脑海中的各种场景，希望唤醒记忆，找到线索。我一直很擅长找东西。小时候，只要有人丢了东西，都会来找我帮忙。有一次，我帮外婆找到了她订婚戒指上掉了的那颗钻石，那颗钻石特别小，但我看见它时，它正在晒衣绳下闪闪发光。那种感觉就仿佛是，人们丢失的东西会自己找到我。甚至是一只跑掉的乌龟，我叫它霍迪尼（Houdini）。我才养了它几周，它就逃跑了。一年后，它的失踪之谜揭开，就在两三块田之外，割草机找到了它已经褪色变白的龟壳。在好奇心的驱使下，我仔细观察了它的遗骸内部，有了一个令我着迷的发现：乌龟的脊柱与它的壳是连在一起的。

我能有一双如此敏锐的眼睛要感谢母亲的培养。她会在我们长途步行时教给我"看"的艺术。她会指给我鸟巢、蘑菇和毛虫，还会教我仔细观察细节：细枝上卷曲的地衣，潮湿卵石上不易察觉的图案，叶子上镂刻的脉络。我学会了清空思绪，放慢脚步，沉浸在周围的细节中。这项技能陪伴我成人，现在我正在将它传给我自己的孩子。我们会观察蚂蚁回巢，会等待蜗牛从壳里露出头来，会在沙滩上寻找与众不同的卵石与贝壳。我希望某天，这项技能也能让他们慢下脚步，也能教会他们从小事中获得快乐，并能让他们在这个失控的世界中一直脚踏实地。

我花了很长时间练习，也投入了大量耐心，这才渐渐学会发现藏身在泰晤士河河泥中的物件。泥泞寻宝者称之为"让你的眼睛进入泥中"，但许多人都会犯一个错，那就是看得太用力。泥泞寻宝是一项很难运用的技能，你看得越用力，成功的可能性越小。要在前滩有所发现，诀窍就是放松，通过表面来观察。大自然母亲鲜少会画出完美的直线或圆圈，随着观察的经验越来越丰富，那些残缺的与不自然的图案就会渐渐变得显眼起来。例如硬币上的装饰与文字，一双训练有素的眼睛是很容易发现它们的。它会在周围各种天然的形状中显得格格不入。一些人是有天赋的，一眼就能有所发现，但我们大多数人都得循序渐进地提高自己。我在前滩经常遇到这样的情况，泥泞寻宝的新人一脸自豪地向我展示他们的发现，并问我那些生锈的旧焊条与排水管的碎片是否值得收藏。

　　几乎每个人的泥泞寻宝之旅都是从捡大碎片开始的，比如瓦片、陶土烟斗杆和陶器碎片，即使你对手中物件的历史一无所知，它们是人造的这一点也是一目了然。若要找到更小的东西，你需要靠得更近，这已经成为我最喜欢的搜寻方法。我会跪下来，鼻子距离前滩就几英寸远，我会启动所有感官，完全沉浸其中。我呼吸着淤泥与水藻的泥土气息，聆听着石头上河水蒸发的声音：河水蒸发时会发出几不可闻的嘶嘶声，漆光消失，淤泥逐渐发灰，变成细粉。在这个"小人国"里，我常常发现微小的玻璃碎片和陶器碎片、锈蚀的薄片、水滴形的暗灰色小铅块、扣针头大小的玻璃珠，还有色彩鲜艳的塑料碎片，这些都是我们在这座城市的滨河历史书上增加的不光彩的一部分。

　　天气情况、河泥干燥度和光照条件都会影响我的寻物能力。哪怕是最细微的光线变化都会产生巨大的影响。光线条件最佳是在日升与日落时，而非太阳当头直射时。阳光明媚的一月午后与初秋傍晚是最完美的，太阳低悬空中，光线斜斜地投射下来。有一种铅灰色的光线也格外适合泥泞寻宝，只是非常罕见，往往出现在暴风雨来临前。它会营造出一种强烈3D效果，可能会让人迷失方向，但对想发现最微小物件的人来说，它是个完美的助手。

　　不过，我也是在有一天夜里去前滩赶潮时才注意到了光线的重要性，也才知道了泥泞寻宝时眼睛该往哪里看。在此之前，我已发现头灯产生的刺眼白光与狭窄光圈并不适合我的搜寻风格，但就在几年前，夜里的枯潮水位有时比许多泥泞寻宝者记忆中的任何一次都要低，在那种条件下，头灯的这些缺点似乎也不太影响寻宝。这么低水位的枯潮我是绝不可能错过的。

一连三晚，我都赶最后一班火车去了伦敦桥，在街灯下等着河水退去。在可能出现最低枯潮水位的那天夜里，我发现不止我一个人来。当我隐在暗处时，陆陆续续又来了一些人；有些我认得，但大多数不认识。一直有一个接一个的人从四面八方赶来，聚集在河边楼梯的上方，直到少数人开始四处转悠，开始摆弄头灯，开始给金属探测器绑手电筒。我们用气声低低交谈，对上天恩赐的这个难得机会充满敬意。遇到极低水位的那种兴奋感真的很难形容：你就想象一下自己七岁左右的那个平安夜，与那时的感觉应该差不多。那是一种难以抑制的狂喜，你会胃里翻腾、心跳加速、头晕目眩，整个人幸福得像是要炸了一样。

我沿着水边往东，来到了一片近几周特别多产的地方，从这里开始了我的搜寻。没了白天笼罩其上的喧嚣，此时的泰晤士河嘈杂得惊人。河水温柔地拍打着岸边，你能听到它所携慷慨馈赠的声响，在河水的来回冲刷下，陶器碎片与玻璃碎片碰撞在一起，陶土烟斗杆中传出了轻柔的曲调。我头灯射出的光柱照亮了一片约3英尺（约0.9米）宽的圆形区域，浓缩了我的搜寻空间。黑暗从四周朝我涌来，将现实隔绝在外，让我被这座城市的历史包裹了起来。周围都是前滩的幽灵。

我想到了1666年的伦敦大火，想象着熊熊烈火在水面跳跃的场景，前滩被瘆人的橙色光芒所笼罩。若当时我在，从我此刻站的位置，一定能看到老伦敦桥四周燃烧的房屋，能听到河梯上方人群恐慌的喊叫与争吵，能听到借机漫天要价的渡船船夫的笑声。我想起了几天前刚看到的佩皮斯对当时混乱场面的描述："每个人都在竭尽全力转移货物，或扔进河里，或搬到停泊的驳船上；穷人待在自己家中，一直到火焰烧到面前，才要么跑上船，要么手脚并用地从水边的一段楼梯爬到另一段楼梯上。"他描述这条河"满是接收货物的驳船与其他船只，水中也漂着各种货物"。我看向漆黑的远方，想象着满载货物的小船间无数大小各异的箱子与家具在水中上下浮动。在这场混乱中，有多少掉落遗失的东西躺进了河泥中，等待某一天从河底被冲上岸来？我的宝物是否也有一些是来自当时惊慌逃离火灾的伦敦人？

　　火灾发生的第一个晚上，佩皮斯是站在河中的一条船上望着这场大火，那里离我现在站的地方很近，后来，他退到了三起重机码头对面的一家滨河酒吧里，从那里看着这座熊熊燃烧的城市。这场大火沿着河边，从伦敦桥向西蔓延，烧到了码头边的仓库，仓库里堆满了干草、木头、焦油、动物油脂和白兰地。如果时光倒回到 350 年前，站在这里的我不仅会被烧掉眉毛，还会看见一小片一小片的动物油脂漂在水面上燃烧着；潮水带着燃烧房屋的碎片从我身旁经过；水边，每当燃烧的焦油与水相遇，就会腾起一团团蒸汽，飘向空中；天空中布满了黑色的浓烟与灰烬，像雪一样纷纷落下。前滩表面之下有一个地层是黑的，有人说那是那场伦敦大火的余烬。我偶尔会在伦敦桥这里发现发黑的砖瓦。它们可能是伦敦大火留下的废墟，在火灾后被倾倒入河中。当然，过去数个世纪也发生过许多比这要小的火灾，它们也可能是那些火灾留下的。不过，真相到底如何，我们无从得知。

　　大约 2000 年前，罗马人在泰晤士河上修建了第一条知名的跨河通道，就位于今天伦敦桥下游约 20 码（约 18 米）处。此后，河上又建起了许多摇摇晃晃的木构通道。有些自己垮塌了，有些被大火和洪水摧毁了，剩下的被入侵的丹麦人破坏了。13 世纪时，这些木构建筑物最终被一座狭窄的石桥所取代。修建这座桥花了 30 年的时间，后来，它以这样或那样的形式存续了 600 年，是中世纪时的全球奇迹之一，也是历史上最著名的桥梁之一。数个世纪以来，为适应城市发展的需要与要求，它经历过多次改造。它曾是一座可开闭的木构吊桥，可放高大的船只通过，驶向上游，夜里，桥两端的石门会上锁，以守护这座城市。

　　这座老桥由 19 个宽度不一的拱门与宽阔的桥墩组成，桥墩下方是船型的分水桩基。它在河上形成了一个实实在在的屏障，阻碍了水流，阻挡了潮汐。拱门间的水车会借助河流的力量将水抽给附近的住户与磨坊使用。这座桥也给路过的渡船制造了一道致命的障碍，尤其是当开船的船夫缺乏经验或喝醉了酒时。这被称为"穿过急流"，角度一旦错了，船就很容易倾覆或撞到石墩，船上的人一旦落水，就很难生还。沉重的衣服会拽着他们下沉，翻腾的河水会迅速吞没他们的躯体与财物，将它们收入自己丰富的宝库。

　　桥墩大大减缓了河水的流速，以致在极端严寒的冬季，大桥上游河段会被彻底冻住，有时会冻上两个月之久。它在 17 世纪冻结过 12 次，1607 或 1608 年的那个冬天，首场霜冻集市在威斯敏斯特与伦敦桥之间开市了。由于暂时没了生计，狡猾且足智多谋的船夫们给自己的渡船装上了轮子，好让它们可以在冰面滑行，然后他们就出租这些船只作为娱乐活动的舞台，并向想走上结冰河面的人收取入场费。集市中有秋千、保龄球、逗熊和逗牛、木偶戏、舞蹈、公牛烤肉、马车竞赛，在1814年的最后一场霜冻集市上，甚至有人牵着一头大象走过了黑衣修士桥下的冰面。冰面上搭起了卖食品、饮料和纪念品的摊位。想象一下，人们在享受狂欢时会丢失各种物件，比如硬币、小玩意与小饰品，当冰最终融化时，这些物件有的会掉进淤泥中，有的会缓缓沉向河床。这一河段的前滩曾出现过罕见的骨冰鞋：由牛胫骨制成，塑形后打磨平滑，以便在冰面滑行。伦敦人会用带子把它们绑在脚上，用带尖顶的长杆推着自己在这条冰河上滑行。

直到不久以前，我还在害怕伦敦桥北端的那条下河通道。离开人群后，我会先深吸一口清新的空气，再一头扎入这个位于桥梁内部的封闭式混凝土楼梯。在这里，不新鲜的尿臭味与工业消毒剂刺鼻的化学气味混合在一起，就像熬了一锅恶臭难当的浓汤。这个肮脏、令人不快也令人生畏的空间会激起我原始的恐惧感，让我碎步疾跑，直到拐过最后一个弯，来到河水拍击河堤之处。我非常感谢新建的具有曲线美的那段不锈钢楼梯，它固定在桥的外侧，彻底改变了我下到河边小径的路线。我会沿着这条小径往西走，从坎农街桥下穿过，一直走到桥另一边的金属河梯处。踏上前滩后，我会立刻掉头，向东走回伦敦桥。

我会首先观察被冲到河堤边的瓦砾。许多人会忘记搜寻前滩的最上方，总是把焦点放在河水边缘，但我曾在最上方发现过一些好东西，因此总会在搜寻别处前先来这里看一眼。我会仔细观察砖块与石头间的缝隙，并在不移动它们的情况下尽可能多角度观察：我身处一个保护区，搜寻过程中，哪怕是一颗鹅卵石也不应该打扰。跪下去看是很有用，这是一种蠕虫视角，意味着我可以更近距离地观察坑洞与裂缝，还有瓦砾堆下的缝隙。我还可以穿过一块块沙地，寻找那些不易察觉的轮廓，它们下面可能藏着些什么。这么近的距离还能让你认识到，砂砾不仅仅是一堆灰褐色、质地粗糙的石头，它们每一块都独一无二。我会仔细观察它们，寻找一切格格不入的存在。几年前，若不是靠得这么近，我是绝不可能注意到躺在砂砾中的那颗带有深紫色与白色的椭圆形凹雕宝石。它是罗马统治时期的戒指装饰，玻璃做的，设计仿的是名为尼科洛（nicolo）的双层缟玛瑙，上面刻着好运神（Bonus Eventus）的神像。若不是靠得这么近，我也不会在同一片砂砾滩中发现蓝脊罗马瓜珠的边缘。

尽管这座罗马统治时期的码头位于内陆身处，但最有可能发现罗马文物的泰晤士河前滩仍然与这座古城的位置有关。罗马人的主要定居点是泰晤士河北岸的两座小山，拉德盖特山（Ludgate Hill）和康希尔山（Cornhill），沃尔布鲁克河（Walbrook River）从两山之间流淌而过。沃尔布鲁克河为这座城市带来了干净的水源，带走了垃圾，但随着时间推移，它淤塞了，到 15 世纪中期，部分河流已经被建筑物所覆盖。这些建筑就像塞子，密封了一个浸满水的时间胶囊。建筑施工时，偶尔会戳破这个胶囊，露出保存完好、详尽无遗的罗马统治时期的生活：皮革、木头、树叶、草、种子，这里甚至还发现过一只羽毛完好的小鸟。不过，如今沃尔布鲁克河仅剩的一点痕迹只有河堤上一个不危及堤体安全的洞了。这座河堤就在坎农街桥以西，被厚重的钢盖覆盖，河堤边缘几乎没水渗出，堤边还堆了半墙高的木瓦板，这些都表明，它已有好些时候没派上什么用场了。

1831 年，中世纪修建的老伦敦桥被拆，为加深和拓宽河道，人们清理了这里积攒了数百年的淤泥，在此期间，在河床中沉睡着的成百上千件罗马统治时期文物被打捞上岸。搬运压舱物的工人和清淤工拖拽上了一些桶子，里面是数千枚硬币，一并打捞上来的还有铁矛头、工具、戒指、胸针和陶器。他们还发现了罗马诸神（阿波罗、朱庇特和伽倪墨得斯）的小型金属雕像，其中一些似乎是被故意损坏的。之后几年，清淤挖出的砂砾中依然会有小的发现。这些砂砾都被运到了上游的老萨里运河（Old Surrey Canal），用来铺设哈默史密斯与巴恩斯（Barnes）之间的纤道，以及帕特尼（Putney）的纤道。

在伦敦桥的清淤挖掘中，最令人印象深刻的发现物之一是一把阉割钳，以诸神的半身像与动物的头像为装饰，十分精美，用于表达对母神西布莉的虔诚[1]。罗马统治时期的伦敦随处可见从

〔1〕源自罗马帝国时期的西布莉女神崇拜，祭司与信徒会阉割自己，以此表达对女神西布莉的虔诚。参考：https://cdmd.cnki.com.cn/Article/CDMD-10140-1016099316.htm

罗马帝国各地而来的士兵与商人，他们的信仰与宗教也一并被带到了这里。从东边传来了密特拉神（Mithras），他是波斯的光神，沃尔布鲁克河岸边建了一座巨大的神庙来供奉他；从埃及和亚洲传来了女神伊希斯和西布莉。有一个故事版本是，西布莉爱上了一个名叫阿提斯的美少年，但阿提斯对她不忠。暴怒之下的西布莉为惩罚阿提斯，将他逼疯。疯掉的阿提斯在切下自己的生殖器后死去了。因此，对西布莉的崇拜伴随着疯狂的纵欲与阉割。已被阉割的祭司会将头发喷上香水，穿上女装，疯狂跳舞，纵情酒色，以此表达对母神西布莉的敬意。该阉割钳是在伦敦桥处发现的，应该曾用于阻止血液流动，方便摘除睾丸。到河边来或许是这场仪式的流程之一，这把阉割钳或许是作为祭品被扔到河中，也或许是意外掉入河中的。它也可能是被早期基督徒丢弃的，他们想要摆脱罗马帝国那些野蛮的行为方式。

我所发现的罗马物件可能无法与阉割钳媲美，但我的藏品也不错，都是罗马统治时期的普通生活用品，都来自沃尔布鲁克与伦敦桥之间的河段。这些年来，我收集了许多屋顶瓦、马赛克地板、陶器、硬币、游戏计数器、珠子和发卡。在我发现的物件中，有一些可能是从下水道冲入泰晤士河的，有一些可能是顺着沃尔布鲁克河漂到泰晤士河的；它们可能是从船上或从罗马统治时期的老伦敦桥上掉入河中的；它们也可能是在 18 和 19 世纪时，混在建筑工程的弃土和废石方中，从更内陆的地方被运到此地的前滩，用于修建什么的。

目前，我总计收藏了 19 个罗马发卡，都是骨头做的。有些发卡一端装饰着小巧的绒球，其余发卡的头都是尖的。我至今还未发现过完整的发卡。要发现它们并不容易，它们潮湿时很像深棕色的树枝，只是更直、更小些。有时，想要辨别它们到底是发卡还是树枝只能用指甲戳。木头通常是软的，能戳进去，骨头则不然，哪怕已有近2000年的历史，仍然非常坚硬。它们干燥后，会变成蜂蜜一样的暖棕色，工匠精心雕刻的琢面与线条会显露出来。每一枚纤细的发卡大概都会用弓形车床车削，在此过程中一定有许多被折断。我发现的可能只是制作过程中的报废品，但我喜欢给它们添加一些浪漫的色彩：一位罗马统治时期的女士在清晨泡完澡后，正在迅速穿衣打扮，可发卡不见了，她边找边轻声细语地咒骂，殊不知那枚发卡已经掉进了她脚边的下水道。

我刚开始泥泞寻宝时，在伦敦桥附近的砂砾中发现了一个完美的白色立方体。那天阳光明媚，是太阳把它挑了出来。阳光洒在它方形的边缘上，一看就不是自然之物。找到一个就知道该如何发现它们了，因此，我至今已攒了不少。我后来得知，它们是罗马式镶嵌砖，朗蒂尼亚姆[1]的澡堂、公共建筑和富丽堂皇的宅邸会用它来铺地。它们会嵌在灰浆中，有时会组合成复杂精致的图案，镶嵌后再用粗糙的石头打磨平滑，最后打上蜂蜡。我有一块真正的罗马地板：是厚厚的一大块石板，在含砂砾的灰浆中嵌有十块灰色大理石的小方块。这块白色的镶嵌砖极其平滑，一切

---

[1] Londinium，罗马统治时期的古城名，该城位于现在的伦敦金融城。参考：https://www.heritagedaily.com/2020/06/londinium-roman-london/130635

的棱角都被成千上万的脚步给磨平了。

在伦敦桥附近的砂砾中，还有另一种幸运的发现——罗马统治时期的游戏计数器，是一便士硬币大小的骨盘。它们若是平躺在地上，你就不可能会错过。它们若是一侧陷在泥里，那就棘手了。若是这种情况，能不能发现它们就全凭运气了，得有光洒在它薄薄的边缘上，且你正好在这时看向了它所在的地方。我所发现的计数器大多都是面朝上，平躺在地。我最喜欢的计数器之一，其下表面有两处清晰的磨损，源自人们无数次地将它放下又捡起；另一个我的最爱曾在在罗马统治时期被一只饥饿的老鼠顺着边缘啃出了一圈牙印。但最平凡的恰恰是最有趣的。它的下表面藏着个秘密，有人在这里刮出了一个不太清晰的罗马数字 X。我曾在前滩见过下表面带有数字的罗马统治时期计数器，有人告诉我，它们可能是非法赌博的筹码。赌博被认为是有损帝国道德体制的，因此被立法限制。技巧类游戏，如战车赛跑，可以下注；掷骰子等运气类游戏则禁止赌博，我的计数器或许是它主人在被抓到现行前丢掉的。

这里发现了数量众多的罗马统治时期文物，有些人甚至认为，这座桥上应该有个神龛，人们会向里面投掷硬币和祭品，以祈求好运或安全通过。我的第一枚罗马统治时期的硬币就是在这片前滩发现的，后来我找到的每一枚，都出自同一片小小的区域。硬币和游戏计数器一样，从泥中冒出来时常常是一面朝上。它们也会粘在柱子的底部，粘在岩石或瓦砾的平整面上，这样的硬币就很难发现。有些硬币污损十分严重，被包裹在硬硬的泥里，完全看不到一点硬币的痕迹，当然，形状（像圆盘）、大小和平整度通常还是会暴露它们的真实身份。如果它们摆脱了泥，被浪冲上岸，或被潮汐留在岸上，通常会粘在潮湿的沙地表面，或藏身沙下，只有经验丰富的眼睛才能发现沙地上微微隆起的小圆圈。

我的第一枚罗马统治时期硬币是一枚西利克银币（siliqua），铸造于西罗马帝国皇帝霍诺留（Honorius，393—423 年）统治时期的米迪奥拉姆（Mediolanum，今天的米兰）。发现它时，我正跟着浪在水边搜寻，那浪来来回回冲刷着一片宽阔、滑溜、潮湿的沙滩。当船只的尾流将河水吸走时，阳光捕捉到了一个矮矮的小圆圈，骄傲地挺立在平坦的沙滩上。我连忙上前，以免下一个浪打回来，又会淹没它。我用食指轻轻拨开仅一毫米高的沙子，拔出这枚平平无奇的圆盘，它身上覆盖着厚厚的黑锈，那是数百年光阴留下的痕迹。厚厚的黑锈是个好兆头，意味着这枚硬币被保护了起来，不曾被河水大力地冲刷与打磨。

回到家后，我将这枚硬币与我自制的电解工具连接起来。该工具由三部分组成：一个手机充电器（末端用金属丝连着两把鳄鱼夹）、一把旧不锈钢勺和一碗小苏打溶液。我发现，若要去除银上的重黑锈，或其他金属上的锈与硬泥，电解是最有效的方法，但使用时需格外谨慎。"清除"太过，可能会让一枚精致的硬币消失得无影无踪。只有本身是固体，很稳定且被遮挡到看不出任何识别标志的物件，我才会用电解法。若是精致的硬币或其他物件，或是不确定是不是银制的物件，我就会用"口水与箔纸"法：往它上面吐点口水，然后用箔纸裹住，压紧。口水是箔与银反应的媒介；如果它是银制的，它们就会发生化学反应，释放出一股明显的臭鸡蛋味，在此过程中，一些比较轻微的锈渍会被清除。在知道我这枚罗马统治时期的硬币是银币后，考虑到它锈蚀严重，我决定冒险一试，用电解法。

我用温水冲了一碗小苏打溶液，两把鳄鱼夹分别夹住硬币和勺子。我把它俩一并浸入小苏打溶液中，打开开关。硬币发出了轻微的嘶嘶声，并散发出一股臭鸡蛋的刺激性气味，那是硫化氢，有毒且易燃。我打开门，以免中毒，然后就静静看着硬币上附着的岁月一点点剥落消失，将水变得浑浊而乌黑。短短几分钟，硬币上的黑锈就被清除得一干二净了，但此刻的它看上去太亮、太新了，毫无明暗对比，难以看清细节。我开始给它人工做旧，将它举到烛火上方慢慢熏黑。这叫"烟熏法"。我认识的一位泥泞寻宝者说，烟熏法的最佳工具是过去的那种动物油脂蜡烛，有时能在泥中找到。我用的是宜家的小圆烛，效果也还凑合。待硬币被天鹅绒一般的炭黑覆盖，完全看不清底色时，我拿出羊毛脂，在它表面摩擦，模仿几代人那油腻腻的手，将炭黑压进硬币上微小的凸起与线条中。硬币上的设计终于浮现了出来，是皇帝霍诺留，细节精致，贵气十足。

此刻，这枚硬币活了过来，它有生命，有过去，有故事。它可能是躺在一名士兵的钱包中来到伦敦的。这名士兵穿过米迪奥拉姆，要前往帝国的远方边界，途经伦敦时，可能是想家了，就用这枚硬币买了从他家乡进口来的海枣或葡萄酒。又或者，他是要北上去保卫哈德良长城，抵御蛮族入侵，路过伦敦，在过桥时将这枚硬币抛入水中，以祈求好运，并向诸神致敬。

我也迷信。每当发现现代的硬币，我都会扔回河中，以祈求好运，也作为对曾拿走河中宝藏的回报，当然，我献上的这些"祭品"应该也无法幸存太久。1992年，1便士与2便士硬币的成分由青铜改为钢芯镀铜。2012年，5便士与10便士硬币的成分由铜镍合金改为钢芯镀镍。我所发现的现代硬币都已生锈起泡，女王的名字都模糊不清了。它们正在缓慢地分解消失。我们这一代所能留下的钱币遗产将会微乎其微。

在老伦敦桥被拆毁时重见天日的并非只有罗马统治时期的文物。长年累月的淤泥中潜藏着各种宝物，还有世世代代伦敦人所制造的废物。其中最受维多利亚时代收藏家们追捧的物件之一是锡铅合金的中世纪朝圣者徽章，它们似乎常见于泰晤士河的这一区域。

我完全理解为什么这些金属饰品明明非常粗糙，却从过去到现在都备受追捧。在我看来，徽章上那些脑袋大、四肢细长瘦弱的人物都是中世纪的缩影，他们带有一种近乎神奇的力量。或许，他们吸收了自己所代表宗教的部分精髓。这些徽章是朝圣者在宗教圣地购买的。朝圣者会将它们别在外衣、帽子和包上，以证明自己完成了朝圣之旅并将圣地的一些力量带回了家。它们便宜，制造简单，成千上万地出售。根据从泰晤士河中打捞到的与在前滩发现的数量来看，朝圣者可能也会将它们扔进河中，以感谢神明保佑他们安全返回。让这个理论更为可信的是，被发现的徽章有许多都从中间弯折了，方式类似青铜时代的剑，这些剑在作为祭品扔进河中前，都会先弯折。

有理论认为，罗马统治时期的老伦敦桥上建有某种形式的神龛，但这纯属推测，毫无史料证明。不过，老伦敦桥中央确实曾存在过一个小教堂，教堂处有楼梯直通河中，因此，从水面上也能非常方便地进入教堂。这座教堂是为伦敦出生的大主教圣托马斯·贝克特（St Thomas Becket）而建，贝克特于 1170 年在坎特伯雷大教堂被刺杀身亡。贝克特被奉为殉教者，并于三年后被封为圣徒，他位于坎特伯雷的神龛成为了热门的朝圣之地。伦敦朝圣者的朝圣之旅常常是以桥上的这座小教堂为起点和终点。有些人去了遥远的耶路撒冷，来回可能历时数年，不过，也有许多人去的是南边的坎特伯雷或北边诺福克的沃尔辛厄姆，以祈求保护、治愈或对过往罪孽的宽恕。

如今，前滩仍会偶尔出现朝圣者徽章，但几乎仅限于伦敦桥区域。它们被视为罕见且幸运的物件，十五年过去了，我至今仍在寻找，期待能在自己的藏品中加入一枚完整的朝圣者徽章。这几乎成了我的一种执念。我曾说过，一旦找到，我就不再继续泥泞寻宝了，不过，我觉得，真要找到了，可能只会进一步加深我的执念。每次去伦敦桥，我都会期待着有一枚贝克特徽章躺在那里等我。若徽章上能是众骑士挥剑指向这位不幸主教的复杂群像，那可就太好了。

归根结底，还是得靠运气。不过，我至少拥有一块珍贵的残片，来自 15 世纪的威尔斯登圣母（Our Lady of Willesden）徽章。

威尔斯登圣母圣殿位于伦敦东北边，一天之内就能参观完，但这也不是件容易的事：威尔斯登地区以林地为主，抢劫事件很常见。在宗教改革时期，威尔斯登圣母的雕像于 1538 年被拖到切尔西，与其他的天主教雕像一同放在巨大的篝火上焚烧。当时是禁止这种神像崇拜的，这也是朝圣者徽章终结的开始。

朝圣者从威尔斯登带回的这种锡铅合金徽章小小的，塑有圣母玛利亚，她头戴皇冠，坐在一弯新月或一艘小船中间，左手抱着幼小的耶稣，右手抱着权杖。我找到的徽章只有上半部分。我发现它时，它就正面朝下地躺在地上，看着就像我发现过的那种无名铅字。但冥冥中有种力量，让我把它翻了过来，然后，两张温柔中带着蒙眬睡意的脸，安详地望着我，那是玛利亚与耶稣。

它是坏的，但却是我找到的第一枚朝圣者徽章，更坚定了我要再找到另一枚的决心。大约九个月后，我做到了。我找到了一个圆形的锡铅合金"底座"，跟我的手指甲差不多大，是 14 世纪的东西。它上面有拉丁语的首字母缩写"iHc"，用的是哥特式字体，意思是"耶稣，人类的救世主"。这是一枚廉价、普遍的徽章，无从得知在哪儿购得，但一定有人曾将它作为忠诚的象征，骄傲地佩戴着。

在发现了这枚朝圣者徽章的底座后，我在前滩找到的唯一与朝圣者有关的物件就都是那些小小的银锡合金代币，有人认为，这些代币是一种货币，用来支付朝圣路上的食宿费用。也有人认为，它们是教会代币，由在伦敦有权有势的大修道院发行，可用来兑换救济品、修道士的祷文以及各种宗教仪式。这些代币出人意料地常见，我目前找到了 11 枚，其他的泥泞寻宝者也总能在前滩捡走它们。目前发现最早的来自 13 世纪，我的大都来自 15 世纪中期。它们就像深灰色的鱼鳞，小到放在我的指尖都能完美保持平衡。此外，它们大都很薄，这意味着它们往往会粘在潮湿的沙滩表面，很容易被发现。这些代币的其中一面几乎一模一样，边缘一圈有许多呈放射状的线条，中心是一个十字架，十字架的一横一竖之间有四个点。它们的另一面则各不相同，有的是首字母缩写，有的是各种图案，包括身体部位、圣杯、铃铛和钥匙。

我还在河中发现过五花八门的现代宗教物品。在罗瑟希德的某段河梯底部，我曾找到过一张纸，写着伊斯兰教祷词，是一个深陷单恋的人在祈求帮助。此人将这张纸折起后，用一根黑白相间的线将它系在了一块石头上，好让它沉入水中。我看完后将它重新包好，留在了原地，留在了那片大鹅卵石的石滩上。几年后，在同一河段的前滩，比上次再往东一点的地方，我发现了一个被黑色塑料包裹着的东西，有点像个罐子。我上下摇了摇它，里面有什么东西撞得砰砰直响。我一下就联想到了各种恐怖的东西。万一是人体的一部分呢？就在两三年前，有人在距这里很近的地方发现过一只人脚。我犹豫了一会儿，这才十分谨慎地慢慢拆开了外面那层塑料。里面是一个玻璃罐，罐子里只装了一颗洋葱。这人费这么大劲做这件事情，真是太奇怪了。于是，我拍了照，上传到我的脸书主页。各种各样的建议向我涌来，令我应接不暇，其中最受欢迎的一种说法是，它是威卡教的"咒语罐"。这让我想起了我读过的关于 17 世纪贝拉明酒瓶的故事。这种酒瓶有时也会用来装咒语，装好后常常会埋在住宅的门廊下，保护屋里的人不受恶灵伤害。1926年，就在黑衣修士桥附近的岸边，一位泥泞寻宝者发现了一个"女巫瓶"，他当时并没有认出它来。他把它带回家，拔出陶土瓶塞，倒出了里面所有的东西：某种液体（最有可能是尿）、生锈的铁钉、头发、黄铜的大头针，以及一块剪成心形、扎着大头针的破毛毡。这一定就是大多数泥泞寻宝者（无疑也包括我）梦寐以求的那类发现。

不过，到目前为止，泰晤士河里最常见的宗教物品还是印度教的。对当地的印度教徒群体来说，泰晤士河已经成为恒河的替身，代表着活力、纯洁、母性、生育、生命、宽容、无常和回归本源。对于曾经神圣但已用旧、损坏或过时的物件，这条河也是一个令人满意的处理之处。我发现过许多印度教的神像，有甘尼许、杜尔迦、卡莉、拉克希米和湿婆，这些神像或是卡在岩石之间，或是陷在泥里，或是与塑料瓶、旧足球一同被冲上了滑道。我还发现过念珠、扁平小巧的金属"具"[1]图案饰物（用来避邪），以及大量的椰子。这些椰子有时是被红黄两色的圣线 [名为那达查迪（nada-chhadi）]绑着，有时是与大米或兵豆一起被布包裹着。就在今年，我朋友发现了一个椰子，已经裂开了，里面装满了大米，大米中是一个1.9盎司（约53.9克）纯金的甘尼许神像。伦敦市中心以东有一个更大的印度教社区，我在那里的前滩发现过更多的印度教物品。在秋天的排灯节期间，前滩上的油灯就会

---

[1] Yantra，印度教和佛教坐禅时所用的线形图案。

增多，比如被称为迪雅丝（diyas）的印度酥油灯。有一些油灯鲜艳亮丽，其他的则简单朴素，都是在印度用赤陶手工制作的。这种材质不易受时间影响，外观看着很像罗马统治时期的陶器，因此，曾给过许多新的和只有一点经验的泥泞寻宝者错误的希望。塑料神像一直深陷争议，一些人认为它们是神圣的附属物，应该被留下，另一些人认为它们会污染环境，应该被清除，不过，这些油灯终有一天会分解，归于泥土，成为混在英国灰泥中的一点点印度红土。

在某个漆黑夜里，伦敦桥下，随着潮水越退越低，我的头灯照亮了我身周的宝物：纽扣、硬币、搭扣，以及 18 世纪破茶碗的碎片，许多碎片上都带有精致的手绘花朵图案；大堆的扣针、珠子和小巧朴素的金属饰钉，可能曾用来装饰中世纪的皮带和坎肩。这里还有我所见过的数量最多的陶土烟斗，想不踩到它们都不可能。我收集了那些最长的烟斗，收集时，其余烟斗就在我脚下噼啪作响，这令我眉头紧蹙，很不舒服。

我每次停下脚步，仔细观察前滩，似乎总会发现一些与众不同的新鲜物件可供收集。我发现过一枚乔治王朝时期的旧法新，它就粘在一根旧石灰柱子上；还有一枚伊丽莎白时代的便士，已经发黑，非常薄，就躺在一个浅浅的水坑底部。头灯光线的反射让我发现了一枚 16 世纪晚期的筹码，这是一种铜合金代币，很薄，从德国大量进口而来，用来算账，与它们搭配使用的还有一块多色的方格板（chequered board），用来记账。[时至今日，英国政府的会计部门仍有个别称作"国库"（exchequer），就是源自这些记账板。] 这枚筹码一面是王权宝球[1]，另一面是一个皇冠与鸢尾花交缠的圆环，中心是一朵玫瑰。筹码边缘是制作者的名字，汉斯·克劳温克尔（Hans Krauwinckel）。不过，这些筹码最令我喜爱之处其实是其外侧边缘留下的文字，关于厄运与天谴。看到"生而忧亡"（ANFANG DENKS ENDT），谁会不陷入沉思呢？看到"今日负债，明日赴死"（HEVT RODT MORGEN TODIT），谁会不勒紧裤腰带过日子呢？我发现的这一枚则相当应景，写着"人应赞美上帝的馈赠"（GOTES GABEN SOL MAN LOB）。

这天，就在我第二次把发现袋中满满的收获倒进背包，正在摆弄背包拉链时，头灯又照到了一个有趣的东西：一个开口的长方形盒子，比香烟盒略薄，两面各有两个逗号形的小孔，有一侧边缘是褶皱式的。万幸，我看到了，若是再往它那个方向走一步，它就被我踩坏了。我弯腰将它捡起，看得出它是用一整块骨头或象牙雕成的。它给了我一种熟悉的感觉，它的形状和大小与剑鞘的金属包头差不多，就是剑鞘前端的保护装置，但我只在书上和博物馆里见过它们，而且那些都是金属做的，从来没见过用象牙或骨头做的。

我小心翼翼地用塑料袋把它裹了起来，放进背包里。当时已经凌晨两点多，潮水就要掉头了。我又停留了一个小时，直到自

---

〔1〕 王权宝球通常由贵金属与珠宝制成，上有十字架。球象征宇宙是一个和谐的整体，君王是地球的代表。参考：https://www.britannica.com/art/orb-royal-emblem

已筋疲力尽，潮水涌回前滩。继续留下搜寻那些白天能轻易发现的东西似乎意义不大，我觉得这条河已经给予了它在这天夜里愿意给予我的一切；我也是时候该搭出租车回家了。

第二天，我从塑料袋里取出那个剑鞘包头（我当时十分确定这就是它的真实身份），更仔细地观察。我将它清理干净，装进了一个更小的袋子。我用大头针给袋子扎满了孔，让它慢慢风干，不至于开裂。我把它在厨房橱柜的最上层放了数月。到我例行去拜访伦敦博物馆的发现联络官时，它已完全风干，我便将它再次裹了起来，打算带去给联络官看看。

原来，我的这个剑鞘包头来自罗马，可追溯到公元2世纪末到3世纪，应该是那时专供罗马辅助军团使用的。英国总共就发现了两个完整的，它是一个，另一个发现于汉普郡的锡尔切斯特（Silchester）。我想象，它的原主人应该是头戴金属头盔，身着及膝短袍，外面套着一件简单的锁子甲或鳞甲，下身穿着一条皮裤或羊毛裤御寒。他随身带着一个椭圆形的盾牌和一杆长矛或一把长剑，而上面的剑鞘包头已经脱落。他不太可能是英国人。辅助军团的士兵通常被派驻在远离家乡之地，这样更便于控制他们，既能减小兵变的可能性，还能通过他们与当地女性结婚来加快罗马化进程。

在我的想象中，那个思乡的士兵或许是从土耳其被派驻英国的。他期待着罗马帝国能够认可他在部队的贡献，给予他罗马公民的身份。当部队行军穿过伦敦时，他剑鞘上的包头松动脱落了，后来不知怎地落入了泰晤士河，被河泥守护了近2000年。若不是这次枯潮，若不是我那天顶着漆黑的夜色出了门，若不是我头灯的光束正好在对的时刻照到了对的位置，我就会永远地错过它了。

Tower Beach
伦敦塔沙滩

> 她没有上过学，也从未接受过真正意义的教育。她唯一知道的就是自己"专属"领域的枯潮时间，以及随每一次潮汐而来的零星残骸与漂浮物的价值。
>
> 查尔斯·曼比·史密斯，《潮汐女侍者》，
> 出自《伦敦生活的奇物；或该大都市的各生理与社会时期》
> （1853）

有些人把伦敦塔前的前滩称为沙滩，它看起来也确实像沙滩，但要走到那里并非易事。它指的是伦敦塔建筑群面前的那一整片前滩，位于泰晤士河北岸，伦敦桥以西。若干年前，我去过一次，是从距离那里更西一点的海关大楼处下到前滩，再沿着前滩走到那里的。海关大楼那边有一些好走的河梯。我当时没打算去泥泞寻宝，只是想去看看。那天枯潮的水位格外低，我得手脚并用地爬过湿滑带泥的木桩，再蹚过突堤与桥墩下深深的淤泥。如果能避开，我是不会选这种路的。我记得，在艰难穿越各种泥泞的障碍物时，我还收集了相当多的小额硬币。最后，我的面前终于出现了一大片空旷的黄色沙滩。

我继续向伦敦塔桥走去，途经了一段修在河堤内的宽阔石梯，它被称为女王的楼梯（Queen's Stairs），最后一次使用是在1938年，使用者是玛丽王后。这段河梯本来是通往伦敦塔沙滩最容易、最安全的路，但如今一直锁着。下到一半就会遇到一扇高大的门，

顶上是一排带尖刺的栏杆，任何人都不可能翻过去。满潮时，低处的台阶会被淹没，由于缺乏使用，已经长满了暗绿色的水藻。

从前滩望去，你能看到嵌在河堤中的一个宽大拱门，已用砖块封堵，拱门上方模印了几个白色的大字"叛徒之门入口"（ENTRY TO THE TRAITOR'S GATE）。往来河边的这个入口是在19世纪中叶被封的，叛徒之门（Traitor's Gate）就在其背后，它最初被称为水门（Water Gate），是13世纪末国王爱德华一世下令修建的，是为了方便驳船到达伦敦塔。16世纪时它才有了现在这个名字。当时，伦敦塔变成了一个囚禁、折磨和斩首囚犯的地方。最著名的是国王亨利八世的两位妻子，安妮·博林（Anne Boleyn）和凯瑟琳·霍华德（Catherine Howard），她们就是搭乘驳船从此路进入伦敦塔，迎接自己最终的命运。安妮的女儿，也就是未来的女王伊丽莎白一世，则要更幸运一些。她同父异母的妹妹、女王玛丽一世指控她密谋害自己，下令于1554年棕枝主日将她押入伦敦塔。入塔时的她发着烧。枯潮时，她所搭乘的驳船通过了伦敦桥下疯狂的急流，但搁浅在了泥滩上，据说，当时伦敦塔处的水位太低，船只无法靠岸，因此无法继续前行。有些说法是，时年二十岁的公主知道母亲的命运，拒绝通过叛徒之门，最终冒着倾盆大雨，蹚水走回了岸边的"女王的楼梯"。她在塔内囚禁了两个月，最终因证据不足而获释。

柔软的黄沙在河堤前形成了一座坡度平缓的小山丘，在向河边延伸的过程中，黄沙渐渐被卵石滩所取代。这座半月形的小山丘是"伦敦里维埃拉[1]"的全部遗迹了，1934年，伦敦从埃塞克斯运来了1500艘驳船装载量的沙子铺在这片前滩，以造出一个公共沙滩。这是菲利普·托马斯·拜厄德·克莱顿牧师大人（Reverend Philip Thomas Byard Clayton，或称为"塔比"）的设想。他是万圣教堂（All Hallows by the Tower）的教区牧师，1931年夏天，他想到一个主意，要将这片前滩打造成城市海滨，"让经常来到伦敦塔山（Tower Hill）的贫穷家庭获得真正的快乐"。国王乔治五世向当地的孩子们保证，他们"将永远享有这个潮汐游乐场"。1934年7月23日，这片沙滩向公众开放。《泰晤士报》报道称："在泰晤士河上船只欢快的汽笛声中，梯子降了下来。"孩子们蜂拥至这片沙滩，在一个个长长的搁板桌上，摆放着不限量的柠檬汽水与面包。

这片沙滩大获成功。四月到九月间，梯子每天都会降下，只是会根据潮汐调整时长，最长的时候，一天六个小时，沙滩上还会有一名警卫站岗，保证安全。1935年夏，约有10万人来泰晤士河边"度假"。码头工人的孩子们，有些虽然就住在距离大海40英里（约64千米）的地方，但从未见过大海，来到这里，他们能建沙堡，能观看《潘趣与朱迪》的演出。他们在浅水区戏水，买太妃糖苹果，租划艇往返于伦敦桥下。这片沙滩于二战期间关闭，重新开放后仍然很受欢迎。看看20世纪50年代的照片，身着衬衫与背带裤的男士们躺在条纹的帆布折叠椅上放松，穿着针

---

〔1〕 里维埃拉是法国地中海沿岸的一处度假胜地。

织泳装的孩子们在河中戏水打闹，穿着夏季连衣裙的年轻女士们坐在沙滩上吃着三明治。无论怎么看，这都像是在海边度假的一天。然而，1971年，出于对污染、安全和运营成本的担忧，这片沙滩被迫关闭。如今，这里大部分的沙子都被冲走了，"永远免费进入"的承诺也被打破了。

河堤是伦敦塔的一部分，伦敦塔于1900年被认定为古代遗迹。这片前滩是泰晤士河潮汐河段上最具历史意义的区域之一，目前归皇室地产公司[1]所有，该公司对它有一套自己的保护规则。必须取得许可，才能在伦敦塔前泥泞寻宝，但这种许可罕有人获得。考古学家偶尔能获批进入，跟踪记录这里的被侵蚀程度，并检查这片前滩。几年前，为了保护河堤的地基，他们在这里放了一袋袋装满大卵石的金属网袋，并新建了一片护坡。但这条河就是一只不知疲倦的野兽，不断地在这些保护设施周围试探，慢慢将注意力转移到了更远处未受保护的地基上，如今，这些地基已经在一点点暴露，一点点遭受破坏了。

1240年，国王亨利三世下令将伦敦塔粉刷成白色，所以伦敦塔被称为白塔。它也是泰晤士河潮汐河段上最古老的建筑与仅存的一座城堡。这座长方形的石砌城堡主楼是征服者威廉（William the Conqueror）于11世纪末建成的，其底部城墙15英尺（约4.6

---

[1] 皇室地产公司（Crown Estate）是英国女王名下的房地产资产管理公司。参考：https://www.yicai.com/news/4007856.html

米）厚，围墙90英尺（约27.4米）高。它赫然耸立在伦敦人民的木构小屋之上，让他们几乎一眼就能看出如今的权力落归何处。将它修建在这座城市的最东边，修建在泰晤士河上，也是为了保护伦敦，抵御从海上逆流而上的侵略者。该地点是精心挑选的，能将罗马统治时期的老墙利用起来，以保护该城堡主楼向东与向南的围墙。到公元210年，罗马人已经用一堵2.2英里（约3.5千米）长的墙围出了一块330英亩（约1.3平方千米）的地，据说这堵墙有8英尺（约2.4米）厚，某些地方能高达20英尺（约6.1米）。到3世纪末，他们沿着滨河区加长了这堵墙。当诺曼人来到这里时，这堵罗马统治时期的围墙仍是这座城市的一大特色，因此，诺曼人想要将这堵墙尽可能地利用起来也合情合理。

泰晤士河给伦敦塔送去人力、军队、给养、建材，为生活和工作在塔中的人供水。13世纪晚期，泰晤士河还为与它相连的护城河注满了水，为伦敦塔提供了一圈坚不可摧的防御工事。不过后来，随着泰晤士河水位的变化，它不再能正常排水，逐渐淤塞，几乎变成了一个问题丛生、臭气熏天的沼泽。最终，在19世纪40年代，人们将这条护城河抽干、清理，并用土填平。我常常好奇挖出的那些淤泥是怎么处理的。那里面可能装满了几个世纪以来人们遗失和抛弃的宝物。是倒回伦敦塔前的泰晤士河了吗？还是用驳船或马车运到别处去了？

历经几个世纪，伦敦塔发展成了一个庞大的建筑群，有过多种用途——皇家宅邸、监狱、野生动物园、军械库和铸币厂，而这一切都浸润在它面前的这片前滩中。当我终于获得在伦敦塔沙滩泥泞寻宝的机会时，拿着那些可能是塔中人制造或用过的物件，我耳边传来了士兵列队进出伦敦塔的沉重脚步声，以及由锤子、铆钉锁子甲、贵金属圆片奏响的"管弦乐"。一连串尘封的日期、战争、已故的国王与女王，这些我在学校学到的历史都活了过来。

我在前滩发现的与伦敦塔最直接相关的物件之一是几个小小的灰色杯子，浅口、圆锥形，后来我才知道它们叫灰皿（cupel），可能曾被英国皇家铸币厂用来制造硬币。灰皿的制作是将磨细的骨灰与啤酒、水或鸡蛋混合湿润后压进模具中。它们被用于在极高温中提取矿石样品中的贵金属，以及用于测试废金属的品质。1976年，在对伦敦塔建筑群的一次考古挖掘中，人们在一处16世纪的熔炉遗址中也发现了类似的灰皿。化学分析显示，它们曾被用于提纯被铜污染的银。该铸币厂在提取出金属后，会立刻将其铸成铸块，接着退火（热处理）使其软化，软化后将其敲打或碾压至硬币的厚度，再从压平的金属薄片上切下所需的小圆片，并置于两个已刻好设计纹样的金属模具之间，最后通过锤子的敲击，让这一空白小圆片两面出现相应的图案，这就是"锤制"硬币的制作过程。

1662年以前的硬币都是这样手工制作的，直到1662年，机器才开始取代手工。在塔内，铸币厂的工人是与其他工人隔开的，并被严密看守，以免他们经受不住诱惑。他们工作的车间酷热昏暗，空气中充斥着来自熔炉的有毒烟气。一人将空白圆片放在底部模具上后，另一人会立刻放上顶部模具，并挥舞锤子开始敲打。若两人配合时机出现任何差错，有人就可能会失去手指。在检查我从前滩捡来的那些锤制硬币时，我发现它们并没有后来机器制造硬币的那种一致性。有些被锤歪了，有些锤得不好，图案不清晰。我会想象着锤子落在它们身上的那一刻，想象着在又脏又吵又热的环境中，它们落在铸币间地板上的那个过程，我也对制作它们的人充满了好奇。

我还发现过带有不同国王、女王、皇帝头像的硬币，一直可追溯到罗马统治时期：又小又薄的中世纪便士，上面的头像古怪中带着无知；都铎王朝时期的女王伊丽莎白，其头像有着高高的额头与精致的轮状皱领；国王查理一世的头像带着浓密的长髭；摆着经典姿势的多位汉诺威国王；一位年轻的维多利亚女王，后脑勺松松地扎着个发髻，发髻上垂下了一绺长卷发。每一枚硬币都代表着历史中的一个确切时段，它们会如变戏法般让我想起一些平凡但重大的事件。它是曾躺在一个黑死病患者的钱包里；还是曾踏上过前往新世界的旅途；或是在伦敦东区雾蒙蒙的街道上，在小贩那里买了一块馅饼？

硬币拥有着强大的魅力，对一些人来说，寻找硬币成了一种执念。他们将退潮时的寻宝时间都用在了金属探测器上，期待着下一声"哔"来自一枚都铎先令或一枚古罗马银币，而不仅仅是又一块废旧铅字。不可否认，看到从淤泥中冒出头来的这些圆形小金属片，确实令人十分激动，但对我来说，它们缺少了某种神秘感与独特性。

一枚状况良好的硬币是很愿意说出自己的秘密的，你一下就能看出它是什么材质的、什么铸造年份，甚至什么铸造地点。每一枚硬币都是众多同类之一，它们彼此间就算不完全一样，至少也非常相似。大多数硬币都不会给你带去惊喜、困惑或挑战。它们的身份确凿且一目了然，易于收集和分类。能吸引我的是被某人标记过或改造过的硬币。某个潮湿的星期天下午，就在伦敦塔以东一点的罗瑟希德，我在前滩发现了一枚带有国王乔治三世头像的半便士铜币，国王的脸上被深深地刮了一个粗糙的"X"，可能只是想把它改造成一个计数工具，[1] 也可能是某个水手无聊之下的"杰作"，或者是一名在美洲经历了灾难性战争，回归故土后却找不到工作的士兵，用这种具有象征意味的行为发泄对这个胖国王头像的愤怒。

人们认为，盎格鲁－撒克逊人会把罗马统治时期的硬币串起来当作装饰佩戴，在后来的几个世纪中，由于没有银行，那些不想将自己的存款埋起来或藏起来的人，会把硬币缝在衣服里以保安全。在19与20世纪，穿了孔的六便士与三便士硬币会被当作珠宝佩戴。我在哈默史密斯的泥滩上发现过一枚小小的穿了孔的三便士银币，可追溯到1918年，也就是"一战"结束的那一年。它原来的主人或许痛失了挚爱的亲友或未婚夫，戴着这枚银币或许是她将他留在身边的一种方式。当然，它所讲述的也可能是个快乐的故事——纪念一出生就迎来和平世界的婴儿，或纪念安全从法国战场返回的兄弟。如今，我把它穿在了自己的幸运手链上，随身佩戴，它继承了失主的精神，也将在我身边继续它的时

---

[1] "X"可理解为罗马数字"10"。

间之旅。

较大的硬币（先令和半克朗）会挂在表链上作为装饰，它们很可能是从表链上滑落到河中的。我有一枚17世纪的查理一世银便士，它太精致，年代也太早了，不会是挂在表链上的。它是一枚很薄的银币，不超过手指甲大小，我发现它时，它正卡在护坡的木桩上，闪闪发光，一如遗失那天。它的孔钻得十分小心，就位于国王头像上方。它可追溯到一个动荡的年代，时任议会反对国王查理主张的"君权神授"，自己的权力不受任何管制。这个孔如果是钻在查理国王的脸上，那就是个截然不同的故事了，行此破坏之事者应该支持的是奥利弗·克伦威尔（Oliver Cromwell）所领导的英吉利共和国。但事实上，这个钻孔者特别小心，唯恐破坏国王头像，这表明，它可能曾是某位国王支持者的秘密护身符，被系在脖子上，让它贴近心脏，直到绳子断了掉入河中，或是被别人发现后，扯掉扔入河里。

最能激发我想象力的是那些被随意弯成"S"形的旧银币。据说，这些弯曲的六便士银币是爱情的信物，这些曲线是用来紧握爱情的。这些银币承载着许许多多关于欲望、失去与心碎的故事。这是17世纪末的一种流行。年轻男子会当着心爱之人的面，将一枚六便士的银币（有时也会使用价值更低的铜币）掰弯，然后作为爱情信物送给对方。她如果也喜欢他，就会收下硬币，如果不喜欢，就会把它扔掉。一定有很多这样的硬币被扔进了河中，毕竟我在前滩就发现过不少。

遗落或被扔进泰晤士河的爱情信物还包括雕刻硬币，它的流行贯穿了整个 18 和 19 世纪。被打磨光滑或被磨平的便士以及先令、克朗等较大的银币都是完美的微型画布。从最简单的划痕到精心的雕琢，这些硬币做工各异，有些甚至镶有半宝石。已发现的硬币中也有带着名字、地址、日期和短诗的。其他的，或许是由不太识字或更有艺术倾向的人制作的，留下的都是一些花、叶等简单的图画。我在泰晤士河上发现的唯一一枚雕刻硬币是枚光滑的铜便士，它的一面有着一些粗糙的划痕，写的是"J. 特威迪（J Tweedy），1864 年 4 月 19 日"。我是在德特福德的河堤边找到它的，将它拿在手中时，能感觉到冰冷潮湿，还有一点点来自前滩的砂砾感。我想知道 J. 特威迪是谁。他将这个信物扔进河中时，是为了祈求幸运，还是充满绝望？

伦敦塔沙滩我只去过三次：一次是在枯潮时沿前滩艰难攀爬过去的，另外两次是在公众开放日。公众开放日始于 2001 年，旨在鼓励公众参与，增进公众对前滩的认识，但因为难以检查参与活动者的许可，难以控制他们的人数，这一活动很快就终止了。直到 2016 年开始实施新的许可规则。对此我的心情很矛盾。尽管前滩开放日确实让像我一样的普通泥泞寻宝者有机会搜寻这片往往被禁止入内的区域，但我一共就去过两次，实在不喜欢这个活动的过程。这不是我的泥泞寻宝风格。我喜欢宁静的前滩，那些发现还不足以驱使我扎入一大群陌生人中，忍耐着与他们的推搡，去争抢那一杯羹。

前滩开放日时，人们会早早地排起长队。枯潮时间有限，我们只有短短两个半小时可搜寻，经不起一点浪费。我到得很早，排在很靠前的地方，周围站着的都是泥泞寻宝者。有一些我认得，另一些我虽不认得，但看到他们沾满泥巴的护膝，也知道是同行了。带孩子的家庭拿着水桶和铁锹，让人想起了 20 世纪 30 年代的沙滩时光。有些人准备了惠灵顿长靴，以及用来装战利品的塑料袋。那些穿着凉鞋或"好鞋"的人显然不知道自己将要参与的是什么，但他们还是来了。

排队的人越来越多，一直等到河水降到安全水位，大量前滩露出水面，伦敦塔的一名仪典卫兵才拿着钥匙出现，打开了门。人群一下就兴奋了起来。我们排着队，小心翼翼地走下通往前滩的湿滑石阶。路上，我们从一位面带微笑的志愿者那里领到了防护用的蓝色乳胶手套。一下到石阶底部，人们便四散而去。我曾听说这片前滩最高产的区域是离桥最近的那一块，于是加快步伐，向西走去，希望能在那里人满为患之前赶到。我走到了前滩尽头被条纹胶带围起来的地方，组织者守在这里，不让人群进入，能进去的都是他们认识的泥泞寻宝者，我也是这些幸运者之一。我跟他们问了好，然后低头从胶带下方穿过，到了一块稍微平静一点的地方。

我回头看了看人满为患的前滩，那些人低着头，疯了一般从一处冲向另一处。已经有人在挖砂砾了，想看看下面有什么。我所在的地方远没有那么热闹，即便如此，我还是很难集中注意力。周围有很多人时，我就容易走神。我难以专注于自己面前的这块前滩，会开始关注其他人在做什么；也担心有人会过来找我说话。

好在最终我还是成功隔绝了外界的嘈杂，静下心来搜寻自己的。

我一直待到了身后的前滩开始逐客，返回的潮水开始推平他们挖坑留下的痕迹。我多么希望第二天没人时还能再来一次。到那时，几轮潮汐一定已经抚平了泥滩，疯狂人潮错失的那些物件会渐渐显现出来。我经过那些搁板桌时，已被晒伤、精疲力竭的专家们仍在辨认和解读堆在自己面前的那些东西，里面主要是陶器、砖块、金属碎片、骨头和贝壳。不过，他们面前的黑色托盘里放着一些密封的塑料袋，说明他们也找到了一些有趣的物件，其中或许也有硬币。他们会将这些东西悄悄送到伦敦博物馆进行记录和更仔细的检查。

我对自己的发现很满意：两个灰皿；一把小骨匙，或许是一把19世纪的芥末匙；一根朴素的勺柄，来自一把17世纪的锡铅合金勺；还有半截17世纪的钥匙，仅剩了带齿纹的一端，在我的想象中，它可能曾用来开伦敦塔中一扇又大又厚的橡木门，曾转动过门上沉重的铁制机械装置。我还发现了若干小小的金属圆环，它们陷在碎石滩里，与一堆堆手工扣针缠绕在一起。这些圆环有的是套在一起的，但大多数都用最小号的铆钉闭合着。我认得它们，我曾在这片前滩的其他地方发现过同类的物件，只是没有这里这么多。它们是中世纪锁子甲制作者存在的证据，这些人与铸币者一样，都在伦敦塔内昏暗的作坊中辛苦劳作。他们所在的作坊位于皇家军械库内，那里也生产武器和板甲套装。他们会拉金属线来测量，将金属线切成需要的长度，然后弯成这样整齐的小圆环，四个小圆环会被一个大圆环串在一起，然后逐个铆接起来。这些就是骑士、国王和士兵护甲上金属网的制作原料。

　　有些人会误将锁子甲称为"链子甲"（chain mail）。锁子甲的制作很耗时，但工艺相对简单，能够灵活地抵御来自箭、剑和长矛的攻击。一件及膝长的锁子甲，即锁帷子（hauberk），是由 2.8 万到 5 万个链环组成，可重达 30 磅（约 13.6 公斤），制作周期需要 100 天左右。它穿在夹棉的贴身衣物外，夹棉里衣可以减缓武器攻击的冲击力，保护穿着者免受擦伤。不过，锁子甲很贵，大多数普通士兵还是只能穿着加了衬垫的皮夹克上战场。锁子甲经历了一整个中世纪；到 14 世纪发展出了板甲，由大片金属板制成的成套盔甲，板间缝隙用锁子甲覆盖。它具备良好的防护作用，但对枪炮的射弹几乎毫无抵抗力。从 16 世纪开始，随着战场上的枪炮越来越多，锁子甲与盔甲渐渐被淘汰，仅用于仪典活动。

　　我在伦敦塔沙滩发现的锁子甲链环是铁制的，不过我的藏品中也有铜合金的。铁和铜合金在泥中都能得到很好的保护，不过，铁一旦暴露在空气中，很快就会生锈剥落。用锤子轻轻敲一下就能让大型硬铁器（如挂锁和炮弹）顶部松动的铁锈层剥落。然后用砂纸打磨一下，有时就能还原成完好的金属，最后上点油，就能防止生锈。有些人会先用电解法，然后把它们放在蜡中煮上几个小时，以此来保存，不过我从未试过这种方法。对于铁链和手工锻造的钉子等物，我都会尽可能清除掉铁锈，然后给它们喷上透明漆用于防潮。不过铁的锁子甲是很难保存的，它的每一环都非常小、非常脆弱，一旦生锈，就可能碎成尘土。为了延缓它的腐蚀，我会将锁子甲放在 WD40 油的罐子里泡上几周，然后将它储存在一个"干燥盒"中，这种盒子是用塑料食品容器所做，内放一袋硅胶干燥剂，保持盒内空气的干燥。这个方法似乎有些效果，但生锈仍会继续，专业的文物修复员告诉我，他们也没有找到一种可以彻底阻止生锈的万全之策。

在 1561 年版的阿加斯地图[1]上能看到具有完整护城河的伦敦塔、女王的楼梯和叛徒之门的入口。若是观察得够仔细，你还能在塔前滨河区看到大炮，它们在地图上非常小。在前滩发现铁制炮弹的情况并不罕见，尤其是在伦敦塔以东区域，以及在伍尔维奇和德特福德，国王亨利八世在这些地方建过海军造船厂。这些炮弹也曾被用作船只的压舱物，或许这就是在罗瑟希德的前滩也能发现它们的原因，人们在将旧船拆解后，就将压舱物倒了。大炮有不同口径，因此为其制造的炮弹也有各种尺寸，有些太重了，我根本搬不动，有些则能轻松装进口袋。我带回家的那些炮弹，最终只保住了少数，大多数都开裂了，并在生锈后一层一层地剥落掉了。

铅制滑膛弹会好得多。这些年，我收集了很多铅弹，没有送人的那些都保存在一个玻璃罐里，放在我的打印机箱子上（送人是因为孩子们喜欢）。我发现它们时，看到的都是砂砾中冒出的"圆脑袋"。我现在已能轻而易举地发现它们，但也是花了好几年

---

〔1〕 1561 年版的阿加斯地图：https://www.british-history.ac.uk/no-series/london-map-agas/1561

才学会识别"乔装"在鹅卵石中的灰色球状物。即便在发现时，我对它们的身份还有所怀疑，铅的重量也会"出卖"它们。

与炮弹一样，我所收藏的铅弹大小也差异巨大：小到"天鹅弹"，可能是早期猎枪或喇叭形前膛枪所用；大到霰弹或葡萄弹，前者是装在金属的霰弹筒中，后者是装在网兜里被牢牢绑住的，且是用大炮发射的，会造成大规模杀伤。现代子弹穿过肉体会留下一个规则的弹洞，滑膛弹射入目标后会撕裂血肉，打碎骨头，还会将脏污的军装碎片拖入伤口中，导致感染和溃烂。我最珍爱的滑膛弹和 19 世纪的米尼弹（形状与现代子弹类似）都曾击中过目标，因此有一面因冲击力而变平了。前滩流传着一个故事，说是有个泥泞寻宝者发现过一颗嵌有一颗人类牙齿的滑膛弹，不过，我还没见过见过那颗子弹的人。

伦敦塔内的军械库应该曾大量制造过铅弹。我发现的那些可能是从下水道冲入河中的，也可能是与垃圾一道扫入河中的。我在前滩别处发现的可能是士兵、水手在前往战场或从战场返回途中掉落在甲板与突堤上，最终滚入河中的。或许，当他们在码头边或船上等待出发时，曾亲手给自己铸造过铅弹——将熔化的铅倒入小小的模具中，去掉浇铸道残留等多余的部分，最后将其锉成光滑的圆球。并不是所有的铸造都成功了。我曾找到过不少两半不对称的铅弹，还有一组三颗浇铸道残留都未去掉的手枪子弹。虽不知它们的制造者是谁，但他们可能是太早取弹，烫到了手指，手一松，它们便落入了河中。

我还发现过少量的打火石，打火石看上去太天然了，是很难发现的。我之所以能看见它们，是光线正好照到了它们光滑的一面，我拿起来一看，那种不规则的四边形形状明显是人为的。它们是近乎黑色的深褐色，这说明它们的产地很可能是萨福克郡布兰登市。到 1800 年，布兰登市成了英国军械局（Board of Ordnance）唯一的供应商，在拿破仑战争最激烈时，这里每月供应的滑膛枪打火石在 100 万块以上。布兰登市生产的打火石是最好的，击发 50 次后才需更换，这是强于其竞争对手的。不过，打火石工匠的生活很艰难。他们每天要从早上 7 点工作到晚上 8 点。当时，一名工匠每天可在一个房间内制造出 2000 颗打火石，房间内因此而布满粉尘，有许多人年纪轻轻就死于肺病。

到 19 世纪中期，子弹和步枪基本取代了铅弹与滑膛枪。如今，仍然会有"一战"与"二战"时期遗留的仍然可用的步枪子弹被泰晤士河冲上前滩，这些前滩通常是在锡尔弗敦与伍尔维奇的军械厂附近，也就是制造这些子弹的地方。归国士兵在寻找一个安全处理纪念品与被遗忘的隐藏弹药的地方时，选择将一些子弹与手榴弹和枪支一同倒入这条河中。前滩仍然潜伏着一些未爆炸的炸弹。在大约八十年前的那场伦敦大轰炸中，它们于喧嚣混乱之中落下，因为河水与河泥的缓冲而没有爆炸。

我在泥泞寻宝生涯早期找到了我的第一枚也是唯一一枚炸弹。当时我在泰晤士河南岸寻宝，几乎就在伦敦塔沙滩的正对面，这里布满了岩石与瓦砾，没什么其他东西。我已在别处泥泞寻宝了一整天，只是想在回家之前到这里来碰碰运气。穿着薄鞋底的惠灵顿长靴行走在湿滑的岩石上很困难，也很难受，真的不值得一试。但就在我转身准备原路返回河边楼梯时，我注意到了一个长得像大号子弹一样的东西，有我胳膊那么粗，就那么无害地躺在两块岩石之间。它看上去很有趣，但我有足够的常识，知道它是某种导弹。不过它并没有头部的金属结构，因此我推断它可能是无害的，于是将它捡起，塞进背包，直奔车站。

回到家，将它在棚屋里放了两三天之后，我才想起我一个邻居的兴趣爱好是飞机、炸弹和一般性的战争服饰与物件。我把它带了过去，一跨进门，就骄傲地拿出了我的"巨型子弹"，而他立刻后退了一大步。经过仔细检查，他的结论是，它很可能是惰性的，应该是安全的，但建议我尽快把它送回河里，以防万一。我照做了，找了一块我能够得到的河水最深的地方，把它扔了下去。从那以后，我连旧步枪子弹都不碰了，这看起来可能有点反应过度，但它们仍是活的，仍有潜在的危险性。从那以后，再看到这样的东西，我也一定不会带回家，我想，最好还是让它们完全孤独地待着吧。

有位泥泞寻宝者戴夫（Dave）曾在陆军拆弹小组工作多年，他告诉我，那些旧手榴弹有可能极不稳定。2015 年，警方军械专家引爆了某泥泞寻宝者在格林尼治附近前滩发现的一枚手榴弹，爆炸声就连 3 英里（约 4.8 千米）外都能听到。若发现了更大的炸弹，专家在努力拆除炸弹引信前，会先将整个地区疏散，河上与伦敦部分地区的一切活动都会停止。考虑到河中存在大量未爆炸的炸弹，前滩有一条一般性的规则：如果你不知道它是什么，别碰，就算你知道它是什么，也别碰。

在泰晤士河河口的希尔内斯外有一处没入水下的沙洲，1944年8月20日，一艘船在这里沉没，自此，它一直守护着船上的爆炸物。水面上只能看到三根生锈的桅杆，以及桅杆上挂着的警告标志。蒸汽船"理查德·蒙哥马利"号（*Richard Montgomery*）是一艘开往法国的美国货船，装载了1400吨爆炸物（13700种不同的爆炸装置），途经此地时，狂风使其搁浅并损坏。此后，它就一直留在原地，因太过危险而不能清空其中的爆炸物，这让它成了泰晤士河上的一颗定时炸弹。1970年的一份政府报告指出，这艘船如果爆炸，水柱与船只残骸将被掀至约2英里（约3.2千米）高，并落到约1000英尺（约305米）宽的范围内，还会引发约13英尺（约4米）高的海啸，不会给希尔内斯留下一扇完好的窗户。2004年，《新科学家》（*New Scientist*）杂志的一篇报道称，该爆炸的威力可能相当于广岛和长崎原子弹爆炸威力的1/12。人们普遍认为它爆炸的可能性微乎其微，但希尔内斯人称它为末日之船（Doomsday Ship）。

除了子弹与炸弹，前滩中还埋藏着战争中个体存在的痕迹；被抛弃或遗失的物件中藏着被遗忘的故事。2015年，一位粉丝在我的脸书主页"伦敦泥泞寻宝者"（London Mudlark）上发了一张照片，照片中是他在黑衣修士桥附近发现的一枚勋章。那是一枚"一战"胜利勋章，一面是长着翅膀的胜利女神像，另一面是一个人名F.A. 弗伦奇（FA French）和一串军人编号19028。这位发现者已经根据这些细节找到了这枚勋章的获得者：弗朗西斯·阿瑟·弗伦奇（Francis Arthur French），他 1899 年出生于赫特福德郡的一个村庄，1958 年于出生地附近去世，无子女。

这条线索到此结束，但他的贴文被一位业余历史学家分享到了另一个脸书主页，该主页正是为列兵弗伦奇长大的那个村庄所设的，令人难以置信的是，这个贴文居然被弗伦奇的远房表亲克里斯蒂安（Kristian）看到了。克里斯蒂安填补了这个故事的空白，甚至还提供了一张照片，照片上是一个身材魁梧的年轻人，整齐地穿戴着英国皇家海军陆战队的深蓝色军装与无尖顶军帽。他直视着镜头，嘴唇紧抿成了一条直线。

列兵弗伦奇出生在一个贫穷的劳动阶级家庭，于 1916 年他十七岁生日前夕参军。他年纪太小，不适合执行海外任务，于是被派往爱尔兰，守卫都柏林港。十八岁时，他终于有资格执行海外任务了。他登上了英国皇家海军"莫雷亚"号（Morea），这是一艘武装商用巡洋舰。1918 年 6 月，他应该是在"莫雷亚"号上亲眼目睹了一场灾难，一艘加拿大医疗船，英国皇家海军医疗船[1]"兰多弗里城堡"号（Llandovery Castle）在爱尔兰南部海域被鱼雷击沉。医生、护士、加拿大陆军医疗部队成员、陆军士兵和水兵共 234 人丧生，这也是本次战争中令加拿大海军伤亡最惨重的一场灾难。其中一些人是落入水中后被机关枪扫射身亡，击沉它的那艘德国 U 型潜艇撞毁了几乎所有的救生艇，仅有一艘幸存，也只有坐上了这艘救生艇的 24 人活了下来。

---

[1] 当时加拿大还未完全脱离英国独立。

"莫雷亚"号高级军官、舰长肯尼斯·康明斯（Kenneth Cummins）生动描述了当时的惨状："我们当时在布里斯托尔海峡，正出海，原本非常顺利，突然之间，周围满是浮尸。我们不能擅自停船，只能直直驶过。太可怕了，我直接扑到船边吐了……这是我们根本想象不到的画面，尤其还有护士，我们就看着那些女性，那些护士的尸体漂浮在海上。她们已经漂了一段时间了，围裙与长裙下摆大大地铺开在水面上，已经被烈日晒干，就像一张张船帆。"

这样的场景会对年仅十九岁的列兵弗伦奇产生何种深远的影响，我无从得知，只能猜测，但我知道，此事后，他继续留在海军陆战队，奔赴世界各地执行任务，并在百慕大生活过一阵，后于 1942 年返回英格兰，参与了第二次世界大战。在回来后的头四个月里，他在英国皇家海军"总统"号（*President*）服役，这是一艘停泊在黑衣修士桥上游的训练船，配备了高射炮，以保护附近的圣保罗大教堂。它也曾被法国抵抗组织（French Resistance）用作浮动基地，他们曾在船体深处策划颠覆与破坏的行动。列兵弗伦奇的勋章应该就是在此期间遗失的，或许是在某次空袭的混乱之中。

就在发现列兵弗伦奇勋章的同一年，在距离黑衣修士桥很远的上游，一名金属探测器爱好者在河泥中发现了一枚维多利亚十字勋章，这是英国授予"对敌英勇作战"者的最高荣誉，自 1857 年以来，一共就颁发了 1358 枚，这是其中之一。考虑到该勋章可能十分贵重且具有重要的历史意义，发现者将它移交给了伦敦博物馆。伦敦博物馆会先验明该勋章的真伪，若为真，则会为其寻找原主人。他们将它所用金属与大炮所用金属做了对比，几乎所有维多利亚十字勋章都是用大炮做的。它通过了测试，是真品，但关于它原主人的线索只有一条，就是勋章背面刻着的战役日期：1854 年 11 月 5 日，这天是克里米亚战争中因克尔曼战役发生的日子。刻有他名字的那根缎带吊杆不见了。

最终，伦敦博物馆与英国国家陆军博物馆（National Army Museum）的研究结论是，它最有可能属于第 68（达勒姆）轻步兵团的列兵约翰·伯恩（John Byrne）。伯恩出生于爱尔兰基尔肯尼，于 1850 年十七岁时入伍，不过他绝对不是一名完美的士兵。1853 年 11 月，他因一项未知罪行入狱。1854 年 8 月获释后，他随自己的军团航行到了克里米亚，战场上的他终于开始发光发热。1857 年 2 月 24 日的《伦敦宪报》（London Gazette）报道："在因克尔曼战役中，当军团被命令撤退时，列兵约翰·伯恩却冒着生命危险返回敌军阵前，在炮火中救回了一名受伤的战友。1855 年 5 月 11 日，在他所保卫的防护矮墙上，他与一名敌军英勇肉搏，阻止了对方的进入，并最终杀死对手，缴获了对方的武器。"后来，他所在军团又在新西兰与毛利人作战，他在那里获得了杰出行为勋章（Distinguished Conduct Medal）。1872 年，在陆军服役 21 年的他在科克（Cork）退伍。

关于伯恩的外貌，我们只能从他的退伍文件中获知：他身高 5 英尺 7 英寸（约 1.7 米），有着灰色的眼睛、棕色的头发和白净的肤色。1878 年及以前的记录显示，他退伍后一直在威尔士军械测量局（Ordnance Survey）工作，1878年7月10日，他指责同事约翰·瓦茨（John Watts）蔑视维多利亚十字勋章。双方因此发生争执，伯恩用左轮手枪击中瓦茨的手臂后逃跑。数小时后，当警察赶到他家时，他把枪管塞进嘴里，扣动了扳机。

1879年7月，在蒙茅斯郡纽波特的王冠旅馆（Crown Inn）内，瓦茨接受了对伯恩之死的调查询问，否认曾侮辱维多利亚十字勋章。一名名叫巴克利（Barklie）的中尉提供了关于伯恩健康状况糟糕的证明，并声称伯恩曾在英属海峡殖民地（即现在的马来西亚和新加坡）的某家精神病院待过一段时间。巴克利还说，他曾打听过伯恩的维多利亚十字勋章。关于1879年7月的这场调查，报纸报道称："有次伯恩来布里斯托尔领取退伍津贴，巴克利中尉问他，他的维多利亚十字勋章怎么不见了，听到这个问题，伯恩显得十分尴尬，巴克利也就没有再追问下去。"

伯恩退伍后过得穷困潦倒，精神状况可能也很糟。没有证据表明他去过伦敦，即使有这样的证据，我们也永远无法获知他是否曾将这枚勋章扔进泰晤士河中，以及他为什么要这样做。这枚勋章也可能是被偷了，多年后流落到泰晤士河中。维多利亚十字勋章获得者列兵约翰·伯恩，最初被埋在纽波特附近的一个无名冢中，1985年，冢上立了一块碑，以表彰他的英勇。

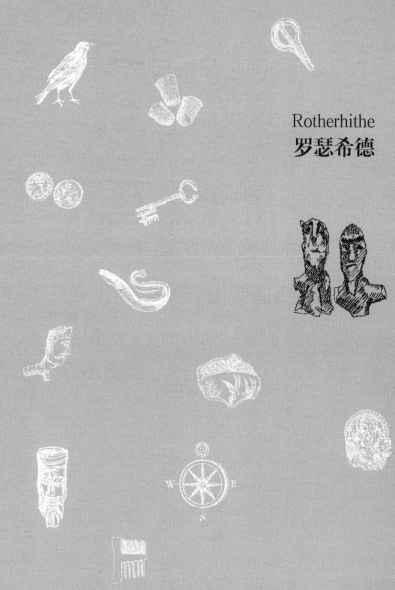

Rotherhithe
罗瑟希德

泥泞寻宝者指枯潮时在河边走来走去的男孩，他们捡拾煤块、小铁块、绳子、骨头，以及修船时掉落的铜钉……每磅（约453.6克）铜钉可以换四便士，但这种铜钉非常难找，因为泥泞寻宝者是被禁止靠近正在包铜板的船只的（害怕他们偷铜），只有等船只离开码头，他们才能去捡铜钉。他们常常在泥里捡到锯子、锤子等工具；这些工具要么被拿去交换水手的饼干和牛肉，要么被卖给商店，但只卖得到几个半便士。

亨利·梅休，《给〈纪事晨报〉的信》（1849—1850）

在罗瑟希德半岛尖端处，泰晤士河转向，自北向东，围绕罗瑟希德形成了一个大大的半环形，因此，从伯蒙德塞到德特福德这一河段，泰晤士河蜿蜒了超过2英里（约1.6千米）。而在该尖端处的库科尔德之角（Cuckold's Point），仍有一段腐朽的木构河梯，通向一条石头铺就的堤道，曾有渡船从这里前往河的北岸。1562年，这里立了一根杆子，杆顶绑了一对公羊角，这是古时候被妻子戴绿帽者（cuckold）的象征，这么做或许是为了提醒水手，他们不在家时，他们的妻子都在干些什么。从那以后，这段河梯就被称为羊角楼梯（Horn Stairs），是臭名昭著的羊角集市（Horn Fair）的起点。很多人会聚在这个集市，然后再启程继续向东，经过德特福德与格林尼治，最终抵达目的地查尔顿山（Charlton

Hill）。这段河梯也是泰晤士河的转弯处，拐过这个弯就能通向上游的伦敦池（Pool of London）。

最初的伦敦池是伦敦塔以东的一条天然深水河道，就沿着老比林斯盖特市场（Old Billingsgate Market）流淌。它是泰晤士河上一个功能强大而又森然的组成部分，自罗马统治时期开始，这里就一直是远洋船只的休息之所，它吞噬了这座城市几个世纪以来的历史。它似乎与从它"体内"流过的东西毫无关联：这里的河水有时又浓又暗，像是糖浆，水面平滑如镜；有时又会翻起高高的浪，能看到成群的海鸥踏浪飞过。它在"性格"与重要性上都是独一无二的。1581年，根据皇室法案，女王伊丽莎白一世下令在其北岸修建了执法码头，货物要在这里接受海关官员的评估，并缴纳相应税款。一个世纪后，英国80%的出口货物与69%的进口货物都是在这里处理。随着贸易的增多，船只越来越大、越来越多，沿河向东也开始出现更多所谓的特许码头和船坞。伦敦池也扩大了，最初的河段成了"上伦敦池"（Upper Pool），伯蒙德塞与莱姆豪斯之间新增的河段被称为"下伦敦池"（Lower Pool）。

在17世纪末之前，大多数伦敦地图都忽略了伦敦塔以东的这一河段。1746年版的约翰·罗克地图则体现了该河段在当时的重要性。他的地图把整个伦敦池都画了下来，上下池都有，一直画到了尽头的库科尔德之角，地图上看，该角位于两个木料场之间。地图上，该河段两岸都很繁忙，有河梯、码头和船坞，但该半岛本身却空空荡荡，无人居住。当时，19世纪的那些大船坞尚未修建，该地区仍是片不宜居住也不宜耕种的沼泽地。沿着半岛边缘有一条蜿蜒的道路，河岸上是一排造船厂与木料场。为了体现这条河上的船运有多繁忙，且有来自世界各地的船只，罗克在伦敦塔以东的河面上画了满帆的西班牙大帆船与桅杆很高的远洋海船。

在19世纪早期之前，这里只有一个大型船坞可供船只卸货。豪兰湿船坞（Howland Wet Dock），于18世纪末更名为格林兰船坞（Greenland Dock），它是伦敦最古老的滨河湿船坞。它一次可容纳多达120艘大型商船，其余船只则需在伦敦池等候入场卸货。有些船只会在河边泊位上等候，另一些则会通过小型驳船在河中卸货，这些小型驳船会将货物送到河边，让大型货船"变轻"[1]。1726年，丹尼尔·笛福（Daniel Defoe）在《大不列颠全岛环游记》（*A Tour Through the Whole Island of Great Britain*）中写道，他在伦敦池中"发现了大约2000面各式各样的帆，这还没算大型驳船、小型驳船、游船和游艇的帆，只计算了那些真正要出海的船只"。到19世纪初，这座城市的快速工业化需要更多的煤，因此泰晤士河上的船只数量因运煤船的增多而进一步增加。1835年，每天等待泊位的运煤船数量在40到300艘之间。

这条河上挤满了各式船只，据说人都有可能直接从甲板上走到河对岸。它变成了一座巨大的漂浮城市，载满了烦闷、焦躁的人，这些人无论掉落了什么，都会被河水贪婪地吞没。坏掉的陶

---

〔1〕"变轻"（lighter）这一作用正好呼应了小型驳船的英文写法"lighter"。

土烟斗、深绿色的朗姆酒瓶与葡萄酒瓶碎片、破碎的碗盘和成堆的小块羊骨，这些东西每天都会被冲上罗瑟希德的前滩。我在这里找到过鞋底与鞋上的带扣、被厚重淤泥压扁的靴子、硬币、纽扣、断掉的表链碎片，以及若干镶有彩色玻璃石的锡铅合金袖扣。

每次离开罗瑟希德，我总能带走一些有趣的东西。某个严寒午后，我正朝河梯走去，准备找家酒馆取暖，突然，一个正方形的东西从一片平滑的灰色河泥中冒了出来。万幸的是，它是先露出的正面，我瞥见了它的雕刻花纹。如果它露出的是侧面，我与它可能就彻底无缘了。我激动得屏住了呼吸。它看上去像是一块怀表的表饰，镶有凹雕玉石。我希望自己的猜测是对的。我跪在地上，轻轻地用指甲将它捡起，平滑的泥面上留下了一个小坑，坑里还印有它背面的条纹图案。我能看到上面圆环断裂的痕迹，那个圆环就是曾经连接它与粗重表链的地方，这很可能就是它丢失的原因。我很好奇它在我所站之处沉睡了多少年，是被潮水冲到这里的，还是在大约 200 年前直接掉在这里的。

我用冻僵的手指紧握住它，走到河边开始清洗上面的河泥：我的手太冰了，河水摸上去都是暖的。清洗干净后，我仔细观察了一下，它是一块干净且表面平整的方形石头，比印章略小，下面是一个矮矮的铜合金底座。我将它对着光，它还是湿的，很容易看到上面的雕刻图案——一个盾形外框，里面有一只小野猪，站在一些卷曲的草上。根据这一图案风格，我推测它来自 18 世纪或 19 世纪初。当天晚上，我在古董珠宝网站上搜到了一些信息，证实了自己的猜测。它多美啊！有人曾把它印在滚烫的封蜡上，留下自己的标志，以证明重要文件的真实性。想象一下，当船长或商人要封他的下一封信或下一份文件时，却发现被当作印章使用的它不见了会是多么恼怒！

有时，还会有另一些私人物品被冲上岸：烟草盒与鼻烟盒，锡铅合金勺子与骨制勺子，多米诺骨牌与骰子。我有一小块已泛黄带斑点的长方形骨头、一张多米诺骨牌，以及一个非常小的手工铅块，该铅块可能是水手随手拿起一样东西从滑膛枪子弹或手枪子弹上敲下来的。多米诺骨牌是18世纪的水手从中国带到欧洲的，与它一起抵达英格兰的可能还有拿破仑战争中的法国俘虏，这些俘虏被关在停泊在泰晤士河上的监狱船中，用牛骨雕刻多米诺骨牌以换取食物。

我在那里还找到过一把19世纪的折叠刀，有点重，可能来自一名水手或一名普通的河工。他或许远离家乡，正用这把刀给自己刚出生但还未曾见过的孩子制作玩具，但一不小心手滑，刀掉进了河里。它掉下河时是打开的，被我找到时，被锈蚀得几乎就剩刀柄了。我在泰晤士河找到过很多用旧骨头、象牙和动物角制作的刀柄，但这一把很特别。它的原主人一定很重视这把刀，还在它粗糙的鹿角刀柄上刻了自己的标记"XX"。这种带有个性化标记的发现是非常罕见的，对大多数泥泞寻宝者来说都十分珍贵；这些标记会给物件增加一抹人性，让它的故事更为丰富。

我曾在一堆旧船钉中发现了一把犹太竖琴（Jew's harp），当时它是倒插在泥中的。或许曾有水手吹奏过它。犹太竖琴〔有些人认为该名称是下巴竖琴（jaw harp），甚或是果汁竖琴（juice harp)[1]的变体] 是一种无明确来历的古乐器：有些人说它是十字军东征时期从中东带到英格兰来的。

对水手来说，它是种完美乐器，小巧、便宜、便携，而且几乎摔不坏。它们在前滩的数量相当多，状况各不相同，能发现什么样的全凭运气。我那天将它拉出来时，它圆头的铜合金框架还在，状况算是很不错了，只有薄薄的金属舌被锈蚀掉了。吹奏该乐器时，拨动金属舌会发出拨弦声。今年早些时候，我终于在特里格巷找到了另一把犹太竖琴，甚至连小舌头都在。它的状况看上去很不错，虽然我可能不该冒险，但诱惑太大，我忍不住用一根手指轻轻拨动了它的金属舌，就一下，它发出了一个很单一、很平的音调，听着很神奇，这是它 300 多年来发出的第一个声音。

一列列火车在罗瑟希德前滩下的隧道中轰隆驶过，但地面上却是一片寂静与荒芜。这里的天空广阔无云，越过一座座桥梁，向西延伸，天空越发地开阔与自由。在这里，我首次感受到了开放与广袤。我可以安安静静地在这里泥泞寻宝好几个小时，有时中途连一个人都看不到。但这里并不会让人感觉孤独。寂静奇异地悬停在罗瑟希德上空，仿佛过去的岁月只是被按了暂停，并没

---

〔1〕 Juice 意为"汁"，据说，业余爱好者在学习吹奏该乐器时往往会分泌大量唾液，因此有人将其称为"果汁竖琴"。参考：https://www.wise-geek.com/what-is-a-mouth-harp.htm#:~:text=Amateurs%20often%20produce%20copious%20amounts%20of%20saliva%20while,different%20name%20was%20assigned%20with%20each%20cultural%20tradition

有完全消失。

碎石与泥沙中露出了老船的骨架，它们被河中污泥覆盖，正在渐渐腐朽：大块的厚橡木板与榆木板被塑造成了需要的形状，还带有凹槽与孔洞，方便用木钉将它们拼接在一起，就像是一个巨型的木构七巧板。有些木板上还嵌有大钉子、螺栓与钩子，并带有切割出的凹口，这些凹口中应该曾插有与之精确匹配的木构件，只是已永远地消失了。这里还有宽大的船板与舵、龙骨碎片、甲板梁，以及粗大的柱状起锚机，起锚机上带有方孔，会插入结实的杆，用于转动起锚机。这些东西大多是被故意留下，有一定用途的，比如用作系船柱，或用作拖船上岸时的支撑物；不过有一些也就只是被遗弃在原地而已。

哪怕只在罗瑟希德的前滩停留极短的时间，你也能看到一些与其航海史有关的东西。许许多多被拆解和建造的船只留下了不计其数的船钉，散落各处，其中有无数的铜合金平头钉。船工曾用它们来固定包在船体上的铜板，铜板是用来防船蛆的。1761年，海军第一次尝试给船体包铜板，防船蛆非常成功，于是开始广泛应用于整个舰队。这使他们拥有了更大优势，即船速比对手快，船只可在水中停留的时间也比对手长。

当这些船只在罗瑟希德被彻底拆解，铜板被拆下回收时，那些不值钱的钉子便掉落泥中。大多数的钉子都非常普通，只有一些留下了工具拔取它们的痕迹，另外还有约百分之三的钉子带有三线箭头的标记，这些标记通常出现在钉杆上，或钉头的下方。该宽箭头（Broad Arrow）符号有时也被称为"乌鸦脚"（crow's foot）[1]，代表的是军械办公室（Office of Ordnance）。该部门是国王亨利八世所设，负责为海军提供枪支、弹药、后备物资与装备。1597 年，它更名为军械局，宽箭头符号也被用于标记政府财产。当局会在每一个袋子或箱子里扔上一把带标记的钉子，以震慑小偷，并防止这些钉子被用于非政府目的。

它被用来标记过各种各样的东西：17 世纪时，皇室拥有的可制作桅杆的树；19 世纪时，英国监狱的囚犯服与流放犯服。在整个大英帝国及其殖民地，这种标记随处可见，从勺子、炮弹到里程碑和邮箱。你一旦开始留意到它，就会发现它几乎无处不在。陆军部[2]与国防部至今仍在使用它。包铜板用的平头钉对早期的泥泞寻宝者来说一文不值，不过我若是兴致来了，想要彻底清空自己的思绪，就会花上好几个小时，在它们中挑挑拣拣，寻找乌鸦脚钉。有时，我一无所获，但有一次，不到十分钟我就找到了三个。

这里有各种用途的钉子。有些钉子的末端像是扁平的"锹"，插入木头纹理间时就不会导致木材开裂。这里还有成堆的生锈铁钉；一堆被熔在一起的包铜板用平头钉，还保留着原来装它们的袋子的形状；还有比较重的手工"玫瑰头"铁钉，其制作的最后一步是，铁匠在其头部敲击四下，敲出一个小小的金字塔形凸起。暖色的铜钉没有被回收袋装走，维多利亚时代的泥泞寻宝者也对

---

〔1〕 乌鸦脚为前面三根脚趾，后面一根脚趾，形状与三线的宽箭头相似。

〔2〕 陆军部（War Department）成立于 1794 年，也就是现在的国防部。参考：https://collection.sciencemuseumgroup.org.uk/people/cp45845/war-department

它们不屑一顾，这些铜钉时而会从河泥中冒出头来，仍带有亮闪闪的光泽。它们不会产生火花，因此被用在甲板下存放火药的地方。它们还有一个额外优势，就是不会生锈。它们中有一些看上去像是崭新的，还有一些因为是从横梁和木材上拧下来的，有些弯曲变形。

河泥中还有其他零散的船只部件：船帆索环，是用来加固帆布帆上孔眼的铜环与黄铜环，规格多样；曾是索具一部分的木轮与滑轮。三眼辘轳（deadeye）是一种圆形木板，打有三孔，绳索从中穿过，用于拉紧索具。它们那犹如死灵之脸的身影有时也会在前滩出现。我还曾发现过一个木头的系索桩，这进一步证明了泰晤士河河泥对古物的保护作用。该系索桩与警棍的大小、形状一致，可能曾不止一个，用来系牢非固定式索具，会整齐地排列在大型帆船的甲板周围，就像一个个饥饿瘦弱的士兵。在罗瑟希德的前滩上，有时甚至还会冒出旧的绳索，可能曾是索具，它们散开在泥滩上，就像一大片黄褐色的头发。

造船工也在前滩上留下了他们的私物与工作的证据。有些地方的泥土很轻，几乎是蓬松的，因为里面埋着吸饱了水的刨花，它们都是造船工从一块块木头上刨下来的，这些木头最终被做成了横梁、肋材和船舵。沙地上有时还能看到耸起的旧扫把头，以及摆动着的造船工的旧皮靴，这些靴子跟很矮，鞋底都磨穿了。有时，河水还会从泥中冲刷出简单而珍贵的工具，它们的遗失对那些以此谋生的贫穷劳动者来说可能是场灾难。捻缝凿是一种笨重的工具，用于将麻絮嵌进甲板和船体的接缝中，它们在这里很常见，这也说明曾有许多人被雇来为新船捻缝，为旧船替换填料。18世纪的船用圆规相对罕见，两三年前，我曾从一堆船钉中拔出过一个这样的圆规。它们很普通，是铁制的两脚规，可能是在做新船的测量规划时，或在绘制远航路线时遗失的。

在罗瑟希德发现的许多木材都被认为来自18世纪的海军舰船，这些舰船曾在拿破仑战争期间保卫英国，抗击法国，后于19世纪早期和中期被出售并拆解，因为当时已不再需要花大把经费来养着这支庞大的舰队。在参与了特拉法加海战的27艘舰船中，有12艘是在泰晤士河上建造的：9艘造于伦敦，2艘造于格雷夫森德，1艘造于希尔内斯。其中有几艘就是在罗瑟希德的前滩上拆解的。这些舰船中最著名的是载有98门炮的英国皇家海军"无畏"号（*Temeraire*），透纳于1838年为它画了一幅画，画中它那曾经辉煌的身影正被一艘蒸汽拖船拖拽着，正前往泰晤士河上游拆解。

随着船只一点点被拆解，所有东西都会被重新利用或出售。19世纪曾有一段时间，铜的价格与它所能铸造出的铜便士价值相等，因此铜钉与船体外包的铜板格外值钱。泥泞寻宝者成群结队地来到罗瑟希德的前滩寻找废铜，能不能找到就决定了他们是能吃上一顿像样的饭，还是只能靠路边的残羹剩饭维生。船上的大木料会用来制造房梁、家具、铺路的木板，以及被劈成柴火。人们用"无畏"号上的大木料为圣玛丽教堂制造了家具与配件，还用其中一块为一位曾参与特拉法加海战的水兵制作了一条假腿。就连船上的旧绳索也被送去了监狱和济贫院，在那里被拆开并制成捻缝用的麻絮。

　　我曾听说，海上木材稀缺，人们有时会用鲸骨来修船，而在罗瑟希德的一排旧木桩中就藏着一根乔装过的鲸骨。我在它旁边来来往往了好几年才得知有它存在。我决定专门去一趟，把它找出来。即使知道了它的存在，还是很难发现它，毕竟就形状和大小而言，它与其他木桩无异，河水还将它变成了泥乎乎的褐色。只有在更近距离的观察中，我才看到了骨头表面那有别于木材的蜂窝状孔隙。

　　人们在罗瑟希德还发现过其他形态的鲸骨：长方形木板大小的，带有捕鲸人用刀刻下的数字与标记；一块巨大的椎骨；还有一块很神秘，上面钉着根大钉子。罗瑟希德半岛东边有一片狭长的潮泥滩，这片泥滩很深且变化莫测，但对细长的陶土烟斗与易碎的旧瓶子来说却是很好的保护。去年，我就是在那里发现了一段与我大腿一样粗的鲸骨。与前滩发现的某些塑形和钻孔过的鲸骨一样，它的正中间也被钻了一个孔，或许曾被用来修理过停泊在格林兰船坞的捕鲸船，毕竟该船坞的入口就在不远处。这里曾是伦敦大西洋捕鲸船队停靠的主要口岸。该船队在格陵兰附近的冰冷海域捕鲸，然后将这些巨兽带回罗瑟希德，在沸腾室内加工成一桶桶鲸油，加工时喷出的恶臭烟气会涌入河上潮湿的空气中。

　　这些鲸鱼不知所踪的残余部分也被发现埋藏在泰晤士河的前滩中。2010 年，人们在格林尼治发现了一具残缺的鲸鱼骨架，来自一头长 55 英尺（约 16.8 米）的北大西洋右鲸。它的头不见了，可能是拿去炼油了，这部分残骸则被发现深埋在河泥中。据猜测，它是 200 多年前在泰晤士河河口迷路后因搁浅而死或被鱼叉叉死，随后被拖到了格林尼治的前滩上屠宰。

自中世纪开始，就有鲸鱼因迷路而误入泰晤士河的记载。1658 年，约翰·伊夫林（John Evelyn）曾写道，一头 "58 英尺长，16 英尺高"（约 17.7 米长，4.9 米高）的鲸鱼在格林尼治与德特福德之间被追捕，"在长时间的战斗后，它的头部被铁鱼叉叉中，伤口处喷出了柱状的血水，留下的两处伤口就像两条烟囱的烟道；它在发出一声可怕的悲鸣后，游到岸上，死掉了"。1783 年，一头长 21 英尺（约 6.4 米）的瓶鼻鲸在伦敦桥附近被捕获，2006 年，一头鲸鱼游到了更上游的威斯敏斯特。它误入这条河至少三天了，患了病，十分虚弱，人们用起重机将它吊到了一艘驳船上，但它没能撑到回到公海。人们处理它骨头的方式与处理它祖先的骨头差不多，都是剥掉血肉，抽干骨油。不过这一次，处理完后的骨头被小心翼翼地放入了一个玻璃柜，陈列在自然历史博物馆中。

鲸鱼在伦敦市中心的出现也提醒人们，伦敦桥距离北海不足 80 英里（约 128.7 千米），泰晤士河不仅是一条航运要道，也是大自然的一条 "交通要道"。成群的海鸥随河水进入内陆，每次涨潮还会送来漂浮的海藻，这都不断提醒着人们，这条河的尽头是大海。

就连非常上游的里士满都曾出现过海豹；我就曾在道格斯岛附近看到过它们悄悄随水浮动的小脸；有一次，一头大海豹爬上了加百列码头处的前滩，在清晨的阳光中温暖它胖胖的身躯，我害怕得远远绕开了它。某个宁静的夜晚，我还曾在奎因海瑟看见过一只鼠海豚，也可能是一只海豚，它在河中央上浮了两次。原本生活在若干英里外咸水中的对虾也来到了伦敦市中心，自杀式地从波浪中跃出，跳到了前滩上。它们长着长长的虾须与乌黑的眼珠，身体在阳光下闪闪发光、晶莹剔透。我总会尽我所能，在乌鸦与海鸥锐利的目光下抢救它们，当我把它们从前滩一把抓起时，还能感受到它们肌肉结实的身躯在我的手掌中轻轻拍打。

泰晤士河也是一些珍稀物种的家园，比如短吻海马，我曾在非常内陆的班克赛德见到过一只，它被冲上了前滩。这里也是一些入侵物种的家园，它们正在慢慢占领泰晤士河的部分地区。比如斑马贻贝，1824 年它们被首次发现于罗瑟希德船坞。它们原本栖息在黑海与里海，如今已通过连接黑海与里海的各条运河蔓延到了欧洲的其他地区。它们之所以能来到伦敦，"搭乘"的是运送木材的船只。它们要么是吸附在木材上，要么是待在船只的压舱水中。如今，它们已牢牢盘踞在泰晤士河潮汐河段中，数量众多，十分密集，每平方码（约 8.4 平方千米）可多达 10 万只。它们会导致本土物种窒息而亡，会堵塞管道与下水道，而且几乎无法控制。此外，希尔内斯船坞的墙缝中还生活着约 1 万只黄尾蝎，它们的入侵性相对较弱。据推测，它们是 18 世纪时随运意大利石料的货船而来，目前已成为英国已知最大的野生蝎子种群。

我还见过中华绒螯蟹，它们挥舞着毛绒绒的钳子，飞快地跑过泥滩。20 世纪 30 年代，误入压舱物的幼蟹随着东方船只来到伦敦，这就是它们的来历。起初，污染令它们无法迅速"站稳脚跟"，但当泰晤士河开始变干净，它们的种群数量就开始爆炸性增长。在亚洲，它们是一种昂贵的珍馐佳肴，蒸熟后蘸着酱油食用。但在泰晤士河，它们只是威胁与麻烦，不仅会杀死本地物种，还会在河岸上打洞，破坏河岸的稳定。

涨潮还给上游送来了许多鱼类——鲮鱼、胡瓜鱼、鲈鱼和比目鱼，它们有时甚至会游到特丁顿。它们会先在上游觅食、生长，然后顺流而下，返回泰晤士河河口或大海。不过，泰晤士河中最令人困惑也最神秘的鱼还是欧洲鳗鱼。若干世纪以来，它们的起源一直都充斥着神话与民间传说的色彩。过去，人们通常认为它们就是自己从泥里钻出来的，甚或是从悬浮水中的马毛里长出来的。直到20世纪90年代初，丹麦的一位研究者才终于揭开了它们神秘起源的面纱。他追踪了欧洲鳗鱼的迁徙，发现它们会回到马尾藻海产卵，该海距离西印度群岛很近，百慕大三角就在这里。欧洲鳗鱼的幼体随洋流漂回欧洲，抵达时已变态为透明的玻璃鳗。进入泰晤士河后，它们的颜色开始变深，变态为成体的微型形态，即幼鳗。幼鳗逆流而上，穿过伦敦市中心，越过潮头的水闸。它们甚至会离开水，短距离地在陆地上移动，直到找到合适的栖息地才会再次变态，变成黄鳗。这个阶段可长达二十年，在产生返回马尾藻海的冲动后，它们才会开始最后一次变态，变身银鳗，银鳗常常会在新月之夜，在那充满神秘色彩的黑暗中悄然离开。

在一年中的某些时候，碎石滩上会出现死去的幼鳗，它们就像鞋带一样挂在卵石上。有一年，幼鳗的到来让河的边缘都变黑了，催生了一场"鳗鱼集市"，人们拿起各种工具奔赴河边捕捉鳗鱼，遗憾的是，此后再也没有回来过如此大量的幼鳗了。尽管鳗鱼是 20 世纪 60 年代第一批重新在泰晤士河定居的鱼类之一，但自 1957 年这条河被宣布已在生物学意义上死亡后，它们的数量就一直在稳步下降，似乎没人知道原因。如今，它们已被环保主义者确定为"极度濒危"，不过，即便如此，我还是见到有人躲在伦敦桥下非法垂钓，欧洲鳗鱼的身躯就紧紧蜷缩在拉紧的鱼线上，我还曾见过它们缠绕在鸬鹚的脖子上，绝望地挣扎求生。我还常常见到迁徙中的幼鳗被冲上前滩死掉了，我曾很多次拯救过挂在碎石滩上奄奄一息的幼鳗。我送它们入水时总是心怀希望，希望它们能有返回马尾藻海的那一天。

前滩同样也住着一些远道而来的小物件。我有一块巨大的藤壶壳，还有许多非本土的宝贝贝壳，前者来自太平洋，后者来自遥远的澳大利亚。它们要么是从船体上掉下来的，要么是作为商船压舱物而来。人们会在海滩铲起这些贝壳，扔进船舱，增加船体重量，让它能沉在水中并防止其在海中因暴风雨而倾覆。压舱物的数量会根据货物的重量进行调整，压舱物一般都是就地取材，有什么用什么。在船只抵达伦敦后，或在被拆解或维修时，船中的压舱物就会被倾倒在前滩，为泰晤士河这匹缤纷多彩的织锦再添一笔。我在前滩发现过很多珊瑚，根据自然历史博物馆的判定，其中大部分曾生长在加勒比海温暖的水域中。罗瑟希德有一块巨大的珊瑚，约有一个汽车车轮那么宽，我还知道哪里藏有光玉髓原石，以及与我拳头一样大的紫水晶和石英。

船中也会装满来自伦敦的压舱物：河床砂砾，由身材魁梧、肌肉发达的工人负责挖取，这些人被称为"压舱物挖取工"，他们工作时会用船帆碎片把腿和脚包起来，以免砂砾落入鞋中。就是通过这种方式，伦敦的燧石、砖块、瓦砾，甚至破碎的陶器也去到了世界各地，混入了数千英里外的前滩与海滩之中。新西兰、澳大利亚和加拿大都曾发现过泰晤士河河床中的燧石，那里的原住民曾用它们来制作工具与箭头。破碎的英国陶器也曾被发现散落在百慕大的海滩上。2014 年，一位金属探测器爱好者在温哥华岛的某处海滩上发现了一枚国王爱德华六世的银先令，这枚银币可追溯到 1551 到 1553 年，它很可能是混在从泰晤士河挖取的压舱物中来到这里的，并非如过去所猜测的，来自弗朗西斯·德雷克（Francis Drake）的一次秘密航行。

当我跨过那些船木，嘎吱嘎吱地穿行在船钉之间时，我很好奇，它们中有没有哪一个曾属于"五月花"号。1620 年 7 月，"五月花"号从罗瑟希德出发，第一次踏上了前往新英格兰，为英国建立首个永久殖民地的旅程。它于第二年 5 月返回，有描述称，到 1624 年时它已"严重损毁"。尽管没有事实证据支撑，但有传言说，"五月花"号是在罗瑟希德的前滩被拆解的，为了纪念它，那片前滩前的酒馆于 1958 年重建并更名为五月花酒馆。如今，五月花酒馆仍是英国为数不多在出售美国邮票的地点之一，这也是历史的遗留，曾经，这家酒馆被特许向海员出售英国邮票，方便他们寄信回家。

我还在布莱克沃尔发现了其他可能与新大陆殖民者有关的证据，布莱克沃尔就位于罗瑟希德以东的泰晤士河对岸。弗吉尼亚殖民者是指被弗吉尼亚公司送去新大陆建立英国殖民地的英国人，该公司是一家获得了国王詹姆斯一世特许的商贸公司。弗吉尼亚殖民者从布莱克沃尔的河梯出发，离开英国，航行了四个月多一点，于 1607 年 5 月 14 日登陆，他们的登陆点也成了英国在美洲建立的第一个永久殖民地：詹姆斯敦。他们带了在未知土地上开启新生活所需的一切物资，在接下来的几十年中，他们所需的补给都是从伦敦运过去的。

　　我曾在布莱克沃尔的河泥中捡到过 17 世纪的陶土烟斗，以及代尔夫特陶器、德国炻器和中国早期手绘青花瓷的碎片，这些都能与在美国詹姆斯敦出土的长酒壶、碗和盘的碎片完美对上。有天早上，我在这里发现了一个东西，它很像是个用粉色黏土粗制的手镯，当时它还有半截没在河边的水中。事实上，它是一个西班牙橄榄油罐的边沿，与在詹姆斯敦出土的那些简直一模一样。弗吉尼亚公司 1623 年 6 月的记录中也有提及，罗伯特·贝内特（Robert Bennett）确认收到了来自西班牙的 "750 个油罐子"。这些罐子还装过子弹、刺山柑花蕾、菜豆、鹰嘴豆、猪油、焦油、葡萄酒和盐渍橄榄。

　　我在前滩的许多地方都曾发现过贸易珠，比如在三起重机码头发现的白、红、蓝三色层的雪佛兰贸易珠，以及在布莱克沃尔发现的詹姆斯敦同款长拉管珠。长拉管珠可能产自威尼斯或波西米亚（位于今天的捷克共和国），是把一个熔化的玻璃圆柱体拉进一根细长的管子中，然后切割成长短不一的珠子。通过这种方式就可以相对较快地大批量制作。我收藏的这种珠子大多是单色的，黄色、绿色或蓝色，但也有很珍贵的拐杖糖条纹的珠子。小装饰珠也会被冲上前滩，常常是与一堆手工制作的连衣裙扣针混在一起。这种装饰珠也是通过拉和切割长玻璃管来制作，并从19世纪中期开始大批量卖给美洲印第安人。它们太小了，在装袋搬运上船时，哪怕袋子上只裂了一个极小的口，也很容易掉出去，落到码头与突堤的木板之间。

弗吉尼亚殖民者在詹姆斯敦建立殖民地后不久就开始种植烟草。这些烟草会用给他们送补给的船运回英格兰。烟草很快就成为了这块殖民地的经济基础。但随着美洲烟草种植园的繁荣，英格兰的锡业崩溃了。为了提振该行业，1684至1692年间，政府开始用锡铸币（法新和半便士），但人们并不信任由锡制成的货币，因为在他们眼中，这种金属本身一文不值。锡币也很容易伪造，因此锡铸币很快就被取消了。我收藏有若干锡币，它们都已变形，表面布满小孔，还会起泡。它们都患上了一种金属"疾病"——锡瘟，这是因为金属泡在冰冷河泥中发生了同素异形体反应，这种反应通常会使白合金变成粉状并发灰。要在泰晤士河找到保存良好的锡币可真是太难了。

1688年8月，几个锡矿主请求将锡铸币项目扩大到"美洲种植园"。他们用伦敦金融城斯金纳斯大厅（Skinners' Hall）的硬币精压机与工具制出了带他们所设计图案的硬币，并将这些样币送去英国皇家铸币厂等待批准。至于他们是否得到了批准，目前还有一些疑问，也没有证据能证明这些种植园代币有在美洲流通过，不过，在国王詹姆斯二世逃往法国并退位前的那最后几个月中，一定是铸造过一些种植园代币的。

我有两枚美洲种植园代币，是相隔数年发现的，但发现地相距就几英尺（我不会说具体在哪儿）。尽管它们患有锡瘟，还是能在硬币一面看到分别代表英格兰、苏格兰、法国和爱尔兰的四面戴着王冠的盾牌，另一面是骑在马上光彩照人的詹姆斯二世。这些硬币或许曾有些流到了市场上，流通过一阵，但当人们发现其一文不值后，便将它们丢弃了。又或者，在国王被废黜的混局中，有人偷走了一整袋这种硬币，但在发现不值得为了它们承担将自己送上绞刑架的风险后，就将它们通通倒入了河中，这也就解释了，为什么同一个地方会出现如此多的代币。我知道有几个泥泞寻宝者也曾在同一地点发现过它们。

下伦敦池沿岸前滩各处，我都有发现过乔治王朝时期的半便士硬币，它们大多都快在无数次的交易中被磨成白板了，国王的头像与"不列颠尼亚"（Britannia）的字都被磨掉了。我只能通过圆盘的大小与厚度来判断它们的身份。有时，哪怕硬币图案仅剩一点影子，也能透露出它来自汉诺威王朝的哪一时期。它们太常见了，磨损得又严重，一些泥泞寻宝者会完全无视它们，要么把它们扔回河里，要么把它们留在原地，但我会为了它们身上所承载的历史而收藏它们。我已存了不少，摇一摇叮当作响。据说它们来自于"买风"这一古老习俗，当时水手们会在启航前向河里抛一枚硬币，以祈求好运和一帆风顺。

泰晤士河沿岸经历了太多改变，唯独风没有变，它依然刺骨，依然猛烈，依然自西向东刮过整条泰晤士河。它让道格斯岛区的水急速穿过金丝雀码头的高楼大厦，在布莱克沃尔处重新汇入泰晤士河。它不断加速，最终变成了一股强大的力量，呼啸着刮过泰晤士河河口那片平坦的广阔之地。罗瑟希德半岛前端的风尤其强劲，会穿透夹克，从围巾下窜进去，拉扯头发，如耳光般扇在脸上。它如变戏法般掀起的波浪，猛烈拍击着前滩，浪花宛如一群小恶魔在河面起舞，激起咸咸的水雾，弥漫空中，最后落到了我的唇上。也正是这风，为出海的巨船扬起风帆，刮得帆索咔哒作响。它为这座城市吹来了贸易，也将这里的船只送往了新的世界。有时，当我站在罗瑟希德半岛上，闭上双眼，用力融入风中后，我确信我听到了那些船帆的哗哗声与索具的嘎吱声。

Wapping

沃平

> 你问过我什么是轻骑手？那是一类靠劫掠维生的人：今夜，那艘小型驳船要把一批好货运出去；给它划船的人知道船上都有些什么。还有重骑手，他们的劫掠是在光天化日之下，以码头卸货工的身份上船搬走货物。还有桶匠、小贩船船夫、捕鼠者、冲突猎人以及河盗；最后是泥泞寻宝者：各种不同职业的杰克[1]。他们从不互相干涉，都靠自己的智慧生活。
>
> 弗雷德里克·马里亚特，《贫穷的杰克》（1840）

　　沃平前滩就位于罗瑟希德五月花酒馆的正对面。它是下伦敦池北岸的一部分，下伦敦池会向东经沙德韦尔流到莱姆豪斯。罗马人来到这里时，沃平前滩还是一片低洼的沼泽地，砂砾阶地与小岛骄傲地伫立在这片宽阔的水面上。不过，到中世纪时，水边建起了潮汐磨坊，它们利用河的力量研磨伦敦的谷物。慢慢地，这片土地被开垦出来，变成了牧场。随着世界的开放，伦敦池的范围开始向东延伸，沃平也发展了起来。在 1746 年，约翰·罗克绘制伦敦地图时，这里已经形成了一个繁忙的滨河社区，有码头卸货工、水手、卖廉价成衣的小贩、小酒馆和妓院，有鳞次栉比的小屋、码头、仓库、各种作业场地和通往河边的窄巷。在伦

---

〔1〕　杰克（Jack）可泛指一般人。

敦塔与莱姆豪斯区（Limehouse Hole）之间的泰晤士河北岸，几乎看不到一片空地。莱姆豪斯区是下伦敦池的终点，也是罗克地图的终点。

该地图显示，沃平这边的河梯数量远多于对岸的罗瑟希德，而且都有着很奇妙的名字，比如煎锅楼梯（Frying Pan Stairs）、处决码头楼梯（Execution Dock Stairs）、鹈鹕楼梯（Pelican Stairs）和肾楼梯（Kidney Stairs）。有些河梯是从河中直通小酒馆，水手、渔民和驳船工都能直接从水中去到酒馆喝酒。到18世纪中期，就在这片滨河区，就在各种作业场地与建筑物背后的那条路上，共有三十六家酒馆。酒馆的名字也反映了来此喝酒的人的职业：船与领航员酒馆、船与星星酒馆、船与潘趣酒碗酒馆、英国国旗与潘趣酒碗酒馆、大炮酒馆、北美水手酒馆、金锚酒馆、锚与希望酒馆、船酒馆、船与鲸鱼酒馆、三海员酒馆。

如今，沃平河边的老酒馆仅剩两家——惠特比前景酒馆（Prospect of Whitby）与拉姆斯盖特镇酒馆（Town of Ramsgate）。这里的旧仓库几乎都被改建成了公寓。私人开发商竭尽全力阻止公众接近这条河，这边街道上的人少得可怕。不过，在我去过的泰晤士河潮汐河段沿岸，沃平是最能唤起我的回忆的。幸存下来的狭窄人行道就像是用鹅卵石铺就的时光隧道，这里保留着几个世纪前的样子；它们位于昏暗、寒冷、多风、潮湿并散发着霉味的河边，走在上面就像行走在过去。与人行道相连的一些河梯也同样古老，有木构的，有石头的，都因无数人的踩踏而磨损成了下弯新月的形状。河边高大的砖墙将外面的世界围了起来，挡在了墙后，很容易让我完全沉浸在另一个世界之中。

沃平通常都很安静，我几乎可以确信没有人会来打扰我泥泞寻宝，这也是我喜欢这里的一大原因；但还有另一个更深层、更个人的原因。这是我的家族第一次来到泰晤士河边的地方，那大概是19世纪中期，我的曾外曾外曾外祖父詹姆斯（James）为了找工作，离开了设得兰群岛（Shetland Isles）。他曾是一名渔民、造船工和小农场佃农。这个故事我只从外祖母那里听了个梗概，她给我讲述她的外祖父曾在布莱克沃尔的造船厂工作，她的母亲凯特是在圣玛丽勒波教堂的钟声中出生的[1]，是个地地道道的伦敦人（并不是说，在为了变成"更好的自己"而搬去上游的特丁顿后，她还想让人们知道太多自己的过去）。剩下的故事是我自己补全的，我翻看过他们的老照片、出生证、结婚证和死亡证明，去过他们曾经生活的街道，寻找过他们的老房子，那些房子要么已被纳粹德国空军夷为平地，要么已在贫民窟清拆中拆掉了。

对詹姆斯来说，搬来这样的地方是为了"更好的生活"，这说明他们原来在设得兰群岛的生活更糟糕。确实，在他逃离岛屿时，正好发生了两件历史性的灾难。首先是清地，为了给养羊业腾地，小农场佃农被赶出了他们租用的土地；然后是饥荒，因为爆发了马铃薯疫病。根据记录，詹姆斯在设得兰群岛失去了妻子

---

[1] 原文"born within the sound of Bow Church Bells"中的Bow Church实际是指"St. Mary-le-Bow church"。自17世纪开始，人们就用cockney一词形容在圣玛丽勒波教堂钟声中出生的人，泛指所有伦敦人。直到19世纪，cockney一词才开始特指伦敦东区人。参考：https://www.thehistoryoflondon.co.uk/stmarylebow/

和两个女儿，驱使他南下的可能是悲痛或饥饿，或者两者兼有。他曾在桑德兰的造船厂工作过一段时间，在此期间他再婚了，并于 1855 年生下了我的外曾外曾外祖父约翰（John）。不久之后，他们一家搬到了伦敦。在 19 世纪 60 年代，泰晤士河是世界上铁造船公司最集中的地方。1857 年，他和妻子在莱姆豪斯给约翰生了个弟弟，也叫詹姆斯，随后又生了四个孩子，在 1871 年人口普查之前，他们一家一直住在莱姆豪斯运河（Limehouse Cut）旁的波普勒（Poplar）。莱姆豪斯运河是条短运河，连接着李河（River Lee）下游与泰晤士河的莱姆豪斯河段。詹姆斯登记的职业是造船工，15 岁的约翰是"铆钉运输工"，他们父子俩很可能工作于同一家造船厂。约翰在结婚时已经成了一名锅炉制造工，这一技能反映了造船业在他父亲这一生中所发生的变化。詹姆斯所掌握的技能是用来修建木构帆船的，约翰的工作却是建造将取代木船的金属船。

当我从上往下走在沃平与莱姆豪斯之间的河梯上时，我有时会驻足看一看它们被磨出来的下弯曲线。我会看向石头上的某处痕迹或瑕疵，想象着这些年来曾有多少只脚从它身上踩过，这片滨河区又经历了多少变化。当我生活在这里的先辈们如我一样沿着这一河段散步时，一定也曾走过这些河梯，一定也曾通过如今已经破败、正逐渐消失的堤道前往前滩。我循着他们的足迹往前走，这会给我一种感觉，仿佛这片前滩属于我。我忍不住好奇，我在河泥中发现的那些破盘子，是否有他们吃饭时曾用过的，以及，我在道格斯岛与布莱克沃尔发现的那些铆钉，是否有哪一根曾出现在年轻约翰的桶中。我昨天发现的那个烟斗是否是詹姆斯曾抽过的？当时，他是否正坐在码头，看着船只来来往往？他是否是在驱赶靠近自己新造船的泥泞寻宝者时不小心丢了这个烟斗？

被冲上莱姆豪斯前滩的锥形木钉已经成为我最珍贵的发现之一。并不是因为它年代久远、数量稀少，而是因为在我的想象中，它与我的家族有关。詹姆斯一定对锥形木钉这种工具很熟悉，可能还用过。这根锥形木钉与我的前臂差不多长，有扫帚柄那么粗，一端削尖，另一端是个圆头，顶部还装饰有一根简单的线条。水手、索具装配工和制绳者在编织或"捻接"绳索时，都会用锥形木钉来创造空间，方便绳索穿过。它给人一种备受爱护的工具所带有的舒适感；非常平衡，很重，因为经常使用，表面已经十分平滑。在它没有棱角的那一端，有一处轻微的凹陷，与我的拇指刚好契合，工人在用车床加工它时，应该就是握住这里不停转动，让刀削尖它的另一端。或许在多年的忠诚服务后，它变钝了，磨损了，为了延长它的寿命，有人再次将它削尖。它是用愈疮木制成，愈疮木是世界上最重的木材之一，它会沉入水中而非浮在水面，但它密度大的这一缺点被它所含的油脂抵消了，含油脂这一点使它成为了在海上使用的最佳木料。

不过，最令我感伤的物件是玩具。我不禁在想，它们是否曾陪伴我的曾外曾外曾外祖父的子女们玩过游戏。不过，即使它们与我个人没有直接关联，但遗失的玩具本来就很容易引人共鸣。在年幼的主人长大后，它们被吸入泥里，冻结了时间。在前滩埋藏着的有：被人遗忘和摔碎的瓷娃娃；20世纪60年代的麦卡诺（Meccano）玩具车轮，就像那些被遗忘在我哥哥床下灰尘中的积铁玩具一样；一辆旧玩具有轨电车扭曲的残骸；一支丢了坐骑，还缺胳膊、少腿、少头的铅兵部队，它们曾经整齐的制服也被冲掉了；一个身着苏格兰短裙、一脸无畏的苏格兰高地人玩具，它的军团不见了，固定在它身上的刺刀折断了，身上的红色夹克也被磨损得像打了粉色的补丁。

有些玩具虽简单但不会受时间影响：黏土弹珠，几千年过去都没什么变化，根本无法确定年代；现代的玻璃弹珠虽然更加好看，有着旋涡状的花纹，色彩鲜艳，但在与碎石一同被冲上前滩时，往往已暗淡无光，有时还有残缺。我还发现过一根猪蹄骨，骨头上钻了两个孔，应该是曾被穿在一根绳子上，被做成了一个转起来会嗡嗡响的小玩具。我还发现过一个小哨子，是用断掉的烟斗杆削成的。

我发现过的最小也最简单的玩具娃娃是"冰冻的夏洛特"，凯特可能也曾有过一个。我收集了六个，都是在泰晤士河发现的，其中一个的身高也就1英寸（约2.5厘米）多一点。它们都是面色苍白、未穿衣服的瓷娃娃，未上釉，只涂了一点点鲜艳的颜色。这种玩偶大多是德国制造，19世纪晚期与20世纪初风靡了整个北欧与美国，在集市上可以很便宜地买到，较小的曾被放入蛋糕或布丁中作为幸运符。不过，它们的名字可没有它们的外观看上去那么普通。这个名字与一首美国著名民谣有着令人毛骨悚然的联系。这首民谣叫《白皙的夏洛特》（"Fair Charlotte"）[1]，是根据一首诗《赶赴舞会的一具尸体》（"A Corpse Going to a Ball"）创作的。在这首民谣中，一位名叫夏洛特的年轻女士因为不想破坏自己美丽的连衣裙，拒绝穿上暖和的外套，最终冻死在了赶赴舞会的雪橇上。

我还在河边找到过 19 世纪的玩偶家具——两个很小的白色大口瓷水罐，都已破损，还有一个小小的锡浴缸，缺失了底座，都是在同一个地方发现的；一个 20 世纪早期的玩偶茶杯，把手没了。锡玩具是很珍贵的发现，可以追溯到中世纪。我有半块 17 世纪的玩具盘子，一块玩具手表的底盘，以及一个保存完好的玩具接油盘，它完美复刻了同时代真正放在烤肉扦下接油的那种盘子。泥泞寻宝者在泰晤士河找到过小小的玩具蒸煮锅、煎锅、盘子、水壶、杯子和碗，以及玩具滑膛枪、大炮、马车、锚、椅子和烛台，通过它们，能让人欣喜地了解到过去人的童年。

我的沃平前滩之行一般都始于新起重机码头（New Crane Wharf）旁的新起重机楼梯（New Crane Stairs）。我会先深吸一口 21 世纪污浊的空气，再离开主干道，通过一条又长又昏暗的人行道，让时间逐渐倒退，最终进入到我所喜欢的另一个世界。这个世界就展现在一片拥有细软黄沙的沙滩之上，这里，鸽子正在水

---

[1]《白皙的夏洛特》又名《年轻的夏洛特》（"Young Charlotte"）。参考：https://digitalcommons.library.umaine.edu/songstorysamplercollection/28/

线处快乐地啄食，巨大的黑色鸬鹚落在离岸的木桩上，可以看到它们S型的脖子，以及正舒展晾晒的双翼。如果沙滩仍然平坦，没有任何标记，那这里很可能只有我一人，这可真是太幸福了，哪怕这个幸福十分短暂，毕竟这里也深受其他泥泞寻宝者与遛狗人的喜爱。

大多数河梯只是湿滑，但新起重机楼梯是危险，大约十年前，我就在某个寒冷潮湿的日子里在这里吃了苦头。它每一级台阶的高度都不一样，颇具欺骗性，底部那一段还覆盖着黏滑的绿色水藻。尽管一些台阶上刻有粗糙交叉的防滑线条，但我还是失足，重重地摔了下去，臀部猛地撞在了最后的几级台阶上。幸运的是当时没被人看到，我独自一瘸一拐地离开了，虽然只是背部受了些淤伤，但此事给我留下了一个疼痛的教训，让我对潮湿的河梯产生了一种近乎病态的恐惧，至今仍未摆脱。

有时，我也会选择从更西边的沃平老楼梯（Wapping Old Stairs）下到前滩。它的楼梯平台已有若干个世纪的历史了，台阶大约是在19世纪修建的，当时，这里还是泰晤士河上最繁忙的地方之一。我曾在这里发现过一个18世纪的鞋齿（shoe patten），当时它正半埋在泥中，是一个三叶草形的铁环，可能曾被钉在一片木制鞋底上，该鞋底可能是用一片袖口状的皮革绑在鞋身上的。各阶层的女性都用过它，这样可以避免自己的鞋被伦敦的淤泥弄脏。这个鞋齿的右后方磨得更薄，说明它曾被绑在某人的右鞋上。这一点也让它变得格外私密，与众不同，并帮我在脑海中勾勒出了那个丢失它的女性。在我的想象中，她圆乎乎的，面色红润，跟跟跄跄地行走在沃平老楼梯下拥挤的堤道上，正要去赶一艘等在河边的渡轮。她踩着铁鞋齿走在石板路上的声音，就像刚钉了马蹄铁的小马的蹄声。突然，只闻一声刮擦声、一声微弱的断裂声和一声尖叫，她重重地摔到了堤道下的淤泥中。在随之而来的混乱中，她右脚的鞋被扯掉了，连同鞋齿一并消失在了河泥中。

沃平老楼梯旁有一家老滨河酒馆，叫拉姆斯盖特镇酒馆，曾经叫红牛酒馆（Red Cow，据说是因为里面有一个红发的女招待），后来更名是因为来了很多拉姆斯盖特镇的渔船，它们停泊在这里是为了不缴税，如果停在上游更靠近比林斯盖特鱼市场的地方就得缴税。18世纪时，该酒馆的地窖被用作拘留室，关押着被拉夫队抓来的青壮年男子，这些男子会被送上海军舰船服役。拉夫队悄悄徘徊在这一片的旅馆与酒馆中，"狩猎"醉酒者、无家可归者与不太能反抗者，以赚取赏钱。当时，为陆军和海军强行征兵其实是合法的，只是拉夫队的手段太过残酷。他们会把已经醉倒的人直接打昏拖走，神不知鬼不觉地将国王付给应征入伍者的一先令硬币塞进他们的口袋。有时，他们会将一先令扔进某个倒霉蛋的啤酒杯里，那人只有在喝干了杯中物后，才会发现等待自己的是何种命运。在入伍前先收一先令的做法可追溯到英国内战时期，但到18世纪，英国深陷战争，多个战线都需要大量兵力支撑，这一做法就成了拉夫队的同义词。

我还没有在沃平前滩发现过银先令，但我在格林尼治前滩找到过一枚国王乔治三世时期的先令。古老的锤制先令个头很大，像珍宝一样，但到了18世纪，随着银价上涨，银先令的尺寸缩小了，我所找到的这枚银先令就出自这一时期，比过去那些小得多，也就没有那么令人震撼了。在我的想象中，它被塞进了一个醉汉又脏又粗的手掌中，就这么一个微不足道的小东西，却买来了那人一生的艰辛、压迫与恐惧。

据传，拉姆斯盖特镇酒馆的地窖也关押过犯人，有男有女有儿童，他们会被送上押运船，押往殖民地服刑。自17世纪早期开始，英国就将押往"海外殖民地"当作惩罚罪犯的一种方式，让他们为美洲殖民地提供劳动力。后来，1776年美国独立，随后，詹姆斯·库克（James Cook）远征澳大利亚东南部，自此，英国当局开始将罪犯送往澳大利亚的新南威尔士州。1787年，十一艘船载着首批前往澳大利亚的罪犯离开了英格兰，该船队被称为"第一舰队"（First Fleet）。船上共计运送了约16万人，有男人、妇女和儿童。我曾在泰晤士河河口处找到过三个保存完好的葡萄酒瓶，这里远离所有的人口聚居区，不过在18和19世纪，这里停泊过监狱船。捡到这些酒瓶后，我便开始阅读各种有关监狱船的资料。泰晤士河上的监狱船中有着等待被运往殖民地的人，这激起了我的好奇心。我读得越多，就越好奇其中是否有谁与我有关。

有一个没人会拼的名字有一个好处——调查起来很容易。全球几乎所有叫"麦克莱姆"的人都与我有着亲缘关系，尽管很遥远。我们都来自格拉斯哥（Glasgow）郊外的一个很小的地区。我找到了一些网站，上面列出了前往澳大利亚的监狱船，于是我决定在搜索栏里输入我独特的名字。出乎意料的是，还真出来了一个结果：罗伯特·麦克莱姆（Robert Maiklem），于 1831 年 7 月 22 日乘坐"斯特拉斯菲尔德塞"号（*Strathfieldsay*）离开伦敦，并于同年 11 月 15 日到达范迪门斯地（塔斯马尼亚岛）[1]。我激动得忘乎所以。真的与我有关！

　　每一个被押运过去的犯人都有着详细的记录：他们的罪行、职业、外貌，甚至他们在殖民地的表现。在基本信息清单、表现记录与任务分派清单上都用优雅的铜版印刷体记录着有关罗伯特·麦克莱姆的信息。我从中了解到，他身高 5 英尺 4 英寸（约 1.6 米），低眉，浅红头发，浅赤褐色双眸，皮肤白皙有雀斑。他有妻子与两个孩子，是个犁地者。他三十岁时在格拉斯哥被判伪造罪名成立，要被押往位于世界另一端的范迪门斯地做十四年苦役。与他同行的还有 224 人：拦路强盗、入室行窃者、扒手、纵火犯、盗用公款者和小偷。其中一人偷了一篮子鸡蛋，另一人偷了一些芝士，可能在如今的我们看来，这不过是些轻罪。

　　罗伯特·麦克莱姆，囚犯编号 4602，从格拉斯哥被带走，短暂关押在"正义女神"号（*Justitia*）监狱船上，该船是柚木造的，最初属于东印度公司，原名"海军上将雷尼尔"号（*Admiral Rainier*），于 1799 年在加尔各答首次下水，1824 年变为一艘监狱船。这些监狱船停泊在伍尔维奇沼泽与泰晤士河河口一带，这些地方当时都鲜少有人居住。许多囚犯的整个服刑期都被关在监狱

---

〔1〕范迪门斯地（Van Diemen's Land, 1642—1855）位于澳大利亚东南部，曾是英国殖民地，后来更名塔斯马尼亚岛（Tasmania），也是澳大利亚联邦唯一一个岛州。参考：https://www.britannica.com/place/Van-Diemens-Land

船上。另一些人，比如罗伯特，就只是暂时监禁在船上等待押运。船上的生活条件极为恶劣。早在罗伯特来到伍尔维奇，被押上"正义女神"号的二十年前，一名扒手、小偷、伪造者詹姆斯·哈迪·沃克斯（James Hardy Vaux）就已写下了自己被关押在伍尔维奇另一艘监狱船"惩罚"号（Retribution）上的经历。"在我见过的所有令人憎恶的场面中，这是最令人痛心的。在这座漂浮地牢中关押着近六百人，大多数人的双腿都戴着镣铐；读者可以想象，这么一大群可怜人不断制造着排泄物与害虫，铁链的哐当声与人们的咒骂声不绝于耳，这样的环境会对人产生多么可怕的影响；最令人憎恶的是，你必须与一群腐败至极者打交道，只是或多或少的问题。"人们戴着镣铐睡觉，挤在甲板下站都站不直的空间里生活；常常衣不蔽体，也没有鞋穿；食物匮乏且腐烂，喝的是直接从河里抽的水。霍乱、痢疾和斑疹伤寒盛行，约有30%的囚犯没能活下来。

好在罗伯特·麦克莱姆在监狱船上活了下来，也挺过了前往塔斯马尼亚岛的那四个月航行。1842年，他刑满释放，恢复自由，获准结婚。这条线索到这里就断了。我找不到任何能证明他与新任妻子有孩子的证据，我也没有找到任何现在还生活在塔斯马尼亚岛上的麦克莱姆族人。不过，他或许在泰晤士河中留下了一些东西。一些被囚禁在监狱船上的人会雕刻"铅心"，作为留给他们难以相见的挚爱亲友的简单纪念品，原材料是铜便士，这种硬币在当时非常多，很容易放在口袋与上衣下摆里夹带上船。他们还会磨掉硬币上的"不列颠尼亚"字样与君主头像，因为这二者都象征着囚禁他们的人。他们会在上面刻下姓名、刑期和日期：对许多人来说，这就是他们能为自己悲惨结局留下的唯一见证。已有许多这样的雕刻硬币在泰晤士河前滩被发现，里面完全有可能有那些等待押运的囚犯所雕刻的。或许有一个就来自罗伯特·麦克莱姆。每次来到伍尔维奇的泥滩寻宝，我都会寻找罗伯特留下的痕迹，我对那些年代与他停留此地时间相符的发现物都充满了好奇。他咬过这块骨头吗？这颗扣子是从他外套上掉下来的吗？"正义女神"号于 1855 年售出，并最终被拆解。说不定罗瑟希德的那些船钉中也有一些来自于它。

就某些方面而言，罗伯特是幸运的。至少他没有被绞死。在 18 世纪，犯伪造罪者常常会被判处绞刑。如果是在公海上从事海盗活动与背叛勾当的人，沃平前滩还曾有过一个专设的绞刑架，确切位置不清楚，但很可能是在罗克地图上被标为处决码头的地方。

从 1735 年到 1830 年最后一批囚犯被执行绞刑期间，沃平前滩共绞死了 78 人。他们都是在英国高等海事法院（High Court of Admiralty）受审，并被关押于南华克区臭名昭著的马夏尔西监狱（Marshalsea Prison），该监狱就位于伦敦桥附近的泰晤士河南岸。处决那天，他们会乘坐一辆毫无遮挡的马车前往沃平，街道两旁满是奚落他们的人。押送队伍由海军元帅率领，他手持象征权威的银桨，犯人两侧分别是刽子手与监狱牧师。在沃平大街（Wapping High Street）的土耳其饰结旅馆（Turk's Head Inn），他们停车最后一次，让死囚喝下人生最后一夸脱的麦芽酒，帮他稳定情绪，为赴死做好准备。

前滩的绞刑架是在枯潮时立起来的，为了确保囚犯死得痛苦，绞刑架上的绳子很短，这样他们就不会因脖子断掉而迅速咽气。在慢慢窒息的过程中，他们的四肢会不断扭动，像是一支令人毛骨悚然的舞，这被称为"麻绳吉格舞"（hempen jig）。等他们不动了，他们的尸体就会被放下来，用铁链绑到木桩上，经历三次潮水的冲刷。至于那些最恶劣的罪犯，他们肿胀的尸体会被涂上沥青，关进铁笼中，挂到位于库科尔德之角、布莱克沃尔、伍尔维奇和蒂尔伯里（Tilbury）的绞刑示众架上。这样就能让所有随船到过伦敦的船员都清楚知道英国是如何处理海上犯罪的。

在沃平被处决的海盗中，最臭名昭著的是在 1701 年被绞死的基德船长（Captain Kidd）。他原是被海军部派往印度洋镇压海盗的，最后自己却成了海盗，据说他把财宝都埋在了加勒比海的某个地方。他最终在纽约被捕，并被带回伦敦受审。他在站上绞刑架时，已经烂醉如泥，这或许帮他彻底摆脱了对接下来所发生一切的恐惧。第一根绞索突然断了，他掉进泥里，不得不重复一遍可怕的绞刑过程。然后，在经历了三次必须的潮汐惩罚后，他的尸体被涂上沥青，挂在了蒂尔伯里的绞刑示众架上，任由乌鸦将他的血肉啄食得一干二净。他的空空白骨在那一挂就是若干年。

17 世纪最招人憎恨的人之一，杰弗里斯法官（Judge Jeffreys），也在观看绞刑的人群之中。他坐在惠特比前景酒馆的阳台主座上，该酒馆当时也被称为魔鬼的酒馆（Devil's Tavern）。他坐在这里，看着那些在法庭上被他判处绞刑的人行刑。其他人则纷纷挤进河边的其他酒馆，或坐在河上泊船的甲板上，观看这一奇观慢慢上演。鉴于此，我每次来处决码头，都相信自己能发现些特别之物，不过，真正与当时那些恐怖事件有关的物件，我只发现了一个：一枚形状不规则的厚铜币。那是一个夏夜，我在一处浅水坑里发现了它，这个浅水坑前面可能是过去老护坡的一部分。当时天色渐暗，在昏暗的光线下，它看上去就像一枚普普通通的乔治王朝时期的半便士硬币，或许只是被一个无聊的水手敲过。因此，在把它塞进包里后，我就没怎么想起过它了，直到几天后，我在清理发现物时，才留意到它表面有着层层叠叠的各种印记。其中之一是个日期，1654 年，正好是基德船长出生那一年。

事实证明，这是一枚马拉维迪[1]，它是将不规则的圆片放入粗糙的模具间敲击而成，主要用在西班牙殖民地。以这种方法铸造的金币和银币也被称为"科布"（cob），更浪漫的说法是"海盗钱"。它们就是最早的宝藏硬币——八里亚尔银币（pieces of eight）与达布隆金币（doubloon）都是将大块粗糙的贵金属锤平后，手工剪出一枚枚拥有正确重量的硬币。那么，谁能说我这枚不起眼的铜币一定不是从海盗口袋里掉出来的呢？它的原主人至少是个去过南美或加勒比海的水手吧，在那些海盗伏击最为猖獗的地方捡到了它。

---

〔1〕 马拉维迪（maravedis）是一种西班牙古钱币。参考：http://www.ce.cn/xwzx/gjss/gdxw/200611/13/t20061113_9399694.shtml

处决码头位于泰晤士河警察局以东约 50 码（约 45.7 米）处，该警局是一座颇具爱德华七世时代特色的建筑，其历史可追溯到 18 世纪。它与河堤完全齐平，有五扇白色的飘窗，屋顶最高处有一面随风飘扬的英国国旗。这里有一条被警察们称为"额头"（The Brow）的走道，直通下方的一座浮码头，该码头上始终停泊着至少一艘带荧光条纹的警船。该警局一侧有一段也曾历经繁华的河梯。如今，它的大多数台阶都已腐朽，再也不能通过它进出前滩了。河梯尽头是一片宽阔的卵石滩，覆盖了警局前的半边前滩，过去，巡逻艇就是从这里被拖上岸的。

泰晤士河警察自 1798 年 7 月 2 日起就一直在泰晤士河上巡逻，是一支世界上连续执勤历史最悠久的警察部队。它最初是由来自苏格兰的地方治安法官帕特里克·科洪（Patrick Colquhoun）与前商船海员约翰·哈里奥特（John Harriott）共同组建，旨在对付"数千男男女女，他们潜行在这个大都市，维生的主要手段就是劫掠平民百姓"，以及保护成千上万吨货物，载满货物的小驳船与大货船就停泊在拥挤不堪的伦敦池中。1792 年，英格兰的进口额为 1789.8 万英镑，出口额为 2367.4 万英镑。其中约有价值 50 万英镑（相当于今天的 3500 万到 4000 万英镑）的货物被盗。

出现该问题的部分原因在于缺乏安保。尽管货物价值不菲，但守卫船只安全的力量却很薄弱——泥泞寻宝者曾发现过数十把 18 和 19 世纪的生锈挂锁，其中很多都是被切断的。不过，船只的卸货体系也默许了这种侵占货物来代替工资的做法。许多失踪货物都落入了码头卸货工的口袋。他们不一定能得到正常的工资，就算有也极其微薄，因此，这种非官方的"报酬"就成了被默许且必要的工作"津贴"。

除了码头卸货工外，还有一个由专业小偷与普通骗子组成的团伙。据科洪估计，约有10850人参与过泰晤士河上的盗窃案。轻骑手与重骑手几乎只偷西印度的船。轻骑手也被称为夜盗，是一群腐败的船夫，他们与名义上负责看守货物的巡夜人沆瀣一气，划着船一趟又一趟地来回搬运装满战利品的黑色麻布口袋，这些口袋就藏在他们的船底。重骑手是指那些有犯罪想法的码头卸货工。他们除了会在晚上给轻骑手帮忙外，也会在光天化日下作案，利用自己长马甲下的大口袋，以及绑在腿上、藏在裤子下的长口袋、小口袋与袜子，装走各种货物。

敢于冒险的摆渡者会把偷来的货物运到岸上，敢于冒险的小驳船船夫会对由他们负责合法运送至码头的糖、咖啡和香料下手。游击者是指在码头和仓库工作的人，他们四处闲逛，假装是在找活干，其实是在趁乱下手，然后将战利品藏在自己的长围裙下带走。至于河盗，据说大多数是退伍士兵或前水手，他们偷的是船的组件，包括锚。就连捕鼠者也在设法牟利，他们会先给船只制造鼠患，逼船员离船上岸，这样就能在灭害时随心所欲地偷窃了。

一些同船船员、巡夜人与税务官为了赚钱，会与这些人勾结，对他们的所作所为睁一只眼闭一只眼。这些非法所得都会送去处理人（copeman）处，这些人是批发商、赃物接收人及泰晤士河上一切非法活动的主要推动者。他们会去新抵达的船上劝说船员及税务官与他们合作，并为这些人提供黑色的麻袋，以及用来盗窃桶装朗姆酒的囊袋，并负责将货物转移到黑市贩卖。无数非法获取的货物涌入沃平，这里有十二家"工厂"负责接收它们，并将它们销往全市。

在这一大堆不法之徒中，泥泞寻宝者排在最末，是最底层的罪犯，只是码头卸货工的助手。枯潮时，他们会潜伏在船体周围，四处寻找绳索、煤和老木块，并收集卸货工从船上扔下来的朗姆酒囊袋，以及小包的糖、咖啡、西班牙甜椒和生姜。在《劳特利奇历史俚语词典》（ *The Routledge Dictionary of Historical Slang* ）中，"泥泞寻宝者"的第一个词义就是小偷，这个定义也见于科洪 1796 年出版的书《论大都市警察：详细描述目前各种损害或危及公私财产与公私安全的重罪与轻罪，并提供相应的防范之法》（ *A Treatise on the Police of the Metropolis: Containing a detail of the various crimes and misdemeanours by which public and private property and security are at present injured and endangered and suggesting remedies for their prevention* ），他在书中记录了上述团伙所有成员的"不法之举"和"水上劫掠"。

据亨利·梅休估计，在 19 世纪 80 年代中期，在下伦敦池两岸前滩工作的泥泞寻宝者约有 280 人，其中大部分是儿童与老年妇女。他形容这些人"外表看上去最悲惨"，"明显又笨又蠢"。他们身上满是污垢，臭烘烘的，褴褛的衣衫也因为被河水与淤泥浸泡而变得僵硬。"艰难行走在淤泥中的他们，总是一言不发，一脸被生活折磨到麻木的表情。他们弯着腰，焦急地四处观察。"

他提到过一群年幼的泥泞寻宝者，都在十二岁以下。他是在某段河梯处遇到他们的，他们刚刚离开前滩："他们的衣服与家什都在不断滴落泥浆，在他们站的地方形成了一个泥坑……有些小孩提着篮子，装满了他们一早上工作的成果，另一些小孩拿着带铁把手的锡制老水壶。有些小孩没有篮子和水壶，就用帽子来装自己捡到的骨头与煤块；另一些更穷的孩子，直接取下了自己正戴着的帽子，把所能发现的一切都塞了进去。"

18 世纪最值钱的货物是由西印度船只运来的朗姆酒、咖啡、糖和香料。到 1800 年，英国约有四分之一的收入来自西印度的进口货物。科洪和哈里奥特在保证只有西印度船只会受保护的条件下，成功说服西印度商人赞助了 4200 英镑，然后，在 1798 年 7 月 2 日早上 5 点，该"西印度商人与种植园主货船警队"（West India Merchants and Planters Marine Police Institution，简称西印度商船警队）开始了首次巡逻。此举大获成功。在第一年，西印度商船警队就救回了超过 10 万英镑的被盗货品和几条生命，也让政府挽回了大量的税收损失。西印度商船警队在沃平河上买了一栋楼，作为该新警队的办公地点，这里也成为后来泰晤士河警察局的所在地。这栋楼前的前滩常常会冒出与其悠久历史相关的证据。前不久，为修建一座新的浮码头，人们对这一河段靠近岸边的部分进行了清淤，清淤过程中打捞起了数十个早期的警用收音机和手铐，还有冲泡过无数杯茶的旧马克杯与勺子。现代泥泞寻宝者发现了古老的镣铐式手铐，以及一枚很早期的水警制服纽扣，是目前已知已找到的两枚之一。另一枚是在一艘沉没于百慕大的监狱船上发现的。它可能是某个刚改行押运囚犯的前水警掉落的，也可能是某位水警在伦敦将囚犯赶上监狱船时掉落在船上的。

我在沃平这一水警总部附近发现的 18 世纪假币数量比我在前滩其他任何地方发现的都多，这不禁让我怀疑，那些被罚没的财物是不是都被倾倒在了这里。在大量被冲上前滩的 18 世纪半便士硬币中，假币并不罕见，这也显示了当时流通中的假币数量之多。大多数半便士假币都是铜铅合金或铜锡合金的，这样成本更低，也更易加工。它们很薄，很轻，看上去像黄铜，设计很粗糙，一看就不是真的。有一些造假币者很精明，会在造假时故意做旧，但其他造假者似乎没在做出真实感上下什么功夫——国王的头像都能印歪，"不列颠尼亚"字样也能印到反面。

规避代币（evasion token）是伪造者为利用法律漏洞而铸造的，法律虽规定擅自复制硬币是违法的，要坐牢，但该法律只适用于赝品与皇室规定硬币一模一样的情况，因此，规避代币只是看上去像正品，但有故意做出一些细微调整。有些修改看着很荒谬，另一些修改是对当权者的大胆挖苦。我所发现的那枚规避代币是 1788 年的，时间太早，不可能是囚犯麦克莱姆铸造的，但 1788 年正好是第一批囚犯被送抵澳大利亚的那一年，那些囚犯中有着与麦克莱姆一样犯有伪造罪的。我的规避代币上写的不是"不列颠尼亚"（BRITANNIA），而是"不列颠人统治"（BRITONS RULE）。

金币与银币的伪造者通常都是技艺熟练的工匠——纽扣匠、锁匠、钟表匠和金匠。他们若要小规模地伪造半克朗与六便士的硬币，只需要用白垩雕刻一个简单的模具，再找来一些废锡铅合金与一口小坩埚即可。陶土烟斗就是完成这一工作的绝佳工具，它的杆可用作漏斗，方便将熔化的锡铅合金倒入模具中。我唯一一枚维多利亚时代的假币就是一枚六便士的锡币，它感染了严重的锡瘟，不过，我的另一枚乔治三世时期的六便士青铜币很好地经受住了时间的考验，它是手工制作的，十分精美，丢失的只有表面那薄薄的一层镀银，那层镀银可能曾帮它更好地冒充了银币。

硬币贬质是伪造硬币者的另一个把戏。"修剪"这一做法已经有数千年的历史了，可能从第一批硬币出现就有了。修剪是指从硬币边缘刮掉少量金属，用积攒的这些碎屑来熔铸金属条或假币。我有一枚 5 世纪的西利克银币，它就被某个罗马时期的伪造者修剪过，我还有一些伊丽莎白时代与中世纪的便士，它们带文字的那一圈边缘都被全部刮掉了。曾经，人们为了避免收到短斤少两的金币，会用一个小小的天平给金币称重，用的都是很小的黄铜砝码或铜砝码，也叫硬币砝码，这些砝码的重量与未修剪过的硬币一样。我有几个小巧规整的方形砝码，其中一个称的是16 世纪的玫瑰金币（Rose Ryal），该金币一面是艘桨帆船，另一面是只小小的手，这只手象征着安特卫普[1]（就是该币的铸造地）。

---

[1] 安特卫普属于比利时，荷兰语是比利时官方语言之一。传说，有个巨人守着斯海尔德河，船要过河必须交钱，不交钱的水手就会被巨人砍下一只手，后来，一位勇士战胜巨人，砍下了他的手扔进河中，"扔手"在荷兰语中是"hand werpen"，这也是这座城市之名"Antwerp"的由来，也是其象征"手"的由来。参考：https://www.antwerphands.com/

几个世纪以来，为防止硬币被修剪，人们试过各种各样的方法。1247年采用了一种长十字的银便士设计，该十字架会一直延伸到硬币边缘。如果该十字架的四个端点有任何缺失，该硬币就是非法的。17世纪时，人们会在半便士锡币与法新锡币中间嵌入一个方形的铜塞，加大伪造难度。1797年铸造的车轮便士与两便士硬币，其宽大的边缘上有阴刻的文字，该设计也是为了阻止伪造者。1662年以后的所有硬币都是机器铸造，这使得它们形状统一，也就更难修剪。此外，作为一项额外的预防措施，艾萨克·牛顿（在1699年至1727年间任皇家铸币厂负责人）采用了一种槽纹设计，就是硬币边缘带有一圈短线条，这样就不可能修剪。我们今天的一些硬币仍沿用了这一设计。

　　政府对造假币者与试图出售假币者的惩罚十分严厉，这很可能促使人们处理掉手中的假币，而最简单、最可靠的处理方法就是把它们扔进河中。时至今日，泰晤士河仍被用作一个物品存放处，继续吞噬着各种重罪与轻罪的证据。在市中心被盗的各种包，通常都会在被清空现金与卡后被扔下桥。再往东走一点，还能见到搁浅在泥滩上的和直接被遗弃在此的被盗自行车与摩托车。沙德韦尔公园的前滩上似乎总能看到手机、笔记本电脑、被剪断的自行车锁，有一次甚至出现过割螺栓器，该地就位于沃平与莱姆豪斯之间。另一位泥泞寻宝者曾在这片前滩一次性发现了八本护照。去年，我发现了一个装满大麻的黑色大垃圾袋。这些年里，我也发现过大量的进攻性武器——一个指节金属套、许多很可怕的刀、一把武士刀，以及一个装满子弹的左轮手枪枪膛，它的枪管和手柄都被粗糙地锯掉了，序列号也被锉掉了。

人们经常问我在河上是否感觉安全，我的回答通常都是"是的"。前滩很开阔，是露天的，没有昏暗的角落可以藏人，我总能清楚看到周遭的环境。就算周围有人，通常也是各忙各的，我感觉这里比在街上更安全。我遇到过的最大麻烦就是在上方河边小径上找茬的醉鬼与青少年。他们向我扔过水瓶、香烟和啤酒杯，但我知道他们真正下来的可能性极小，毕竟那会弄脏他们的脚。但为以防万一，我还是随身带着个私人报警器，我手机里还存了水警的电话，紧急情况下可以快速拨号。

我在前滩只遇到过一次需要给水警打电话的情况。那天我很早就去了伦敦桥附近泥泞寻宝，那个地方只有一条进出路线。我太过投入于寻宝了，以至于听到身后碎石滑动的声音才意识到有人靠近。有两个人跟着我到了前滩，正摇摇晃晃地向我走来。其中一人一边试图在碎石上站稳，一边用手挥舞着喝了半瓶的伏特加。他们用俄语朝着彼此大呼小叫。又来了，我想着。我很生气，气他们偷走了我的安静与平和，气他们吵醒了沉浸在自己思绪中的我。但随着他们越走越近，我的愤怒变成了强烈的厌烦，接着，我突然意识到，他们把我困死在这里了。

我不是一个经常害怕的人。所以，我那天除了气那些大喊大叫的俄罗斯醉汉，也气那个感到恐惧的自己。那个醉得很厉害的家伙重重地倒在了一大块破碎的混凝土上，一边看着他朋友走到我身边站定，一边大喊大叫，像是在鼓励他朋友。我走开，他就又跟过来，站在我旁边。他们又互相喊了几句，我又走远了些，他还是跟着我，就像一场猫捉老鼠的游戏，我开始朝前滩外跑去，我一只手掏报警器（希望在空无一人的大早上它也能有点用），另一只手拨通了水警的电话。

　　警察在几分钟内就到了。那名袭击者愣了片刻才反应过来那闪烁的蓝光是什么，以及身着制服站在巡逻艇上朝他喊话的人是谁，反应过来后他转身就跑，他的朋友却只是倒回泥里，笑个不停。警官把他拽起来带走了。逃跑的那人也在河梯边被捕了。一位警官问我是否想要起诉他们，我说不。开始涨潮了。我只想找回属于自己的安静与平和，好抓紧所剩不多的这一点寻宝时间。

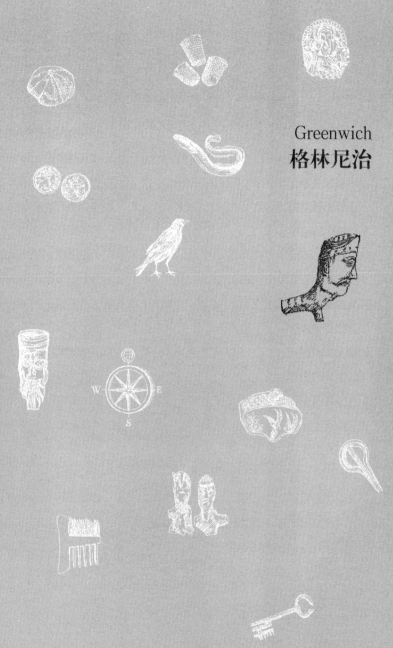

Greenwich
格林尼治

> 我以前常去格林尼治附近的河下。那些有钱人有时会用旅馆里的卷绕机抛铜币给我们，然后一边大笑，一边看着我们俯身在雪泥中跌跌撞撞地你争我夺。
>
> 理查德·罗，《一家泥泞寻宝者》，
> 出自《鲜为人知的生活片段》（1871）

我曾在格林尼治住了十三年。2002 年，我搬进了格林尼治的一栋维多利亚式小别墅，也就是一楼两间主屋，二楼两间卧室的设计，没什么奢华的。它到河边也就是步行五分钟的距离，过河就是我外曾外曾外祖父工作过的地方，也是我外曾外祖母出生的地方，往上游走 5 英里（约 8 千米）就是曾停泊过关押罗伯特·麦克莱姆那艘监狱船的地方，当然，当时的我对这些一无所知。

我当时唯一的想法就是要离开哈克尼区（Hackney），远离那里嘈杂肮脏的街道。炎热夏末的一天，来到格林尼治的我突然产生了一个清晰的想法，我就应该搬来这里。我一路大汗淋漓地爬到了格林尼治公园的山顶，喘着粗气坐在长长的干草地上休息，这片草地之上就是格林尼治皇家天文台，也就是标志着时间开始的本初子午线的所在地。该天文台的房顶上有一颗巨大的红球，串在一根长杆上，每天 12：55，红球会爬升到长杆中点，12：58 到最高点，13：00 整降下。自 1833 年起，对于任何近到能看到这颗红球的人，以及在下方泰晤士河中等待启航出海的船长来说，它都是校准时间的准确依据。哪里更适合开始我的新生活呢？站在山顶，我可以看到层层叠叠的新旧建筑——雷恩设计的皇家海军学院突显了远处金丝雀码头上那些高楼大厦的塔顶；还可以看到蜿蜒曲折的河流缓缓流经道格斯岛区。这里有绿地，有更清新的空气，还有像屏障一样将城市阻挡在外的河流。这里晒到发烫的干草气味让我想起了童年农场上晒的干草，当我眺望眼前这片景色时，有种家的感觉。

那一年，我经常在格林尼治的河边小径上散步，试图忘记我一团糟的恋情。我爱逆风前行，凝望土黄色的河水。后来，这条河就在我的家门口，我能随时逃离现实，获得心理的疗愈。只要有空，我就会去东边的伍尔维奇，路上会经过维多利亚深水船坞（Victoria Deep Dock），那里的水泥与集料工厂让空气中布满灰尘。路上还会绕过荒芜的半岛，空荡荡的千禧穹顶（Millennium Dome）正在旺盛生长的杂草中日渐腐朽。有时，我只需要在这里待上半个小时，就足够感受河边清新的微风并理清自己思绪。自从住到河边，这便是件易事了。有时，我会走到栏杆边，看快速帆船呼啸地进出格林尼治码头（Greenwich Pier），码头上游客与通勤者人头攒动；有时，我会坐在海军学院（现属于圣三一拉邦音乐舞蹈学院）前的长椅上，听学生们练习。如果水位很低，我就会小心翼翼地走下湿滑的楼梯，靠近水面。我在水线边闲逛，看它拍打岸边的石头与砂砾，每当快速帆船经过，掀起波浪，冲到岸边，我便后跳躲开，浪一退，我又会再次靠近水线。

渐渐地，我不再发狂般地散步了。我的感情告终，结局并不愉快，自此，我开始放慢脚步，想起了母亲多年前教会我的，享受悠长的、引人入胜的漫步，沉浸在周围的细节中。我在河边小径上的时间少了，去前滩的时间多了，我仔细观察着河泥表面，表面之下藏着各种陶器。有一天，我终于意识到自己正走在某些"东西"上：似乎无处不在的陶土烟斗、多孔岩石和陶器。我在脑中记下哪些地方看似"东西"更多些，然后一次又一次地返回。我当时是在家工作的，因此在枯潮时去河边变成易事，一有机会我就去。夏季时，白天很长，我有时会一天去两次。一开始，我是在枯潮时抵达前滩，但很快我就学到了，无论是在河的左岸还是右岸，寻宝时间都能有两到三个小时，因此我来前滩的时间也变长了。我养成了一个习惯，几年来都只去河边的同一个地方。

在海军学院前，两组宏伟的石阶呈倒"V"形，向下延伸至格林尼治的前滩。我通常先往东走，路过一片湿滑的圆燧石滩，接着是一长排杂乱堆积的动物骨头，这条"骨头路"的尽头就在特拉法加酒馆（Trafalgar pub）前。这家酒馆高高地耸立着，越过了河堤，巨大的凸窗俯瞰着前滩。19世纪时，坐在这些窗前的纨绔子弟会把硬币抛出窗外，看泥泞寻宝者手忙脚乱地在泥中摸索，以此取乐。有时，孩子们会表演些把戏，或蹚进危险的深泥中，好逗乐观众，让他们扔得更多。经过特拉法加酒馆继续向前，在未到发电厂的那段前滩上，你能看到更加工业化的痕迹，满是钉子、铁锈、难闻的焦油、废弃的油漆刷和一小片一小片的灌浇混凝土。当地的划船俱乐部在这里有一条滑道，清晨，在做准备活动的桨手们会抬起头来，看着我一摇一摆、嘎吱嘎吱地从他们面前走过。

再往前走，会看到更多的骨头和大量的现代垃圾——鞋子、电话、玩具，还有一次，同一场潮汐冲来了一些假牙和一副眼镜，令我深感不安。当走到凸式码头下方油腻湿滑的支柱处时，我就会掉头返回了，这样才能在枯潮时走到我所选这条路线的最西端，我会再次经过那些石阶，会绕开一片看上去和普通砂砾滩无异但内部松散容易深陷的区域，这块区域会在水位极低时出现，我的靴子就曾被它吞没过。最西端的前滩更加泥泞，被侵蚀得像打了一块块灰色的补丁，还能看到老木桩、砖石结构物、砖瓦和陶器。有时，我会看到有人在做着和我一样的事情，但我从未想到，这件事还有个真正的名字。当时的我只是在快乐地淘宝，享受能将烦恼抛诸脑后的安静与祥和。

后来有一天，我在报纸上读到一篇文章，文中称我所做的事是"泥泞寻宝"。而此时的我，也可以说是一个成熟的泥泞寻宝者了。我扔掉了一直带在身边的特百惠塑料盒，换了一个能解放双手的腰包。我最喜欢的惠灵顿长靴就放在门边，我还开始携带一块相当笨重的泡沫橡胶跪垫，这样就能更近距离地在泥中搜寻了。几年来，我一直观察着这一小段河流的变化，了解了水流与潮汐是如何冲刷河岸，又是如何在这里放下它的财宝的。我现在知道了刚刚被侵蚀过的泥土是什么样子，也知道在这些地方可以发现新暴露出的物件。我也知道，扣针会被冲刷到一处，较小的金属物件会跟它们纠缠在一起；河堤边也有好些值得搜寻的地方，产出丰富；动物骨头中可以找到加工过的骨制品与象牙制品。我的藏品中还有许多来自发电厂码头旁，那里有着被河水冲上岸的现代垃圾。我还发现，我在这一段最西端发现的大部分物件都来自中世纪和都铎王朝时期。我的藏品一直在增加。

2008年，我结婚了，却立刻将妻子变成了一个前滩寡妇。无论什么天气，只要一有空，我就会偷溜去河边。我总是在屋里留下一排泥泞的脚印，窗台上与后花园都堆满了我捡来的烟斗和陶器。我那一向耐心的妻子莎拉（Sarah）只是叹口气，跨过我捡回的浮木，用真空吸尘器清扫地上的泥。她从未抱怨过，她只和我去过一两次前滩。她对那个不感兴趣。她喜欢跑马拉松，这本身也是一种痴迷，所以她能理解我。那时，我已经开始探索前滩的其他地方了，我会去伦敦市中心，在伦敦桥下、在沃平与莱姆豪斯之间的河岸线上泥泞寻宝。2009年，就在除夕夜的前一天，我那执拗难懂的父亲突然去世。之后的一年，我总是徘徊在罗瑟希德和道格斯岛的前滩，那里十分安静，我可以尽情咆哮、痛哭，不会有人看到我哭到扭曲的脸，我可以试着去感受我认为自己应该感受到的东西，尽情悲伤，然后放下，继续前行。

2012年，这条河再次拯救了我，当时我和莎拉有了一对龙凤胎，他们占据了我们的全部时间，榨干了我们的全部精力，让我们的生活天翻地覆。这让我精疲力竭，沮丧万分，却又有无穷无尽的乐趣，有种令人惊讶的解脱感……我需要一个宣泄的出口，偶尔能有几个小时让我重新找到自我。来到前滩，我不再是一个精疲力竭的新手家长，没人会对我提要求。我只是个时间旅行者，一个做白日梦的人。我搜寻宝物，与过去对话，通过发现的物件体验别人的生活。

有天早晨，我来到格林尼治前滩，发现有一群人聚在一些木桩周围。这些年来，我亲眼看着这些木桩一点点从泥中冒出。那些人是"泰晤士河发现计划"（Thames Discovery Programme）的成员，这是一个社区考古团体，他们会在前滩的建筑物和沉积物再次被冲走或掩埋前对其进行监测。我跟他们打了招呼，并和其中的首席考古学家纳特（Nat）聊了起来。纳特解释说，这些木桩有可能是中世纪突堤的一部分，该突堤与15世纪至17世纪间的临河宫殿相连。近年来，有更多的木桩和底板在潮水中出现又消失。这些木桩中有的钻了大孔，其中一根的顶部甚至还留有一个金属的系泊环。有些木桩还被木钉连在一起。河泥将它们保护得很好，锛子和锯子留下的痕迹仍清晰可见。这些木头被包裹在褐绿色的泥浆中，顶部约有半英寸（约1.3厘米）很柔软，下面仍然坚硬，能够证明英国的橡木与榆木质量上乘。

与这些木桩相连的是一座消失已久的宫殿，它曾坐落在前滩的砖石结构之中。这片前滩将我吸引至此，让我忍不住一次又一次来到这里。格林尼治是独一无二的。据我对泰晤士河潮汐河段的了解，只有这里的物件能有如此确凿的身份。大多数前滩发现物都没有确凿的历史来源，除非上面有某种标记，否则你几乎不可能确定它们来自哪一栋建筑或哪一个地点。但在格林尼治，这些物件都有一个难以否认的出身。此地发现的所有古物几乎都与该宫殿以及在里面生活和工作过的人有关。

我对都铎王朝非常着迷，因为我小时候住的那栋农舍就建于16世纪。[1]任何住过老房子的人都知道，它的砖块中会住着古老的幽灵，曾经的住户会赋予它一种一直有人居住的感觉。我所住的那栋农舍已经习惯了那悠长的岁月，停留在此的幽灵也都很幸福。这栋农舍是传统民居，红色的钉瓦从上而下，覆盖了墙面的上半部分，窗口很小，以免屋内热气流失。我母亲将所有门都涂成了亮黄色，有种好客的感觉。在寒冷的夜里，我们会围坐在巨大的开放式壁炉边，远离从走廊灌进来的几乎肉眼可见的寒风。

低矮的天花板上是纵横交错的橡木横梁，这些横梁在过去几个世纪中遭受了甲虫和蠹虫的破坏。屋内，无论你走到哪里，地板都会嘎吱作响，仿佛是房子在抱怨你踩到了它一样。房顶的椽子上住了一群蝙蝠，每天傍晚都会从我卧室窗户上方的洞中飞出。房子后面有着被遗忘的房间，散发着潮湿的霉味，只要是夜里被遣去那些漆黑的房间取马铃薯或狗粮，我都很害怕。但白天里的它们令我着迷，我能透过那些垃圾和蜘蛛网看到它们曾经的样子。这里有曾经的厨房和乳品储藏室。旧厨房地板上的赤陶砖已经磨损。厨房一头是一个维多利亚时代的铁炉灶，已经锈蚀得不成样子。乳品储藏室还是过去的泥巴地板，小小的窗户下用一块又厚又宽的木板钉了个架子。我会在这些房间里感受这栋屋子的历史，想象着过去的人在这里生活的画面：他们在铁炉灶上做饭，然后

---

[1] 百年都铎王朝是从1485年到1603年，贯穿了整个16世纪。

端着食物走下楼梯，穿过一扇门，去到主屋。那些楼梯已经被他们踩旧了，那扇门也已经被砖封堵住了。

我只能猜着，在过去的几个世纪里，到底有谁住过我们的房子，他们在这里经历过什么。但那座位于格林尼治的中世纪宫殿则不然，它的历史有文字记载。历史书告诉我，那里是亨利八世及其女儿玛丽和伊丽莎白的出生地，他唯一的儿子爱德华是在这里病逝的，年仅十五岁。疾病让爱德华极其痛苦，在这里留下了他疼痛的哭喊声。亨利在格林尼治迎娶过两任妻子，分别是阿拉贡的凯瑟琳（Catherine of Aragon）和克里维斯的安妮（Anne of Cleves）。1533 年 5 月 29 日，其第二任妻子安妮·博林也是从这里出发，由一支庞大的、装饰奢华的驳船船队护送至位于上游 4 英里（约 6.4 千米）处的伦敦塔，准备参加将于 6 月 1 日为她举行的加冕典礼。这一路，她身着金色服装，伴随着礼炮和音乐，场面十分壮观，但还不到三年，她又踏上了同一条路，只是等待她的是截然不同的命运。1536 年 5 月 2 日，她在格林尼治上游被捕，被押送着经过了罗瑟希德和沃平，并穿过了叛徒之门的入口。十七天后，她被判乱伦、共谋和通奸等罪名成立，被斩首在伦敦塔中。

在格林尼治河边，有一栋巨大的建筑至少是从中世纪早期开始便矗立于此。这座宫殿最初是一座庄园，名为贝拉宫（Bella Court）或普雷桑斯（Plesaunce），这个词来自拉丁语，意思是"令人愉快的住所"。15 世纪晚期，它成为了亨利七世的所有物，亨利七世将它改名为普拉森舍宫（Palace of Placentia），并拆毁了其中的许多建筑，开始将其重建为一座美丽的滨河住宅。这座宫殿最早的画像来自弗拉芒画家安东尼·范登温盖尔德（Anthony van den Wyngaerde），1558 年，他在该宫殿前后分别绘制了两幅素描。有河景的这一张是在对岸绘制的，画中是一座恢宏的砖石建筑，格局并不规则，许多庭院被环绕其中，东端是一座小教堂，偏离中心之处有一座大门楼，门朝河而开。宫殿西端有一个木构突堤，我相信河泥中不断冒出又不断被潮汐带走的那些木桩和底板就来自于它。宫殿后方是一座小山，那个炎热夏日，我正是在这座山上决定要搬来格林尼治的。

这两幅素描中的许多建筑都是亨利七世建造的，但在这座宫殿上花费时间和金钱最多的是他的儿子亨利八世，亨利八世在这里增设了犬舍、马厩、盔甲车间、网球场，以及一个斗鸡场和一个骑士比武场。在他所拥有的 63 座宅邸和宫殿中，这座后来被称为格林尼治宫（Greenwich Palace）的宫殿是他的最爱之一，成为了他主要的行宫。它离城市很近，搭乘驳船很容易到达，但也离城市够远，瘟疫爆发时逃到这里足够安全。德特福德和伍尔维奇的皇家造船厂都离这里很近。宫殿后面是一个鹿园。亨利爱在这里打猎、骑马比武、寻欢作乐、宴饮欢庆。他在这座宫殿里举办各种各样的奢靡娱乐，让这里变得人山人海。

隐藏在格林尼治河泥中的物件填补了历史书中缺失的细节，鲜活地还原了这座都铎宫殿中的世界。这里的前滩就像一个巨大的垃圾堆，是我家农舍前那个垃圾堆的宫殿版，那些奢靡宴会背后的普通人的生活都被埋藏在此。在这里，我可以摸到都铎宫殿中日常生活的痕迹：可能曾铺在地板上的柔软芦苇垫的残留物、厨房陶器的厚厚碎片，甚至是被吃过的食物残渣。

在制备和呈上食物的过程中，要用到大量的烹饪锅和盘子，它们碎了很多，并最终进入了河中。它们聚集在突堤周围，那里一定曾是个方便倾倒垃圾和厨余的地点。我收集了不少皮普金瓦罐的足和把手。皮普金瓦罐是一种陶制的鼓腹烹饪罐，从中世纪到18世纪，大多数家庭都有这样的罐子。皮普金瓦罐有各种样式和形状，但英格兰制造的皮普金瓦罐大都有三个粗短的足和一个把手，这个把手一般是中空的，以便散热。把手上还可以插一根棍子，这就更便于在滚烫时移动它了。皮普金瓦罐会被放在离火堆滚烫余烬很近的地方，或者直接放在余烬中，因此在前滩发现的碎片常常是黑的，它们留下了最后一次使用时被煤烟熏黑的痕迹；更靠近火堆的把手部分会更黑一些。

保温锅是一种会装入滚烫煤块的陶瓷火盆，是另一种常用于文火加热的炊具。我有一个这种保温锅，但只剩喇叭形的下半截，我还有一些上了绿色和黄色釉彩的锅边缘碎片，上面还带有小小的三角形突起，是用来支撑碗盘的。或许它们曾被用来为国王和其他贵宾准备珍馐佳肴，或是用来给厨师煮蛋当夜宵。保温锅也可用来给食物保温，可能曾服务于宫廷盛宴，毕竟这样的宴会可能会持续好几个小时。

我曾花费很多时间，全情投入地在这里寻找宫廷盛宴与宫中日常饮食的残余痕迹，那些时光十分幸福。残余的骨头在前滩上漂移着，有的形成了长长的一排，有的聚集在河堤的角落，十分容易被前滩访客发现——显然，警察接到过很多电话，打电话的人满心忧虑，都以为自己发现了大屠杀的证据。在这些骨头中，我发现过狗的牙齿、猫的头骨和老鼠的下颚，在宫殿的大厅与厨房，这些都是不受欢迎的动物。不过大多数的骨头都源自宫殿中所吃的那些动物。富有的都铎王朝皇室享受着以肉类为主的丰盛饮食。有的牲畜贩子甚至会从遥远的威尔士将牲畜赶来伦敦。乡下的鹅也会被成群地赶到伦敦，为了保护它们的脚，主人会把它们的脚放到柏油里蘸一下，然后裹上沙子。格林尼治发现的大骨头主要来自家畜——牛、绵羊、山羊和猪，它们的体型要比我们今天饲养的商业家畜小得多。有些骨头上还留有小刀与切肉刀利刃的深深伤痕，有许多大骨头都被敲碎了，以便取出内部含丰富油脂的骨髓。

这里也有野生动物的骨头，有鹿、野猪，甚至可能还有海豹和鼠海豚。鹿来自宫殿后方占地 200 英亩（约 81 万平方米）的皇家猎场。我曾发现过一块鹿角，它来自一根曾经十分帅气的大鹿角，可能是用斧头从一端砍下的。我还没有找到过海豹和鼠海豚的骨头，但我知道野猪的獠牙长什么样，我在泰晤士河的前滩发现过很多，尤其是在格林尼治河段。人们认为，英国本土的野猪在 13 世纪就已被猎杀殆尽，后来重新引进的它们的表亲也在 17 世纪消失了。目前，在英国的某些地区还能见到一些较大的野猪种群，它们源自被放生或逃离圈养的野猪。不过，在前滩发现的獠牙很可能来自久远的过去，曾有一个时期，贵族会手持长矛、匕首，带上魁梧的猎犬，与野猪战斗，以考验自己的技能与勇气。

这些獠牙一旦从泥中取出，就无法长久保存，在干燥的过程中，它们会断裂，最终变成一块块锋利的碎片。

需要有一双更敏锐的眼睛才能发现混在这些大骨头以及河泥里的小骨头：小巧的家兔或野兔头骨，以及无数易碎、中空的鸟类骨头。大部分的骨头都是鸡骨头大小，但它们很可能来自孔雀、野鸡、苍鹭、鹳、鹅、鸭、海鸥、天鹅，甚至是火鸡，火鸡是16世纪中期从美国传入的新美味。除了这些鸟类骨头外，还有来自鸽子、鹌鹑、水鸭、丘鹬和许多在宫中被吃掉的鸣禽的易碎叉骨。都铎王朝时期，人们将吃百灵鸟、知更鸟、乌鸫、画眉和红雀视作稀松平常之事，我敢肯定，当时在格林尼治附近的沼泽和灌木丛中，以及在道格斯岛的水域上，应该栖居着成千上万这样美丽而脆弱的生灵。

在周五和周六，以及一年中的许多宗教节日里，人们会用鱼肉替代其他肉类。在河口及更远处捕捞到的海鱼会通过泰晤士河送到上游，人们会用海草将鱼肉包裹起来保鲜，或是放入桶中用盐腌制。淡水鱼会直接从泰晤士河中捕捞，养在水箱和池塘中，要吃再杀。人们吃剩的小鱼骨被完好地保存在了河泥中。你要做的就是看。我会跪趴在地上，尽可能地靠近前滩，一次挑一小块深灰色的河泥来分析。有时我会发现一小堆一小堆的鱼骨，是带尖刺的环形椎骨，这些椎骨曾支撑着鳕鱼、三文鱼、梭子鱼、黑线鳕和鲈鱼那多肉的身躯。这座宫殿中也有着其他的海味佳肴。我发现过背棘鳐背上多刺的"盔甲"，大螃蟹的螯，以及玉黍螺、海螺、贻贝、鸟蛤和牡蛎的壳。

在伦敦市中心和格林尼治的前滩，随处可见牡蛎灰色的壳，粗糙得像长满了疤。纵观伦敦历史，牡蛎是大众餐桌上的常见食物，它们在泰晤士河河口以及肯特和埃塞克斯的海岸被捕获，用桶、筐、板条箱装好，通过泰晤士河运到上游的伦敦，这些壳都是过去无数顿饭留下的古老遗迹。英国当地人认为牡蛎只是用来糊口的食物，但罗马人将它们视作珍馐美味，并向罗马大量出口英国牡蛎。它们曾是穷人的蛋白质来源，尤其是在维多利亚时代，当时一便士就能买到三个牡蛎。然而，在 20 世纪初，排入泰晤士河的污物污染了牡蛎养殖场，牡蛎养殖业随之崩溃。1926 年，人们为增加牡蛎供应引入了入侵性的太平洋牡蛎，但在前滩发现的大多数牡蛎壳都来自本地牡蛎，它们的壳更大，更椭圆，两壳相接处的形状很独特，像个钩状喙。对泥泞寻宝者来说，在远离河口的前滩上发现牡蛎壳，非常有助于推测这里曾经的人口密度，一般有大量牡蛎壳出现的地区就很可能有好的发现。

在格林尼治前滩的近距离搜寻中，我还发现了水果和坚果的残留物，是人们在餐间和餐后所吃。古老的榛子壳和核桃壳在无氧河泥的包裹下，奇迹般地完好保存到了现在。不过它们变得很脆弱、很柔软，吸饱了水，一旦暴露在潮汐中就会迅速溶解。被吃掉的苹果、梨、黑莓和草莓没有留下任何有形的证据，但我找到了李子核、樱桃核和杏核，它们在黑暗中沉睡了 500 年，自己也变黑了。在我的想象中，一个潇洒的廷臣懒洋洋地靠在窗台上，一边俯瞰泰晤士河，一边吃着成熟的樱桃，并把樱桃核吐在了石板地上。它们和其他污物混在一起，可能是在几周甚至几个月后，被一名女佣扫起，倒进一辆手推车，推到木构突堤处倒入了河中。

橙子、柠檬、石榴等不容易碰伤的水果一般是用船运到伦敦的，在抵达伦敦池前，会途经这座宫殿。杏、樱桃等外表更为柔软的水果一般都来自肯特郡专门的果园中，这些进口果树都是由皇家水果商照料。据说亨利八世和安妮·博林都特别喜欢吃水果。在我所发现的杏核中，说不定就有一些来自他们热恋时曾分食的那些杏子。

亨利八世还喜欢吃糖，糖在当时是一种奢侈品。据文献记载，糖是与异域的香料、水果和坚果一起被锁在汉普顿宫的。为国王准备甜食的是甜食商康沃利斯夫人（Mrs Cornwallis），她也是国王厨房人员名单中列出的唯一一名女性，写的是"为国王做布丁的已婚妇女"。我喜欢想象她忙碌的画面：在格林尼治这间巨大、闷热的厨房中，她搅拌着她著名的蛋奶沙司、果冻和温柏果酱。伊丽莎白继承了她父亲对糖的热爱，当她住到格林尼治宫时，糖仍然很贵，但已经广受欢迎，成了时尚。人们会将糖与蔬菜和肉类一起食用，也会用它来保存水果。人们还会用糖来制作各式各样的甜食，包括杏仁蛋白糖霜，这是一种用杏仁和糖制作的"面团"，就像杏仁蛋白软糖一样，它们会被雕刻成精致的装饰品，摆放在宴会餐桌的中央。据说伊丽莎白太爱吃糖了，牙齿都因此变黑了。那些趋炎附势之徒还效仿伊丽莎白，故意用煤烟灰把自己的牙齿染黑，以显得自己很富有，能吃得起糖。

有天早上，就在格林尼治的前滩，一名非常友好的瑞士女士来到我身边。她的英语不是很好，但把意思表达得很明确，她发现了一样让她很感兴趣的东西。她用动作示意我伸出手，然后在我手中放了一颗人的臼齿。它的顶部几乎都磨平了，但除此之外，它的状况非常好，是干干净净的乳白色，与我在河上发现的三颗人类牙齿截然不同，那些牙齿是灰色的，看着很脏，牙根是姜褐色的，牙齿上还有很深的黑色龋洞，都快将整颗牙侵蚀掉了，看着就让我脊背发凉。这颗臼齿让我想起了一位考古学家曾跟我说过的判定牙齿年代的方法。糖和烟草都会让牙齿变色、腐坏，但在伊丽莎白一世时代之前，糖不多，烟草也完全没有，所以人们的牙齿往往都更干净，更少出现龋齿，因此也能用得更久。他们平时吃的面包是用石磨研磨的粗面粉所制，这种面粉常常会有沙砾感，久而久之，他们牙齿顶部的凸起就被磨平了。按照这个理论，我刚拿到的这颗臼齿应该十分古老了。

直到发现了新大陆，并开始让大批奴隶在大片种植园中种植甘蔗，糖才变得便宜，且在更多地方有售。到18世纪，糖的精制成了一门大生意，伦敦出现了数百家制糖作坊，用大小不一的模具制作硬如岩石的糖"面包"。将浓稠的粗糖浆倒入模具，让糖从模具底部的小孔缓慢滴入收集罐中，就会留下棕色的结晶糖。劣质的糖不容易结晶，需要用到更大的模具。白糖的价格要高一些，制作时需要将白黏土溶液慢慢滴进去，把剩下的棕色糖蜜吸出来。模具一旦装满，就将里面的糖面包敲下来，放到60摄氏度的炉子里烘干。

用于制作糖面包的模具是红色的陶器，它们的大块碎片就埋藏在格林尼治码头到德特福德的这段前滩中。德特福德有两个制作这类模具的制陶厂，一些陶器很可能碎在了烧制的过程中，后被收集起来，用以填充和稳定这里的前滩。这些碎片很厚，内侧粗粗地刷了一层白色的黏土浆，这有助于确定它们的年代，因为制糖模具是从 17 世纪晚期才开始刷黏土浆的。所以它们不是为这座宫殿定制的。

都铎王朝的正式宴会并不是自由放任的饕餮盛宴，要遵循严格的礼仪规范。礼仪非常重要。一盘又一盘的食物从厨房里端出，会先呈给国王，再分发给国王的宾客，禁奢令还限制了各社会阶层可享用的菜的数量。红衣主教是九道菜，伯爵是七道，嘉德骑士是六道。他们只能用刀子来切、戳食物，用锡铅合金的勺子来喝汤和吃炖菜，其他的菜只能用手拿，他们的一侧肩膀上会搭一块亚麻布餐巾，用来擦手，至少在皇宫中是如此。

我收藏了不少中世纪早期的骨制、象牙制和木制的刀柄，还有若干骨制的和锡铅合金的勺子。球形的把手和残缺的柄，还有一个橡子尖顶饰，来自一把 16 世纪的锡铅合金勺，与这把勺子搭配使用的应该是一个宽大的圆碗。橡子是治疗霍乱和"血痢"（痢疾）的药物，当时很流行把橡子用作尖顶饰，以象征不朽，并充当护身符。各社会阶层的人都会随身携带刀子和勺子，他们都害怕传染病和其他疾病，这就解释了前滩为什么会有这么多这样的东西。

亨利八世在自己的私人房间用餐就不那么正式了，一同用餐的有时是亲密的朋友，偶尔是他的某一位妻子。你若发现了大型的陶瓷炉，且炉身覆盖有带纹章符号的绿釉陶瓦，则它很可能曾被用于给这些房间加热。我知道有一处前滩可以发现类似这种炉瓦的碎片，但很罕见，我自己也只找到了三块，其中一块还能看到花纹，残余了一根圆柱的顶部，完整的图形可能有两根圆柱，中间是皇室盾徽或都铎玫瑰。相较于金杯和银杯，待在自己私人房间里的亨利八世可能更喜欢用玻璃的高脚杯，这种杯子可能是经常到访该宫殿的威尼斯大使送他的。我在格林尼治发现的高脚杯杯梗与维多利亚和阿尔伯特博物馆收藏的 16 到 17 世纪的威尼斯高脚杯的杯梗一模一样。这种杯梗的形状就像巨大的泪珠，中空，有着彩虹一样五彩斑斓的颜色，杯梗处拥有 400 年历史的玻璃已经开始分层，一层一层非常细微，会像棱镜一样反射光线。它们都听过什么样的情话与宫廷流言呢？

有一段时间，格林尼治的一处前滩格外高产，我在那里发现了伊丽莎白一世时代的精灵烟斗和锤制硬币，都铎王朝的衣钩，一把中世纪的木构手柄，一把 15 世纪的挖耳勺（勺柄是绞线制作的，很细），一个很小的骨制骰子，以及成百上千个风格和尺寸不一的扣针。这里的扣针太多了，我在捡拾其他物件时都得非常小心，以免被它们扎到。也是在这里，我第一次注意到了一种小小的金属管，后来才发现是蕾丝的金属饰物。我当时以为它们都是现代的东西，可能与电路有关，于是把大量这样的金属管都留给了潮汐。

即使是在我还没有那么有经验的时候，我也看得出这个地方很特别。我注意到河水会从附近河堤的低洼地带潺潺流过，因此，每当听到其他河流探索者提到"水闸"，我就明白了。我所寻找的物件或许是被宫中污水冲入河中后困在了某处，逐渐被前滩的淤泥所掩埋。无论如何，这里都成为了我的首选之地。这里出现过一些很迷人的物件，其中有一个残缺的陶制口哨，是14世纪从比利时远道而来的。这个口哨上了黄釉，外形像母牛，但长着长长的兔子耳朵，一个戴着兜帽的骑手正牢牢抓着这两只耳朵；口哨的吹口在它的尾端，而它脸上的表情有些困惑。还有一个有点平的陶制小公鸡，大概有我的小指那么长，伦敦博物馆认为它是一个17世纪的小礼品，是小孩的玩具，在集市上或在流动小贩处花一便士或两便士就能买到。制作它所用的模具由两部分组成，材料是制作烟斗所用的那种白色黏土。它喉部的肉垂上仍留有少量三文鱼色的颜料，这表明它曾经色彩鲜艳。它喙的尖端被碰掉了，尾巴也有大部分缺失，但我还能看到它的长腿和瘦长的体型，这是一个很古老的鸡种，过去是斗鸡用的。

亨利八世在格林尼治宫建了一个斗鸡场，当时，斗鸡在英格兰是一项很流行的运动。它于1849年被禁，但非法斗鸡还持续了非常长的一段时间。有些酒馆有自己的斗鸡场，男人们会聚在那里观看这些可怜的动物。它们的肉垂和鸡冠都会被割掉，好让它们看上去更有攻击性，也有助于防止这些部位在打斗过程中受伤，影响战斗力。还有一种野蛮的游戏，最初只在"忏悔星期二"举行，人们会将一只活鸡拴在地上，或是埋进地里只露出脑袋，然后向它投掷石块或短棒。每扔一下，都要付费给鸡的主人，这就是鸡主人的生财之道。获胜者可以把死鸡带回家当晚餐。在描绘 1683—1684 年泰晤士河霜冻集市的一幅版画上可以看到，一只鸡被拴在冰面上，一群头戴帽子、身着长礼服的男士正兴奋地围在它周围，这证明，在那时这一游戏已不只是复活节的一个习俗了，它已成为伦敦的一个热门消遣。其他泥泞寻宝者也在前滩发现过一些粗糙的铅制小公鸡，外形与我的陶制小公鸡非常像。它们被称为"靶子"，是专为儿童制作的，让他们练习投掷技能，为长大后参与这项成年人的运动做准备。要玩这种"公鸡打靶"的游戏，陶制靶可能太脆弱了，不过，若玩家的目标是彻底摧毁公鸡，它就很适用了。

现在，格林尼治的河堤边铺了两层巨大的石网，试图支撑住河堤，防止它被侵蚀。我特别喜欢的那一块前滩，连同前滩地势最高的那一部分都被盖住了，每次退潮留给我的时间都会少掉半小时。不过，侵蚀一如既往是把双刃剑。它在一点点偷走格林尼治这处中世纪的突堤，它在不断破坏河堤，但它也在帮泥泞寻宝者把宝物冲刷出来，露出那座古老宫殿本身的遗迹。

晚年的亨利八世将注意力转向了汉普顿宫。后来，伊丽莎白虽然将格林尼治宫用作了夏季的主要居所，但从未像她父亲那样喜欢过它。到英国内战（1642—1651 年）结束时，这座宫殿已经年久失修，损坏极其严重了。英吉利共和国毫不尊重它的皇室地位，下令将这个君主行宫改建成马厩，后来又用于关押第一次英荷战争（1652—1654 年）中的战俘。到查理二世时，它已经是一个非常古老的建筑了，而且经历了多年的疏忽和肆意破坏，最终，查理二世决定拆除它。它的许多结构，尤其是那些珍贵的石料，很可能已被运到别处回收利用了，但一些残缺的砖石结构、破碎的地板砖和屋顶瓦片，以及薄而不规则的都铎砖还是流落到了前滩，散落在其表面各处。

在伦敦市中心前滩的瓦砾堆中，都铎砖是很易辨认的。它们要比其他砖块薄得多，中心也没有"凹槽"，这种凹槽是18世纪晚期砖块的典型特征。1784年后，为了少交一点砖税（这种税是为了支持在美洲殖民地的战争，按每一千块砖计算），人们将砖块做得更大了。为应对人们的避税之举，政府又通过了一项新的法律，要对这种大砖块征收两倍的税。1839年，政府规定，砖块的最大体积为150立方英寸（约2.5立方分米）。但这仍然远远大于现代住宅用砖的平均水平，即87.41立方英寸（约1.4立方分米）。

我开始注意到砖块的时间相当晚，在过去的许多年里，我一直忽视了它们，事实上它们惊人地有趣，而泰晤士河的前滩似乎能无休止地供应来自各个时代的砖块。这里有本土的红砖，弗拉芒的"炼"砖（体型较小，呈黄色），还有19世纪的"蓝"砖（耐磨，曾用于建造工业革命时期的桥梁和隧道）。有些砖块上还印有制造者的名字。如果你够幸运的话，可能还会发现印有"钻石大庆"的砖块，它们是为庆祝维多利亚女王在位60周年所制。有些砖块里还嵌着一些陶土烟斗的碎片，也许是制砖工人工作时不小心掉进黏土里的。

建造这座宫殿的砖很可能是用当地黏土制成，有一些至今还埋在格林尼治的河泥中。制作这些砖块时，会在秋天将黏土挖出，让它们越冬分解，这有助于去除黏土中的可溶性盐，等春天来临，就可以制砖了。黏土会被扔进顶部和底部都敞开的简单木框架中，"一击"去除多余的黏土，再移除框架。成型后的砖块会被摊开晾干，直到足够坚固，可以竖着立起。然后，每天将它们翻转一下，完全干透后就可以烧制了。给窑和夹钳加热需要耗费大量木材，即便如此，当时所能达到的温度也远低于现代的窑，夹钳内的温度也很不一致，这意味着有些砖的烧制温度过低，有的则过高，会玻璃化。正因如此，再加上这个宫殿建造项目所需砖块数量非常庞大，需要加快砖的烧制速度，最终出来的砖块质量千差万别。

在这些砖瓦中，我还发现过一些短铅条和一些非常小的玻璃碎片。在都铎王朝，玻璃是很昂贵的，大块的玻璃很难制作，因此窗玻璃都是用铅条将小块玻璃拼接而成，呈斜格图案，这种铅条被称为"有槽铅条"。国王房间的窗户上应该装的是玻璃，但普通人窗户上能装的最好的就是抛光的角、纸或布。面对最恶劣的天气时，许多人也只能扯一块粗麻布来挡窗户。

这些玻璃承载了格外酸楚的回忆。它是否曾装在君主私人住所的窗户上？亨利八世在考虑处死安妮·博林时，是否曾透过这些玻璃看向窗外？当他的女儿伊丽莎白在签署对自己表亲苏格兰女王玛丽的死刑执行令前，感到良心上的挣扎的她是否曾透过这些玻璃看向窗外？亨利可能曾透过这些玻璃看着他的战舰从窗前经过，它们从皇家船坞驶出，前往格林尼治以西。伊丽莎白可能也曾在这些玻璃后，看着她的船只启航前往新大陆，又从新大陆归来。他们是否曾在窗前观察过枯潮？他们能否看到我今天所搜寻的这片前滩？

后来，这座宫殿被一些古典建筑和老皇家海军学院的双穹顶建筑所取代。老皇家海军学院保留至今，最初是由克里斯托弗·雷恩（Christopher Wren）设计的皇家海员医院（Royal Hospital for Seamen），并在 1705 年开放，接收了第一批退休军人，他们都是无法继续在海军服役，且没有其他生活来源的年迈或受伤海员。他们就像陆军的切尔西退休军官团（Chelsea Pensioners），只不过他们被称为格林尼治退休军官团（Greenwich Pensioners），他们的长礼服是蓝色而非红色。这家医院的鼎盛时期是 1814 年，时值拿破仑战争，它接收了 2700 多人，但到 1869 年，入院人数逐渐减少，最终医院被迫关闭。

我想象着他们在医院大楼前的河边散步，他们头戴三角帽，身着传统的蓝色长礼服，抽着陶土烟斗，他们的烟斗有着长长的弯柄，斗钵上铸有皇家盾徽或威尔士亲王的羽饰。我在格林尼治发现的这种带装饰的 18 世纪烟斗比在其他地方发现的都多，我在这里还发现了若干来自 19 世纪早期方形金酒酒瓶的深绿色瓶底。

完整的方形金酒酒瓶是很罕见的。大多数酒瓶都被停泊船只的船体和不断变化的潮汐撞碎了，但我仍在寻找，希望找到一个完整的。曾经，它们非常常见，是运输金酒的标准方法。将这些酒瓶以 6 到 24 个为一组地放入板条木箱中，其锥形瓶身能让运输和存放更安全、更容易，也更节省空间。金酒最初是17世纪从荷兰传入英格兰的，是结束三十年战争（Thirty Years War）后，归乡士兵带回来的。他们在战场上靠喝这种酒取暖，也靠喝这种酒获得钢铁般的意志，这就是"酒后之勇"[1]的由来。这种酒很快就在伦敦街头流行了起来。到18世纪，它成了城市的祸根，由于价格低廉，无论男女，甚至儿童都在大量饮用它。不过，海军的金酒会更烈，据说船长会将它与火药混在一起以测试它的浓度。如果点不燃，很可能是被酿酒师稀释了，或者是被船上的某人稀释了，只为逃离时能多带走一点。

　　我在格林尼治发现过海军纽扣，可能是水手们上下船时从制服上扯落的。得益于设计的变化，它们的年代很容易确定。英国海军最早的纽扣带有非写实的玫瑰图案，花瓣是圆形的，其年代可追溯到1748年军官制服规则的首次应用。1774年，纽扣上的玫瑰变成了锚。1812年，在国家商船队的纽扣设计从普通的锚变成锈迹斑斑的锚时，大多数皇家海军的纽扣也都加上了一个皇冠，以区别于其他服装的纽扣，自此以后，皇家海军纽扣的设计就没有太大变化了。游说制定制服规则的人也正是那些"希望被认出是为王国政府服务"的军官。据说，乔治二世选择蓝色，是看到了贝德福德公爵夫人所穿的外白内蓝的女骑装。一些船长会为自己舰船上的海员制定通用的衣着标准，但不同船只之间鲜少有或根本没有任何统一性，普通海员仍然穿着海军部所规定规格的

---

〔1〕"酒后之勇"（Dutch courage）直译就是"荷兰的勇气"，意思就是靠喝酒得来的勇气。

"工作服"、夹克、背心和裤子，直到十九世纪中期，才有了全体统一的制服。

我曾在格林尼治河边看到了一个随水波翻滚的物件，那是一个很漂亮的瓷头像，来自维多利亚时代的水手雕像，头像上戴着一顶草帽，这是当时海军的标准着装。发现它的地方是一段绵延曲折的台阶底部，纳尔逊（Nelson）[1]的棺材就是沿着这段台阶抬上去的，他战死于特拉法加海战。他的遗体是放在木桶中运回来的，木桶中混合了白兰地酒、樟脑和没药，运回后在皇家医院的彩绘厅中放了三天，供人们瞻仰，共计有超过 1.5 万人前来向他致敬。1806 年 1 月 8 日，人们抬着他又走下了那段河梯，登上了一艘等在河边的葬礼驳船，驳船上是黑色的顶篷。他被送往了上游的白厅，在白厅内的海军部度过一夜后，第二天就是他的葬礼，在圣保罗大教堂举行。

2015 年，我搬离了我珍爱的格林尼治，因为我的龙凤胎长大了，我们家的小房子开始住不下了。我们离开泰晤士河，在河口不远处的海边安了家。但格林尼治仍然会将我吸引回来，它是我的老朋友了，如果不去看它，我会非常想念。我会来这里赶早潮，从太阳刚刚升起，河水还在拍打着绿色的石堤时开始埋头搜寻，直到河水悄无声息地缓缓流回，温柔地催我离开。

---

[1] 海军上将霍雷肖·纳尔逊。

Tilbury

蒂尔伯里

> 下水道猎人有时会发现一些餐具，比如勺子、长柄勺、银柄刀叉、马克杯和酒杯，偶尔还会发现一些珠宝；不过，即使是在他们所谓的如此"走运"的时刻，他们也不会忽略其他更为笨重的物件，比如各式各样的金属、绳子和骨头，他们仍会把背在背上的袋子塞得满满的。下水道里总能发现大量这样的物件，它们总是源源不断地通过住宅的化粪池和排水管被冲到这里。
>
> 亨利·梅休，《伦敦劳工与伦敦贫民》（1851）

　　大雨后的前滩是很恶心的。即使降雨量不太大，但维多利亚时代修建的伦敦下水道根本应对不了现在的人口规模，它原本设计应对的人口规模只有现在的一半，因此下水道中的污水会外溢到直通泰晤士河的雨水道中。每年排入泰晤士河中的未处理污水能填满约 7200 个奥运会规格的游泳池。大雨天毫无疑问就是污水外溢日。你首先会注意到的事情之一就是气味，它会盖过这条河平时干净的碱性气味，取而代之的是一种令人恶心的人工香精的味道，这种气味会一阵阵地涌入你的鼻中，聚集在你的喉咙后侧。越靠近雨水道，气味就越难闻，它会聚集在那里，浸入到泥沙中。

　　下水道本来就常被不可描述的污物包围。下水道上方盖着许多沉重的铁箅井盖，但水涌出时会冲破这些盖子。有些破口非常小，但也有一些很大，人都能爬进去，这就是 19 世纪一伙专职下水道猎人的谋生之道。他们被称为"下水道寻宝者"（tosher），是泥泞寻宝者的地下同行。梅休描述他们为"强壮、结实、健康的男人，总是面色红润"，他们地下冒险所得的收入在当时的工人阶级中是最高的。"他们有时会把胳膊深深地插入淤泥和污物中，一直没到肘部，然后从中掏出一些硬币，有先令、六便士、半克朗，偶尔也能找到半英镑和一英镑的金币。在下水道底部的砖块之间，最上层的灰浆都被磨掉了，他们经常在这些地方发现竖着卡在里面的硬币。"

下水道寻宝者穿着很独特，一件油腻腻的、有大口袋的棉绒长外套，一条帆布裤子和一件帆布围裙，围裙上系着个灯笼。他们手持一根长杆，长杆一端是个很大的铁锄头，用来耙淤泥，也能帮他们在淤泥中站稳；长杆还可以用作防御武器，击退下水道里成群的硕大老鼠。

下水道寻宝者有很多绰号，比如"瘦长的比尔""高个的汤姆""独眼的乔治""短胳膊的杰克"，他们一般都是三或四人一起工作，从河上的下水道出口进入下水道，在被冲入下水道的东西中寻找一切有价值的物件——硬币、钉子、废金属、珠宝、盘子、刀叉。这是一个危险的职业。1840 年，法律禁止人们未经授权进入下水道，这也是该活动主要在夜里进行的原因之一。下水道寻宝者冒着各种生命危险：可能会被涌入的潮水淹死；可能迷失在数英里长的破败下水道中，被污物释放的有毒气体毒死；也可能被老鼠咬上一口，感染败血症，而这往往也是致命的。

他们之间流传着各种怪诞离奇的故事，比如关于汉普斯特德下水道中所住野猪的传说，还有关于老鼠女王的传说。老鼠女王是一个超自然的生物，据说会在下水道寻宝者干活时隐身跟着他们。如果看上了其中一人的长相，就会变身为一个漂亮的年轻女人，不过脚上仍是爪子，眼睛仍像老鼠一样会反射光线。她会去引诱那人，奖励他发现好物的运气。不过，他若是得罪了她，运气就会立刻变坏。据说，有个叫杰里·斯威特里（Jerry Sweetly）的下水道寻宝者，他在与老鼠女王做爱时，因为被咬了脖子，就怒斥了女王，但她这样做其实是为了保护她的情人们不受其他老鼠的伤害。她给予了杰里·斯威特里在下水道寻宝的好运气，但诅咒了他的妻子，他的第一任妻子死于难产，第二任落入河中淹死了。他的孩子们都很幸运，但据说在斯威特里家族的每一代人里，都会有一个孩子是异瞳，一只眼睛是蓝色，另一只是泰晤士河的颜色，这是为了让他们记得自己祖先与下水道女王之间的这个小冲突。

自罗马统治时期开始，泰晤士河就一直被当作方便的垃圾倾倒场。伦敦桥上的房屋和两岸建筑中的垃圾和人类排泄物会直接倒入河中；市里所有厕所与化粪池中的污物都会用老式板车运到河边，倒入河中；市里各处垃圾堆中不断堆积的垃圾会定期被铲起，运到河边倾倒；对在河边工作的屠夫、皮匠和鱼贩来说，它也是一个有用的仓库。到19世纪，它几乎成了一个潮汐式的下水道，水面布满浮垢，有街道上的污物、家庭垃圾、动物粪便和城市壁炉里的灰烬。冲水马桶越来越受欢迎，但与它们相连的下水道是直通泰晤士河的，终于有一天，伦敦不断增长的人口打破了这一平衡。到19世纪40年代，每天都有200吨人类排泄物涌进泰晤士河。1858年，每一个漫长又炎热的夏日结束后，河面上都会飘出恶臭难当的气味，议会大厦几乎被废弃。这就是有名的"大恶臭"，为了寻求解决之道，英国还通过了一项议会法案。

工程师约瑟夫·巴泽尔杰特（Joseph Bazalgette）受命设计一个大型的下水道系统。该系统就修建在泰晤士河前滩填埋地上新建的河堤中。该新系统会拦截现有的下水道，将污水引向伦敦的东部边缘。巴泽尔杰特的下水道改善了伦敦市中心的水质，但问题并没有就此解决。污水只是流向了伍尔维奇以东的泰晤士河下游。克罗斯尼斯和贝克顿的下水道排污口周围形成了巨大的"泥"岸，两股发酵的污水不断涌出，散发着恶臭的有害气体将这里的河流变成了一个黏稠、恶臭的化粪池，随着每一次的潮汐慢慢流向大海。1878年，"爱丽丝公主"号明轮船与一艘运煤船相撞，沉没在泰晤士河中这一污染最严重的河段，此刻，其真正的恐怖之处才显现出来。船上共有900名乘客，只有约130人幸存，这起事故至今仍是英国和平时期最严重的一场灾难。水中的化学物质将尸体的衣服都漂白了，让他们的皮肤都变了色。污水让尸体过度膨胀，不得不制作超大号的棺材才装得下。那些有幸从河中被搭救起来的人，有很多都因喝过河水染病而亡。

生活污水和工业废水源源不断地排入河中，二战期间的炸弹破坏了伦敦的下水道系统，这些都让这一问题雪上加霜。最终，

1957 年，自然历史博物馆宣布泰晤士河"在生物学意义上已经死亡"，其调查结论是，邱（Kew）到格雷夫森德（Gravesend）之间的泰晤士河中已经没有鱼了。20 世纪 60 年代，一场清理泰晤士河的运动开始了，到 20 世纪 70 年代末，泰晤士河被认为已经"复原"。现在，这条河比人们记忆中的更加干净，且生活着超过 125 种鱼。泰晤士河河口是英格兰最大的鳎产卵地，牡蛎也回来了，泰晤士河的浑水中甚至还生活着龙虾。更内陆的河段生活着又长又黑的水蛭以及河蚌。潮头，每到繁殖季节，多刺的红喉刺鱼就会在浅滩上快速地游来游去，并在岸边的柳树阴影里产卵。有一次，我在哈默史密斯看到了一条小小的鲇鱼，它与身体不成比例的硕大脑袋直面着平缓的水流，守护着身下砂砾中的一堆卵。幸运的话，在一个阳光明媚、浅水区清澈见底的日子里，我或许能看到一条小比目鱼翻过身来，漂浮在我的靴子上。

　　如今，有一些人赞颂泰晤士河是全世界最干净的城市河流，但它仍然携带着一些危险的微生物。大多数在泰晤士河上划过船的人都曾出现过"泰晤士河胃肠不适"的病症。我就有过，而且据我所知，还有几个泥泞寻宝者也曾因神秘疾病而病倒，甚至住院。污水外溢还给前滩带来了各种各样恶心的垃圾。在退潮后的前滩，能看到密密麻麻的湿纸巾、卫生巾和避孕套，还有五颜六色的"河岸线"，那是数以千计的塑料棉签、卫生棉条易推导管、一次性塑料隐形眼镜盒和塑料洁牙棒。污水外溢后，几乎所有能塞进马桶的东西都会出现在前滩：塑料沐浴玩具、梳子、一次性剃须刀、牙刷和牙膏管。医疗废物也一样会出现在前滩：结肠造瘘袋、插管、生理盐水塑料容器、输液袋、注射器、药品包装，我甚至还看到过一根医院腕带，上面用蓝色墨水写着患者的姓名、出生日期和住院编号。

我有时会想，在我所发现的一些最私人的物件中，是否也有一些来自污水外溢：眼镜、助听器，还有一颗相当吓人的假眼，我发现它时，它正在泥里朝我眨眼。这是一件艺术品。这颗杯子状的小玻璃体是为其主人量身定制的，那淡绿褐色的虹膜和遍布眼白的毛细血管逼真极了，让我久久难以忘记。我毫不犹豫地将这颗眼睛带回了家，但若发现的是假牙和牙板，我是不敢摸的。它们那用硬橡胶做的肉粉色牙龈和亮白的瓷牙会带有一种令人毛骨悚然的私密感，还会让人觉得有点脏，哪怕是来自 20 世纪 50 年代或更早时期的也不例外。

不过最糟糕的是，我有时会在污水外溢后发现隐藏在砂砾堆中的黄灰色物体。它们是已凝固的腐烂的“油脂块”。这种长在伦敦下水道里的油脂块可以变得非常巨大。迄今为止发现的最大油脂块位于白教堂街道下方，比伦敦塔桥还长，据估计，其重量相当于 11 辆双层巴士。它们是由脂肪组成的，源自从厨房和餐厅下水道倒入的污物，它们会凝结成块，粘附在下水道壁上。当它变大时，它会吸引更多的脂肪，这些脂肪就像污水中的有机物质黏合剂。在它不断长大的过程中，湿纸巾、厕纸、皮下注射器的针头和卫生用品也会嵌入其中，它会渐渐变得像混凝土一样硬，最终，要么会堵塞下水道，要么分解成许许多多散发着恶臭的油脂团被冲走。

在伦敦市中心，污水外溢的垃圾在清晨的潮汐中往往显得更加恶心，因为此时的泰晤士河还不繁忙，还没有过往船只的尾流能把垃圾冲走。随泰晤士河流出的垃圾也有季节变化。1月份会看到被剥去了精致节日装饰的圣诞树漂在河中顺流而下；新年过后，香槟酒瓶散落前滩，尤其是桥附近；在温布尔登网球公开赛期间，大量的网球会在河中随波浮沉，漂向河口。冬天的前滩会有更多的咖啡杯，夏天会出现更多的塑料瓶和食品包装。这些都是现在最常被冲上前滩的垃圾。

在伦敦东部，泰晤士河会流经更偏远、更破败的地区，这里出现的垃圾往往更大：自行车、摩托车、汽车轮胎和购物手推车。这些垃圾大都会在倾倒的地方慢慢下沉，但我也见过随水漂远的冰箱和汽车保险杠。有些东西看起来就像已被丢弃多年；也有一些看起来很新，像是刚刚被抛弃。在伦敦的这一地区，人们或许更容易在不被发现的情况下将重物运到河边丢弃。

这条河会对垃圾进行分类，就像个有强迫症的老人一样。它会将塑料瓶、食品包装和聚苯乙烯聚集在水湾处和河堤角落，它会让棉签、吸管和塑料瓶盖组成一条细长的河岸线。在靠近河口处，它会把各式各样的漂浮物聚集到五颜六色的巨大堤岸上，将它们堆积在前滩高处，通常是在弯道的外侧。除了水位最高的大潮外，其他任何时候的河水都无法触及它们。弯道处也有下沉点，在弯道内侧，水流会减速并悄悄卸下所携带的"货物"：在人眼看不见的河面之下，湿纸巾与塑料袋随水翻滚着。河水用淤泥填满了这些塑料袋，好让它们下沉，它还把许多湿纸巾变成了一条厚厚的海绵毯子。在哈默史密斯，河中的湿纸巾太多，已经形成了一座小岛。我第一次注意到它是在几年前，当时我踩到了一个巨大的隆起物，很像一堆棕色的破布，结果，我惊恐地发现，那是一大堆肮脏的湿纸巾。我上次去的时候，这座岛比我初见时大了许多。它拦住了三根树枝，而这些树枝正在拦住更多流经的垃圾。一只鸭子正高兴地坐在这块肮脏的"礁石"上，我突然意识到，我们的垃圾正在改变这条河的地形。

目前，一条巨型的"超级下水道"正在施工中，该下水道有24英尺（约7.3米）宽、16英里（约25.7千米）长，大部分都深埋在哈默史密斯与莱姆豪斯之间的泰晤士河下。建成后，它会将伦敦的污水都储存起来，然后引入城东升级后的污水处理厂，让污水外溢彻底成为历史。大型漂流物都由伦敦港口管理局的浮木收集器处理，目前这样的被动收集器有十六个。它们就是些漂浮的巨大笼子，固定地点都是精心挑选过的、携带最多垃圾的水流流经之处。每个笼子都只有一个系泊设备，每次涨潮，它们都会在系泊点周围摆动，在水流中张开大口，将河面往下4英尺（约1.2米）深范围内的垃圾拦住，困在笼子后方。每个笼子每年可收集多达40吨的垃圾，这些垃圾有许多都会被运往下游处理。

伦敦的生活垃圾会被运往四个主要的河边收集点，在那里装船，由巨大的垃圾驳船运往东部。其中一个垃圾收集点在坎农街，带着黄褐色铁锈的垃圾驳船等候在河边，随潮水起起伏伏，伴随着嘎吱的响声和低沉的轰鸣声。退潮时，它们会顺流而下，被拖船拖到贝尔维迪尔（Belvedere）的一个垃圾焚化场，该焚化场就位于伍尔维奇的泰晤士河防洪闸（Thames Barrier）以东。这座城市的垃圾会在至少 850 摄氏度的高温中焚烧，热量会用于发电。所产生的副产品，即灰烬，会再装上驳船，沿河运到更东边的蒂尔伯里，在那里，它们会被加工成建筑骨料，为这座耗电的城市新建并维修道路。

但这种处理伦敦垃圾的方法相对较新。在我刚开始频繁前往泰晤士河时，这些垃圾驳船会在满潮时顺流东去，前往位于泰晤士河北岸埃塞克斯的"清理沼泽"（Mucking Marshes）垃圾填埋场，该填埋场位于坎农街下游 32 英里（约 51.5 千米）处的泰晤士河河口边缘。从 19 世纪晚期开始，伦敦的垃圾就一直在运往这里。在那之前，垃圾比较少，也不太需要用这种方式来处理。在此之前的几个世纪中，伦敦垃圾的种类没有太大变化：灰烬、陶器、骨头和贝壳。私人承包商花钱购买分类整理这些垃圾的特权，以便从中找出他们可以转售的物品，剩下的大部分垃圾都会被焚化。但到 1890 年，一切都变了。大规模生产意味着商品更便宜了，而普通人的口袋里也有了更多可购买商品的钱。企业对此的反应是生产更多、更便宜的产品，而这些产品所用包装基本都是不值钱且用后即扔的。随着伦敦的人口越来越多，消费不断增加，垃圾也失去了原有的价值，各行政小区当局不再付钱处理当地的垃圾，而是开始付钱雇人把它们运走。他们买下了肯特郡和埃塞克斯郡河边便宜、偏远的沼泽地，用驳船把成吨的伦敦垃圾拖往东部的这些填埋场倾倒。

埃塞克斯有数英亩[1]的河边沼泽已被伦敦垃圾填满。"清理沼泽"垃圾填埋场接收伦敦垃圾长达五十年，直到 2011 年才关闭，当时它盖上了一层 100 英尺（约 30.5 米）高的"馅饼皮"。现在的它已被改造为一个自然保护区。不过，再往西一点，就在格雷夫森德对面的蒂尔伯里，仍有一个老旧的垃圾填埋场，里面的垃圾正在溢出河岸，落向前滩，进入河中。

最初吸引我来到蒂尔伯里的是好奇心。我从其他泥泞寻宝者那里听说了在河岸工作的挖瓶人的故事，以及瓶子沙滩（Bottle Beach）上有一直延伸向远方的瓶子和玻璃，我想要亲眼看看。我去的次数不多，每次去都是从格雷夫森德出发，那里的码头上有小渡船，大约每半小时一班，不过时刻表有点让人看不懂，真正的发船时间可能会有点随机。至少是从 500 年前开始，在格雷夫森德和蒂尔伯里之间就已经有定期往返的商业渡船了，目前在用的渡船是（至少我大概一年前去的时候看到的是）"公爵夫人"号，这艘船很古老，已经锈迹斑斑，驾驶室的窗户都碎了，只撕了些纸箱盖住防风。我走入其他乘客之间，与他们一起静静地排队上船。这些乘客主要是从格雷夫森德商店回来的当地人，有几个男子带着山地自行车，还有一些步行的人。

进入船内，"公爵夫人"号的设计是很基础的，我有一种明显的感觉，它已经很多年没有任何改变了。船的边缘有一些木长

---

[1] 1 英亩约为 4046.9 平方米。

凳，还有几把用绳子绑在边上的旧厨房椅，以防它们在浪大时滑动。室内太热、太闷，凝结的水珠顺着肮脏的窗户滑下，滴到了铺着油毡的地板上。每次门一打开，河上的冷空气就会涌入，这股冷空气十分诱人，让我很快就决定要站到外面的小甲板上完成后续的"旅程"。一名男子解开绳索，船长折起报纸，我们出发了。"公爵夫人"号的发动机轰鸣着快速旋转起来，释放出一团难闻的柴油黑烟将我们笼罩，退潮的水短暂地让它偏离了航向。从水面看，河水似乎流得很慢，但实际流速很快，渡轮挣扎了一番，才回到了正确的航向，开始平稳地朝北岸驶去。这段旅程很短。五分钟内我们就抵达了蒂尔伯里。

我们停靠在旧邮轮码头的尽头，该码头站点是一座低矮坚固的砖房，已经废弃，旁边有一段长长的木头跳板，我们就是从这里上岸的。这个游客上下船的码头是1930年开始运营，20世纪60年代关闭的。曾经获得资助的"十英镑英国佬"就是从这个码头启航前往澳大利亚开始新生活，1948年，"疾风"号也是将第一批来到英国的加勒比海移民送到了这里。该码头如今已经废弃，破败不堪。老旧的浅绿色和乳白色油漆正在剥落，许多窗户都被砸烂了，曾经支撑着部分屋顶的金属大梁也已锈迹斑斑。厚重的木门被挂锁锁住，我眯起眼睛，从门缝看进去，那是一个宽敞的大厅，屋顶是半玻璃的。大厅里还有一个满是灰尘的独立售票处，从售出最后一张票的那天起就再没人碰过它，它被冻结在了时光中。

这里的火车站于1992年关闭，但船舶码头于1995年重新开放，今天正好是登陆日。一艘游轮停靠在码头房屋前，这一地区到处是汽车和出租车，十分嘈杂。在码头后面，数千辆新进口的汽车整齐地排列着，成堆的集装箱也正等着被运上停泊在蒂尔伯里码头的大型集装箱船。蒂尔伯里码头是由东西印度码头公司（East and West Indian Dock Company）于1886年开办，但直到20世纪60年代末伦敦市中心的码头和仓库关闭后，该码头才体现出了真正的价值。它临近大海，能够容纳大型集装箱船，这两大优势让它最终获得成功，现在已是英国三大集装箱港口之一。但我没有在此逗留，立即向东走去。我还有一段路要走，而潮水已经开始退去。

泰晤士河的埃塞克斯河段是个很奇特的地方，它丑陋而美丽，遍布杂乱无序的工业设施与错综复杂的电力塔，背后是广阔的天空，但随时可能乌云密布、狂风暴雨。我在一个酒馆前找到了一条河边小径，这个酒馆叫"世界尽头"，与它的地理位置很贴切。这里有一道混凝土河堤，但很低，可以看到河堤后面。我一边走一边观察河堤后退去的河水。这里的河面比西边我常去的那些地方都要宽阔得多，我下方的前滩很平坦，很开阔，都是很深的半流质河泥。我不会冒险走上这片前滩。河水的细流在前滩上冲刷出了一个个微小的"山谷"，一只孤零零的涉禽正在被冲上岸的海草间觅食。在这里，我能感觉到大海。光线已经变了；它更明亮、更干净了，我可以看到几英里之外。

蒂尔伯里是伦敦的女佣、轮机舱、废料堆和保护者。在污水处理厂和即将被拆除的发电站前矗立着蒂尔伯里堡（Tilbury

Fort），它就位于港口综合设施的外缘，周围是灌木丛生的沼泽地，黑白相间的长毛马正在沼泽地里吃草。蒂尔伯里堡最初是由亨利八世为保护伦敦而建，用来防范敌人从泰晤士河沿岸入侵。到17世纪晚期，这里扩建了独特的星形防御工事，从空中俯瞰很有未来感。1588年，伊丽莎白一世在它附近发表了英国历史上最著名的演讲之一。在西班牙无敌舰队抵达前，她将自己的军队集结于此，她一身白衣，胸前一件闪亮银甲，胯下一匹白色战马，在演讲中，她强调了自己作为女王的力量，并承诺在战斗中与战士们同生共死。在靠近污水处理厂时，我闻到了污水的味道，但也注意到了墙上生长的黄色地衣。我很确定它们不会生长在有污染的地方，因此推测这里的空气虽然难闻，但一定很干净。我以前路过这座堡垒时，还只能看到一小片一小片的地衣，如今，这里盛开了又圆又扁的花，硬硬的，有茶碟那么大，它们互相争抢着生存空间，不断覆盖着下面的混凝土。

我的目的地是发电站外的一个"小海湾"，路上有一段不长的金属楼梯，走下楼梯，我就能从发电站前经过。楼梯一侧是一堵高大的混凝土安全墙，顶上是生锈的带刺铁丝网，墙上布满各种老式涂鸦、脏话和人名，还有一些胡乱的涂画。宽阔的柏油路消失了，现在是一条满是尘土的狭窄小径，沿着墙边蜿蜒曲折，穿过了一直延伸到前滩的芦苇丛和青草地。尘土中与芦苇间都能看到五颜六色的东西，那是纠缠在一起的棉签、吸管、瓶盖以及各种零碎的塑料物件，它们都是大潮曾漫到此处的证据。我路过了一个红色的足球，它已经干瘪开裂。大块大块的浮木搁浅在岸上，有树干、突堤碎片和电线杆，都已褪色腐烂，被河水冲刷得更加残缺不全。

我走到了一条混凝土走道下，这条走道前方是个大突堤。建突堤的时候，发电站还在运行，且一度需要大型船只运来多达6.6万吨的煤。如今它的景象很是萧条，挂着一圈圈带刺铁丝网，有着更多乱七八糟的涂鸦。不过到了这里，我离"小海湾"也不远了。突然，混凝土安全墙到头了，地面开阔了。我可以看到沼泽里遍布的电缆塔，还有高空中划过的白色飞机，空中还有一个很小很小的飘忽的点，那是一只振翅的云雀，它正在用发狂般的歌声填满这片寂静。

在蒂尔伯里，我有两个寻宝点，这个"小海湾"是第一处。它比第二处那片又长又直的无人沙滩更加宁静怡人，更让我感觉舒服自在。河水已经在岸边侵蚀出了一个小小的半圆，这里的水很深，旁边是一个突堤，停泊着两三艘驳船，它们将我的四周都围住了。走在上面的小径上时，我就已经看到了散落在前滩各处的瓶子和瓷器碎片。我知道在我脚下还有成千上万这样的物件。这里曾经也是埃塞克斯的一个沼泽垃圾场，它正在慢慢侵入河中。自人们开始将垃圾倾倒于此至今，海平面上升了大约4英寸（约10.2厘米），加上缺乏河堤的保护，非常高的潮水正在慢慢挖出河岸中埋藏的宝藏，正在将这座古老的垃圾填埋场一层又一层地剥开。

我蹚过高高的草丛，手脚并用地跳过挖瓶人留下的深洞，最后从陡峭的河岸滑行而下，一大堆残缺陶器还有充满灰烬与煤渣的薄薄尘土随我滚落，犹如滑坡。此刻潮水很低，我环顾四周，想看看它留下了些什么。我被长达一个世纪之久的垃圾所包围，既有家庭垃圾，也有日常生活中的普通废物。我目力所及几乎都是玻璃、陶瓷和生锈的金属，所有的东西都是残缺的、破碎的、磨损的和空的。

我之前去蒂尔伯里的收获有：被打碎的瓷娃娃的头；扭曲的铅制玩具；老式圆镜框用的单片玻璃镜片；旧鞋；还有一个很大的棕色的陶制热水瓶，外形像一条面包，有残损，塞子也不见了。我还发现过：一个被压平的玩具婴儿车；一个压扁的烟盒；一个钱包的金属框架；破碎的玻璃灯罩，里面仍是被煤烟灰熏黑的样子；白色厚壁的公用陶制餐具，上面还印着关闭已久的酒店、餐厅和咖啡馆的名字；破碎的装饰品，只剩头、腿、躯干和空的底座；一只无头的玻璃猪；一个瓷制的圣诞蛋糕装饰物，是个小小的"雪宝宝"，穿着毛绒绒的白色套装，曾骄傲地坐在某人的蛋糕顶上；还有一张八十年前的报纸，被压成了一团，湿漉漉的，已经发黄，但打开之后仍然可读，上面刊登了一张简单的日常生活快照，当时二战还没有发生，人们的生活还没有被搅得天翻地覆。其中一版上刊登了一些二手汽车（一辆1933年产的戴姆勒汽车售价175英镑）和消食药的广告。另一版上刊登着招聘广告，不过只有"F"和"P"开头的工作：有经验的炸鱼师；大理石拱门的鱼贩；英国皇家空军的修理工；冲压车间的楼层检查员；钢琴抛光师；钢琴染色工；钢琴修饰工和粉刷工。它太脆弱了，没办法带回家，我只能将它留下，让它随下一波潮水漂走。

　　堆满了一层又一层垃圾的低矮峭壁上挂着各种人造丝织物、丝绸，甚至还有早期的尼龙长袜，它们就像风向袋一样在微风中飘扬。我周围满是残缺开裂的茶壶壶身、壶嘴和壶盖。这一切都非常英式，我能想象到，人们曾经用躺在这里的茶壶倒过、喝过数百万杯的茶。大多数的茶壶内壁都被单宁酸染成了褐色。有些茶壶上带有精致的图案，绘着淡彩的花，另一些则很普通，只上了深绿色和蓝色的釉。最常见的茶壶是"褐色贝蒂"（Brown Betty），这是一种传统的深褐色釉面茶壶，在 20 世纪初最受欢迎。维多利亚时代的人认为用"褐色贝蒂"泡出来的茶是最好的，因为它圆形的壶身可以让茶叶在壶中更自由地循环流动，释放出更多的味道。

　　这里有许多陶器都是家用的青花陶，花纹大部分是转印的，这是 18 世纪中期发展起来的技术，能够让陶器跟上新兴中产阶级对负担得起的装饰性餐具的需求。到目前为止，最常见的设计是柳树图案，这是英格兰制陶工根据进口中国陶器的图案改动而来。当这些陶器进入河中时，它们身上的柳树图案通常已成碎片，这些图案中画的是水边风光——一棵柳树、一艘船、一座佛塔式的房子以及一座桥，桥上站着三个人，水面之上，两只情意满满的鸽子正俯冲向水中。若将这些碎片拼到一起，还是能看到一个关于爱与奉献的故事，尽管这个故事是制陶厂为提升销量而编造的。其中一个故事版本（与中国史实毫无关系）是，在中国古代，有一个富有的高官，他漂亮的女儿爱上了一个卑微的账房小厮，这让他非常生气。他赶走了那个人，并在宅子四周筑起了高高的篱笆，让这对恋人无法相见。他计划让女儿嫁给一位有钱有势的地方官。官员带着给新娘的珠宝乘船而来。婚礼就定在柳树花落的那一天，但就在婚礼前夜，账房小厮化装成仆人潜进宅子。这对恋人带着珠宝从桥上逃了出来，父亲手持鞭子追赶在后。他们逃上官员的船，到了一座小岛，在那里幸福地生活了许多年。后来，官员发现了他们的藏身之处，派士兵去杀他们，但被他们的誓约所感动，不再要他们的命。最终，神明将这对恋人变成了鸽子。有鸽子的碎片也是最受前滩收藏者欢迎的。

在蒂尔伯里各式各样的慷慨馈赠中，最出名的还是瓶子。你一眼就能看出挖瓶人在哪儿寻过宝。为了寻找这种玻璃宝物，他们会在河岸上挖出一个个兔子洞一样的坑。他们会把不要的瓶子扔到下方的前滩上。这里的瓶子太多了，我不得不设个底线，只将与众不同的、漂亮的或很小的带回家。在这个"小海湾"，小小的鱼酱罐都是按打计算，棕色、矮胖的保卫尔[1]玻璃罐也是各种大小都能找到。散落其中的还有墨水瓶、曾经装过橄榄油和丁香油的细长管形瓶，以及压印有药剂师名和"清洁产品""灵丹妙药"等文字的玻璃瓶。在蒂尔伯里，很重的那种深棕色厚瓶口啤酒瓶很常见，挖瓶人一般对它们不屑一顾。但我很幸运，我找到过一个比它们稀有得多的科德瓶，瓶中的弹珠都还在。我还找到了一个 19 世纪晚期的怡泉鱼雷瓶和三个维多利亚时代的毒药

---

〔1〕 保卫尔（Bovril）是个品牌名。

瓶。到 19 世纪晚期，许多有毒物质的售卖变得很普遍，几乎任何人都能买到。为避免人们将砒霜与消食药混淆，毒药都装在彩色的玻璃瓶中，瓶身还有浮雕的图案和设计，人们在黑暗中或昏暗的烛光下也能一摸就知。我有一个很漂亮的深蓝色毒药瓶，还有两个翡翠绿的。它们让我想起了《爱丽丝梦游仙境》里的魔法药水瓶。只是我的瓶子上没有写着"喝我"，而是写着一个更可怕的警告："有毒，不可食用"。

在这片满是煤渣的深色泥滩上，不透明的白色玻璃奶瓶十分显眼。曾用来装润肤膏和化妆品的压制玻璃罐也是随处可见，但我对它们也是很挑剔的，我只收集来自 20 世纪 20 年代，带有几何、线性和装饰艺术设计的那些，它们代表的是爵士时代、飞来波女郎[1]和无拘无束的年代。或许，它们曾与偶尔才会从河岸上滚落下来的香水瓶共用过一个梳妆台。我有一个非常特别的小瓶子，来自 1905 年左右，它是香水制造商科蒂（Coty）和两家世界顶级玻璃制造商合作生产的。它的瓶身由以水晶玻璃闻名的巴卡拉公司（Baccarat）设计，它那小花环绕的精致磨砂瓶塞则是由勒内·拉里科（René Lalique）设计。我曾努力想拔出它的瓶塞，闻一闻底部残留的淡黄色香水，但它塞得太紧了，我至今仍不知道这个曾被爱德华七世时代的女士用在手腕上的香水是什么

---

[1] 飞来波女郎（flappers）出现于 20 世纪 20 年代，指不受社会旧有习俗约束的年轻女性，她们崇尚的生活方式在当时被许多人视为惊世骇俗、不道德或非常危险。但现在，她们被认为是美国第一代独立女性，为女性减少了在经济、政治和性自由方面的障碍。参考：https://www.history.com/topics/roaring-twenties/flappers

味道。

　　我的第二个寻宝点位于该"小海湾"以东150码（约137.2米）处，那里的瓶子与碎玻璃数量之大，为其赢得了"瓶子沙滩"之名。河岸上的瓶子外溢，滚落到了前滩，各式各样的玻璃覆盖了整整半英里（约804.7米）长的区域。这条河正在逐渐将它们改造成"河玻璃"，它让它们遍布前滩，并把它们冲刷成一堆堆光滑多彩的玻璃卵石。这就成了另一种宝物了，对海玻璃收藏家很有吸引力，但那天的沙滩上只有我一个人。我在那里待了四个小时，连个鬼影都没看见，这也许是件好事，毕竟我最近听说了关于瓶子沙滩的隐秘恐怖。

　　瓶子间还躺着数百块正在变质的黑色小电池。最近，这片河岸上也开始出现塑料袋和合成纤维的服装。该垃圾场的这一部分没有"小海湾"那么古老。这里的瓶子有助于确定它的年代，我甚至还认出了其中一个瓶子，那是一个四分之一品脱的牛奶瓶，与20世纪70年代我们在学校里用过的那种很像。据我大胆猜测，这里的垃圾可追溯到20世纪50年代左右。家庭垃圾、商业垃圾和工业垃圾混在一起，事实上，没人真正知道这里都有些什么，在有记录之前就已有人在此倾倒垃圾了，不过，最近对瓶子沙滩的土壤调查发现了石棉、铅、砷和镉。这里充满了有毒物质和致癌物，更不用说塑料微粒了，它们正在被冲进河中，流向大海。

　　我很高兴当我听说此事时，我已戴上了乳胶手套，从那以后，我再也没有来过蒂尔伯里。反正这里的泥泞寻宝方式也不是我喜欢的。这里不存在真正的狩猎与发现，只是在垃圾堆里捡东西罢了。这里堆满了大规模生产的产物，其中有许多本来就是一次性的。这些东西都距今太近了，而且太多了。它们的故事大量地混杂在一起，那些过去的声音响亮而愤怒：无数孩子的哭泣和无数主妇的咒骂。每一个被打碎的装饰品都是一声叹息，每一个被破坏的玩具都是一个小孩的坏脾气。

蒂尔伯里描绘了一幅新兴消费主义的图景，描绘了一个正处于过度放纵边缘的社会。它让我们瞥见了自己最近留下的遗产，这一眼是令人沮丧的。我们祖先遗留下来的木头、稻草、芦苇、皮革和骨头大部分都已腐烂，而他们所制造和使用的砖块、瓦片、陶器、陶土烟斗和玻璃制品也正在慢慢风化、剥蚀和磨损，最终都会归于尘土，回到它们来的地方。蒂尔伯里是在提醒我们，我们今天扔掉的东西是永久的。它讲述了一个过度消费和肆意浪费的故事，它向我们传递了一个关于未来的信息。我们可以把垃圾运到东部，藏进垃圾填埋场。我们甚至可以在垃圾填埋场上建立自然保护区。但其中的许多垃圾永远不会消失。

Estuary

泰晤士河河口

> 我在岸边发现过尸体吗？是的，好几个呢，八个或九个吧。找到一具尸体就能得五先令的奖励；但若能找到一个好点的船用格栅，或是几英寻[1]的电缆，我会更高兴。找到尸体的麻烦太多了，要接受讯问，还有这样那样的各种事情，太不划算了。不过，出于人性，你看到一个同类的尸体，无论男人、女人，躺在那里，也不可能放任不管。你也知道，如果你不管他们，下次涨潮，潮水就会将他们再次带走。
>
> 詹姆斯·格林伍德，《泰晤士河岸的拾遗者》，
> 出自《伦敦苦工，众生相》(1883)

当泰晤士河的河水离开蒂尔伯里，继续向东流向大海时，它会绕过下希望角（Lower Hope Point），这是一片荒凉平坦的沼泽地，上面蜿蜒曲折的小溪和排水渠纵横交错，还有星罗棋布的低矮建筑，这些建筑都已废弃，是1921年关闭的一家火药和爆炸物工厂的遗迹。"下希望角"这个名字很乐观地暗示了这条河即将抵达终点，旧的旅程即将结束，新的旅程即将开始。不过，从很多方面来看，这条河的旅程其实永远没有终点。它会在河口处的某个地方悄无声息地与北海汇合，汇合点会随着风、天气和潮

---

〔1〕 1英寻约为1.8米，一般是测量水深的单位。

汐的变化而变化，当平衡打破，这里会出现更多的海水而非河水。

下希望角位于泰晤士河南岸的胡半岛（Hoo Peninsula），即肯特一侧。胡半岛是一片沼泽地，曾经位于英格兰撒克逊人的一个行政区内，这些行政区被称为"百户区"。曾经的"胡百户区"十分繁荣，直到16世纪，这片咸水沼泽中繁殖的蚊子开始传播疟疾，摧毁了这里的古老社群，这一区域逐渐荒凉，变成了无法地带。北岸，即埃塞克斯一侧，至少还有伦敦的深海货运港口——伦敦门户港，以及地平线上的一大片灰色区域——滨海绍森德。南岸至今仍然荒凉、偏远、空空荡荡，这是一片阴冷但美丽的土地，有着青灰色的天空和常年刮风的无树沼泽。与阿贝尔·马格维奇匍匐着逃离监狱船，偶遇年轻的皮普时相比，[1] 这里几乎没什么变化。皮普的家人就排成一排，躺在胡半岛一个古老教堂的墓地中，十分令人同情。

在这里，并没有能够抵达河边的简单方法。既没有刚好在河边下客的火车和公共汽车，也没有通向水边的河梯。大多数地方都是无法去到前滩的。再加上这里的潮汐变化很快，淤泥很深，对泥泞寻宝者来说十分危险。我从来没有试过独自来这里，我总是和朋友詹姆斯（James）一起，他会提前给海岸警卫队打电话，让他们知道我们会来这片潮泥滩。詹姆斯熟知这片泥滩，这对我

---

〔1〕 阿贝尔·马格维奇（Abel Magwitch）和皮普（Pip）都是狄更斯经典小说《远大前程》中的人物。

来说也能多一双留意潮水掉头的眼睛。

我们通常都是赶清晨的潮汐，约在远离河边的停车场碰面，当我跳上詹姆斯的车时，天还黑着，我们沿着蜿蜒曲折的空荡道路开了约十五分钟，路过了沉睡中的房屋和幽暗的教堂，才来到了第一道金属的农场大门前。这一路会有好些这样的农场大门，门后都是崎岖不平的小路，路的尽头就是那片植被丛生的沼泽草地。继续一路颠簸，青蛙都被吓得跳到了我们的前灯上，十分钟后，终于抵达高耸河堤的底部，这里是沼泽的尽头，是它与河流相接的地方。不过，我们还得走很久才能抵达一个能最安全登上前滩、开始寻宝的地方。

我们寻找的主要是 17 和 18 世纪的葡萄酒瓶，瓶身是近乎黑色的墨绿色，非常漂亮。根据形状，它们也分为不同的类型，比如"洋葱瓶""轴和球瓶""木槌瓶"，变化形态介于它们之间的被称为"过渡瓶"。它们都是无模人工吹制的，因此每一个都独一无二，这太令我开心了。它们或多或少都有点瑕疵，比如瓶身中的小气泡，还有吹玻璃工在转动吹管上的玻璃时留下的小扭曲。尽管河水是善变的，并不愿意放过它们，但厚厚的柔软河泥将它们保护了下来。早期的这种酒瓶是很难找的，找到就是走运，我们经常一无所获。不过，有一次，正好是我不在的时候，詹姆斯一下子发现了好多个，多到都没办法全部带走。他就拿了四个，剩下的拍照存证了。但当我们下次再去时，它们已再度消失在河泥中了。

离开舒适的汽车，天开始亮了，我能闻到空气中的咸味。我们穿戴好工作马甲和防水装备，确认好手机电量就出发了，沿着河堤底部步行。走着走着，太阳就从身后升了起来，温暖的橙色光芒洒满了这片空荡荡的沼泽，这并不会持续太久，阳光很快就会变得猛烈而刺目。恰逢三月，我们希望能遇到水位非常低的春分潮，河水能退得足够远，暴露出我们的猎场，给我们留出足够的寻宝时间。

黎明时分，四周的鸟儿苏醒过来，我看不见它们，但能听到数百只鹅和鸭子的叫声，远处还传来了一只杓鹬孤独的哀鸣。我们走了可能有四十五分钟才终于抵达了能安全翻越河堤的地方，河堤上有少数丛生的干草，我们就是拽着它们往上爬。之前，我们被河堤挡着，一直看不到河，当我们爬上堤顶，河风迎面而来，眼前的景色太美了。目之所及，是绵延数英里的泥滩，表面平坦有积水，水面反射着晨光。泰晤士河河口没有清晰的边界，这里是河海交汇之处，陆地、水面与天空交融在一起。远处，我几乎都分不清哪里是河；北岸犹如一条黑色铅笔画出的线，分隔开了混凝土色的水面与上方浅灰色的天空。

朝东望去，地平线上有些斑点，那是默恩塞尔海上堡垒[1]，由一个个看着就像是外星哨兵的金属塔组成，它们是二战中为防御德国袭击而建。朝西望去，视线被下希望角的河堤所挡，船工石（Waterman's Stone）就在那座河堤之后。船工石是一座方尖碑，

---

[1] 默恩塞尔海上堡垒（Maunsell forts）修建于 1942—1943 年，是二战时期的防空要塞。参考（含图）: http://www.xinhuanet.com/world/2017-09/13/c_129703057.htm

标志着老泰晤士河船工执照有效范围的最东端。就在我现在所处位置以东还有两座方尖碑：肯特郡一侧的伦敦石（London Stone）和埃塞克斯郡一侧的乌鸦石（Crow Stone）。伦敦石建于 1856 年，矗立在扬特利特海湾（Yantlet Creek）口，该海湾位于胡半岛最远端的谷岛（Isle of Grain）。那里几乎无法到达。另一座方尖碑乌鸦石矗立在滨海绍森德的泥滩中，只有在枯潮时才能靠近。在这两座方尖碑之间，有一条无形的线横跨泰晤士河，名为扬特利特线。该线距离伦敦桥大约 34 英里（约 54.7 千米），曾经标志着伦敦金融城对这条河捕鱼权和通行费的控制范围。

我将外衣拉链高高地拉到耳边，这才翻过河堤，从另一侧的混凝土斜坡滑下，落到一堆岩石上。这些岩石被棕色的墨角藻所覆盖，十分湿滑，这也证明潮水能够漫到这么远的地方。除了穿过这片湿滑的岩石堆，我别无选择。我双手五指张开，向前匍匐而行。我可不想一跤把骨头摔断。这片岩石和海藻的尽头还不是泥滩，是一片狭长的黄沙滩，沙子的颗粒很粗，我在这里停了片刻，开始为即将要做之事做准备。

我朝那看不见的扬特利特线瞥了一眼，又迅速看了一眼前方我即将要尝试征服的潮泥滩，这才踏出这片令人心安的弧形狭长沙滩，走入像蛋奶沙司一样的深泥滩。顷刻间我就下陷了 6 英寸（约 15.2 厘米），我的脚必须不停踩踏，才能避免陷得更深，一旦停下，就会被卡住。因此，我不得不停地往前走，我身体前倾，半弯着腰，屈膝踮脚，以免创造出真空。这样走是很难受的。我试着在泥滩表面滑行，下脚的时候尽可能轻且用力均衡。我感觉自己像个能够从宣纸上走过却不弄破它的功夫大师，然而事实并非如此。我只是一个身高5英尺10英寸（约1.78米）的中年妇女，身穿铁蓝色防水服和工作背心，脚上的惠灵顿长靴有点大了，一直在往下滑。

我费力走了约四分之一英里（约402.3米）后，不小心绊了一跤，啪嗒一声双膝跪地，惠灵顿长靴也摔掉了一只，只剩袜子的那只脚嘎吱一下踩进了冰冷潮湿的泥浆里。我挣扎着单脚站起，扭动着转过身子，试图把陷在泥里的靴子拽出来，但有泥浆，我没办法抓牢它。而且，因为我此刻是站着不动的，我的另一只脚不断下沉。发现我遇到麻烦的詹姆斯立即赶来救我，他嘭的一声把我的靴子从泥里拔了出来，那声音可太美妙了。詹姆斯帮我重新穿好靴子，拽着我脱离了困境，并拉着我的胳膊，帮我往前走。我们朝一处表面颜色更深的小丘走去，那里四处散落着砖块，河泥更加坚硬，我们可以休息一下。

詹姆斯真的非常擅长泥滩行走，这一点让我很嫉妒，我在这方面太差劲了。有一次，为了避免我陷得太深，他给我买了一双充气雪鞋，但我穿上后总是摔跤，最终把它们弄破了。我观察过他，试图模仿他的走路方式，但我还是会下沉。他个子高，脚比我的大，我乐于认为这就是他的秘诀，但其实我知道，更多还是技术问题。他有我所没有的技巧，那是一种快速的滑步方式，需要扭转身体和单脚跳跃。

当我们到达小丘时，我已经精疲力竭。我必须做个决定。如果要继续往前，我必须确保自己有足够的力气返回。我是否应该听从理智，放下继续前往那些酒瓶所在地的渴望？如果放弃，我很可能会慢慢走回泥滩边缘，去寻找罗马统治时期的陶器碎片和维多利亚时代的瓶子，河水有时也会把这些东西冲到岩石与沙滩的交界处，又或者，我可能会再次匍匐穿过长满海藻的岩石堆，去找冲到水边的塑料，在那一条线状的塑料堆里寻找带有信息的漂流瓶。我过去发现过不少这样的瓶子，里面塞有儿童关于海盗和荒岛的绘画和奇思妙想，有关于被俘公主、入侵外星人和超级英雄的故事。我还发现过非常私密的纸条，看到过被困住和被丢弃的心魔：有衷心的祝福，有遗憾和失望，还有一份对挚爱之人的亲密告别。

有些瓶子会漂流很多年，比如1999年在泰晤士河河口发现了一个漂流瓶，瓶中的信写于1914年，是一名士兵在穿越英吉利海峡前往法国的途中写给妻子的，塞在一个姜汁啤酒的酒瓶里。信上写着："先生或女士，少年或少女，恳请您帮忙转交这封随附的信，为您祈福，来自一名正奔赴前线的可怜的英国士兵，1914年9月9日。列兵 T. 休斯（T. Hughes）亲笔，第三陆军远征军第二达勒姆轻步兵团。"12天后休斯被杀，这个瓶子在海上漂流了84年才最终被渔网捕获。休斯去世时，女儿埃米莉（Emily）才两岁，当人们在新西兰找到她，并将这封信转交给她时，她已经86岁，为人祖母了。

有时，我就只是单纯享受待在这个小丘上的时光。我做过很多次，这件事有种神奇的力量。只要没有风声在我耳边咆哮，这里就足够安静，我能听到藤壶在它们圆锥型外壳中旋转的声音，也能听到四周虫洞打开的声音。只需平视，我就能看见巨大的集装箱船从水面划过，队形紧凑的涉禽成群飞过。我会坐在那里，痴迷地望着在地平线上翻滚前进的深色雨幕，这时，詹姆斯往往已经变成了远处的一个亮黄色小点。在泰晤士河河口，坐在河泥堆出来的小丘上，会让我体会到最令我兴奋的绝对遥远的感觉。不过，这一次我决定要继续深入这片泥滩。

在前方的泥滩中，泥泞寻宝的方式与别处截然不同。低头看是毫无意义的，大多数时候，除了极普通、什么都没有的泥浆以外，你什么都看不到。你得往远处看，那些黑点看上去就像是在泥滩上方盘旋一样。在这片广阔的泥滩上，詹姆斯知道早期酒瓶最有可能被冲到哪里，不过即便如此，我们还是经常带着裹满泥浆的衣服、发疼的腿和累红的脸颊空手而归。这里更容易发现维多利亚时代的瓶子，但这种瓶子很重，会拖慢我的速度，所以我一般不会收集它们。我会把它们立着插在泥里，这样回来的时候，我就更容易看到它们，以防我空着背回去。詹姆斯有时也会把一些发现物留在泥滩上，包括两个头骨，我真希望他把它们带回来，但那对他来说太占地方了。我们也判断不出它们从何而来，或许是从上游冲下来的，或许是死去水手的遗骸，有人在船启航前往上游港口前将它们从船上扔了出来。这是一种既便宜又方便的掩盖船员疾病的方式，若有船员患病，这艘船就可能无法停靠码头，船上的所有人都无法获得报酬。

在泰晤士河上发现人类遗骸并不稀奇。泥泞寻宝者在散落前滩的各种牛骨、猪骨、羊骨和马骨中发现过人类的指骨、牙齿还牢牢插在牙槽中的颌骨、肋骨，以及又长又光滑的臂骨和腿骨，但要在一堆骨头中认出它们来还是需要些解剖学知识，我肯定自己就曾因认不出它们而错过了许多。不过我曾发现的那块头骨绝对是人类的，没错。它是淡黄色的，有点脏，像一个浅口的杯子，刚好能放入我的手掌，我可以根据它的大小和形状辨别出它是人类头骨。它内侧有微小的沟槽和隆起，那是某人大脑曾经压过的地方。它的边缘参差不齐，是沿天然颅缝断裂的。它看上去非常古老，与泥泞寻宝者在前滩发现的大多数人类骨头一样，但以防是谋杀案件，还是得将它们通通报告给警方。

我并不觉得人类遗骸瘆人。事实上，我一直对它们很感兴趣。我十岁时第一次发现人类骨头。那年，我的生日礼物是去伦敦地牢（London Dungeon）参观。伦敦地牢是个恐怖景点，当时就位于伦敦桥站之下。那里真的非常恐怖，激发了我对恐怖事物的迷恋。离开之后，我和妈妈去了南华克大教堂内的墓地吃我们的自带午餐，这时我的脑袋还在因各种恐怖的联想而嗡嗡作响。我的午餐是蜂蜜三明治和一罐百事可乐，吃饱喝足之后，我决定要探索一下我们周围这片小小的绿色空间。仔细修剪过的玫瑰花丛刚刚被翻开，令我高兴的是，在刚刚开始变黄的泥土上，有半块人类的下颌骨，上面的牙齿还很完整。对我而言，这就是完美一天的完美结尾。

我赶紧吃完了袋子里的薯片，把我刚发现的宝物装了进去，并在别人看见之前将袋子塞进了我的牛仔裤口袋。作为一个刚满十岁的孩子，我竭尽全力克制着自己想在回家的火车上偷看它一眼的冲动，只剩我一人时，我立刻将它拿了出来，凝视着。它古老而易碎，很多年前就断了，可能是被园丁的叉子弄断的。其中两颗牙齿保存得非常完好，令我高兴的是，其中一颗牙上有一个很大的黑色龋洞，已经把四分之一的牙齿都蛀掉了。这块下颌骨两侧均有几个空的牙槽，这些牙齿要么是生前掉的，要么是最近掉在玫瑰花圃里的。

这块下颌骨成了我五斗柜博物馆里的明星，我给它准备了一个专属的盒子，盒子里垫着揉成一团的粉色棉纸。我幻想着它的主人可能是个邪恶的海盗，可能是个戴着褶边系带女帽的老太太，也可能是个在决斗中被杀的勇士。一连好几周，我每天放学后都会去看它，直到有一天，它消失了。我四处寻找，责怪过家里的狗，甚至怀疑它有自己移动的神奇能力。我始终没有找到它，多年以后，母亲才坦白，她注意到我越来越频繁地去到谷仓，有些担心，就去我的博物馆里翻找，找到的这个东西把她吓坏了。这块下颌骨并不是自己消失的；母亲把它带去交给了当地的教区牧师，牧师将它埋进了神圣之地[1]。

在前滩，有时会有完整的人类头骨，甚至是完整的人类骨架破土而出。2009 年，一名泥泞寻宝者就在枯潮时的道格斯岛上发现了一个半埋在泥里的头骨，警方将它取走，在确定这并非最近的死亡事件后就将它转交给了伦敦博物馆。经放射性碳测定，它

---

[1] 这里的神圣之地（consecrated ground）应是指基督教的墓地。参考：https://www.collinsdictionary.com/us/dictionary/english/consecrated-ground

的年代可以追溯到 1735 年到 1805 年间，当时这一区域几乎是荒原，只有西侧河边有一排风车。8 个月后，考古学家再次回到发现该头骨的地方，找到了一具基本完整的骨架，后来证明是一个 12 岁的小女孩。埋葬她的洞故意挖在了靠近枯潮水位线的前滩上，这就使挖掘工作变得困难。当水位达到最低点时，他们只有约一个小时的时间可用于挖掘遗骸，而且每次有船经过，船只的尾流都会淹没这里，很可能会将这些骨头冲走，因此，他们的动作必须十分迅速。他们迅速地逐根捡起骨头，并拍照存证，直至将这个女孩完全带离这个冰冷而孤寂的坟墓。她的生平与死因仍是个谜。我们不知道她是死于意外还是谋杀，也不知道谁会为了让她的尸体不被发现，千辛万苦跑到这么偏远的地方来处理。

尸体有着无数种进入泰晤士河的方法。乔治王朝时期和维多利亚时代的伦敦出了名地危险，很容易有人失踪。尸体的处理毫不费力，扔进流经首都的泰晤士河即可，臭气熏天的泰晤士河是个很有用的共犯。它吞噬过老人的尸体，让其亲属不用因贫穷的葬礼而蒙羞；几个世纪以前，它还隐藏过瘟疫患者的尸体，不让他们会因此而感到恐惧的邻居知晓。就连搭乘渡船渡河都危机四伏。湿滑的楼梯和突堤、昏暗的灯光，以及经常喝得过量的麦芽酒或金酒，它们意味着有许多人自己坠河，然后与这座城市的垃圾一起被冲走了。也有人从停泊在泰晤士河边的船上跌入河中，绳索会绊倒粗心的人，木制甲板在雨中会变得湿滑。在河边酒馆喝了一肚子格罗格酒[1]的水手也常会掉入河中。当时的人们认为，会游泳的水手运气不好，许多水手进入戴维·琼斯河流储物柜[2]的时间比他们自己预想的要早。

泰晤士河沿岸发生的战斗也增加了这条河的负担。罗马人在河岸上与英国人战斗；维京劫掠者乘坐他们的大划艇前往上游攻击撒克逊人；在公元60年，伟大的爱西尼女王布迪卡（Boudicca）围攻了罗马统治下的伦敦，屠杀了她所到之处的所有男人、女人和小孩。这里有18世纪拿破仑一世时期死在监狱船上的囚犯，也有二战时在泰晤士河广阔河口地区坠机身亡的飞行员。每一个世纪，这条河中都会出现更多的战争受害者。

他们的尸体沉入褐色的水中，随着潮水翻滚而去。肿胀的血肉与骨头分离，戒指从手指上脱落，鞋从脚上滑落，刀从腰带上掉落，剑从手中滑落。衣服脱离尸体，陷进厚厚的泥浆中。随着布料的腐烂，一串串的钮扣、带扣、袖扣和胸针被留了下来，等待着泥泞寻宝者去发现。潮汐和水流通常会将尸体卷到距离它们落水点许多英里开外。有些尸体永远不会被发现，它们要么被深深地吸进了河泥中，要么被冲到了遥远的海里。我听人说，在河口发现的有些尸体里长满了河虾和螃蟹，还有一些尸体肿得被误认成了扶手椅。

如果你在泰晤士河周围待的时间足够久，迟早会遇到完整一

---

〔1〕 格罗格酒（grog）是一种烈酒。
〔2〕 戴维·琼斯（Davy Jones）是18世纪船员对海中恶魔的称呼，进入戴维·琼斯的储物柜（Davy Jones's locker）比喻的是葬身海底，此处是指葬身河底。

具或部分的尸体。几年前，一名泥泞寻宝者就在伯蒙德塞发现了一只被砍下的人脚，它来自附近一场特别恐怖的谋杀案。水警部队每年会打捞到大约 35 具尸体，其中约 90% 是自杀，还有一些源自悲惨的事故，但无论如何，泰晤士河都是接收受害者的大师。落入河中是否能幸存要取决于一系列的客观条件：潮汐、水温和落水的高度。四月的泰晤士河最冷，冬天的那几个月耗尽了它可能拥有的所有热量；九月的泰晤士河最热，积攒了它用一整个夏季吸收的阳光。但它从来没有真正"热心"过，突然坠落水面的冲击力就足以让心脏停止跳动。

我在泰晤士河见过两具尸体。第一次是在从道格斯岛前往莱姆豪斯的河边小径上。这天的大潮水位格外高，河水比平时更接近河堤顶部。天空灰蒙蒙的，是个阴天，有些寒冷。河水与乌云一样阴沉，风拍打着我的脸。我在小径的拐弯处驻足片刻，回头望向河中，就在这时，我看到了她，她被河堤挡住了，水流带不走她。她穿了一件深色的外套，面朝下漂在水中，双臂张开，长长的头发散开，像一个柔和的光环。小小的波浪轻轻在她头上荡漾，她看上去十分安详，宛如天使。那一刻，我自己都感到惊讶，我居然没有丝毫的恐慌和震惊，反而感觉自己与被潮汐送到我面前的这个女子有着深深的联系。我不认识她，但我是在她经历了人生最后且最私密的一刻后，第一个来到她身边的人。

我第二次见到尸体是在某天凌晨的伦敦市中心。两名警察比我早到，正站在尸体旁讨论下一步的行动。我经过时，瞥见了躺在他们之间的那具尸体，是个年轻男子，黑短发、白衬衫、牛仔裤，面朝下躺在被侵蚀得凹凸不平的驳船床上。他看上去并不像摔倒后滚到河里的。他的衬衫还扎在裤子里，头发已经干了。他很像是在睡觉，只是躺着的姿势很别扭，两只胳膊压在身下，屁股微微翘起。其中一名警察发现我在偷看，我有点尴尬地移开了视线。当我返回经过这里时，他已经被带走了。时至今日，我仍不喜欢在发现他的那个地方逗留、寻宝，但我经常想起他，很好奇他是谁。

泰晤士河的河口有着荒凉之美，但也无情，它的潮汐和水流夺走过许多人的生命。据估计，约有1000艘遇难船只和几架飞机正沉睡在它的河床上，我得知其中一架飞机的存在是源于我在前滩偶然发现的一样物件。几年前，我发现了一个小小的胸针，是黄铜压铸的老式飞机造型。它的状况不太好，所有的绿色珐琅和背后的别针都不见了，我只能依稀辨认出它机翼上写着的名字——"艾米"。它的一侧翼尖上有一幅迷你的英国地图，另一侧是澳大利亚地图。这些线索引领我找到了它的故事。"艾米"是艾米·约翰逊（Amy Johnson），1930年5月，她独自驾驶飞机从英格兰飞往澳大利亚，飞行了19天半。起初，这次飞行只是她个人的一件小事，但随着航程的推进，她成了国际媒体关注的焦点。人们写了很多关于她的歌，为她铸造了纪念徽章，我找到的就是其中之一。

我以前从未听说过她，当我读到关于她的故事时，我了解了这位非凡人物的生平与死亡。艾米·约翰逊是首位在一天内从伦敦飞到莫斯科的飞行员，她创造了从伦敦飞到开普敦的单人飞行纪录，还创造了从英国飞到日本、从英国飞到印度的飞行时间纪录。她的飞行生涯一直持续到了第二次世界大战。"二战"中，她加入了新成立的航空运输辅助编队（Air Transport Auxiliary），驾驶英国皇家空军的飞机前往全国各地。1941年1月5日，她从布莱克浦飞往牛津附近的基德灵顿皇家空军基地时，因恶劣天气偏离了航线，但在飞机坠向泰晤士河河口时跳了伞。英国皇家海军"黑斯尔米尔"号（Haslemere）的船员发现了一个在大雪中飘落的降落伞，紧接着就看到一个戴着飞行员头盔的人在水中向他们呼救。他们眼看着水流拉着她离螺旋桨越来越近。虽然她已经没有了获救的希望，但海军少校沃尔特·弗莱彻（Walter Fletcher）认为自己还看到了一名乘客，于是跳入冰冷的水中，试图营救那名乘客。他失败了，并在几天后因受冻死于医院。约翰逊很可能是被卷入了船只的螺旋桨叶片中。后来，她飞机的部分碎片，以及她的航空日志、支票簿和旅行袋都被冲到了附近的岸上，但她和那名"乘客"的尸体一直没有找到。

在我前方，詹姆斯转过身来。我能看到他的嘴唇在动，但他的话被风吹走了，我摇了摇头。他指了指手表。我们已经在这里待了快两个小时了，是时候该走了。河水在我们身边快速而悄无声息地流过，目前仍是朝着海的方向，这很好，但它会在三十分钟内掉头。我看着我们的脚印，像蛇一样蜿蜒绕过了一片片深深的泥潭，远处岸边，我们曾踩着休息的碎石已经消失。我们距离需要返回的地点还很远，而且回去的路也不是一条直线。我们必须先沿着来时的脚印向东走，再向南转，前往岸边的安全地带，这挺耗费时间的。

在我们返回的路上还立着好几个维多利亚时代的瓶子和普通的粗陶罐。如果经过时还有力气，我会将它们收集起来，尽管它们并不够特别，不过，我认为我很大概率不会带走它们。我对今天的发现十分满意：我们发现了三个早期的无模人工吹制的葡萄酒瓶，瓶身上都已长了藤壶；一个漂亮的陶土烟斗，斗钵上有一圈缠绕的玫瑰和蓟；还有一个戈斯内尔兄弟樱桃牙膏（Gosnell Brothers Cherry Tooth Paste）罐的盖子。我曾见过这些罐子，它们的盖子上通常都有年轻的维多利亚女王的肖像，因为制造商声称，"欧洲所有宫廷"都使用过这种牙膏。不过直到现在，我才意识到这些罐子曾经是多么鲜艳。我刚从河口泥滩中拔出这个盖子时，它还如新的一样，色彩十分鲜艳，不过片刻后就被空气氧化了，它就在我眼前一下子老了150岁。

我们开始步履沉重地往回走，詹姆斯半拉半扶着我。他的另一只胳膊下夹着一个珍贵的酒瓶，另外两个在我的背包里。这些瓶子都在往外漏着泥水，我的背包底部都有泥水在不断滴落，但我本来也不怕把手插进泥里。我满脸都是溅到的泥点，之前脱落过的那只惠灵顿长靴里也有泥，温暖而柔软，走起来吧唧作响。这可真是"泥泞"寻宝。当我开始累了时，我们正好看到了一个小小的碎石堆，刚好够我俩站在上面。我们缓了口气，休息了一下双腿。我望向陆地，虽然越来越近了，但似乎仍然远到令人绝望。我又回头看了看，视线越过詹姆斯，看到了我们前往水边时踩出来的那串蜿蜒的脚印。身后的潮水已经掉头，正在追赶我们。

河中不同地方的河水流速不同，这也跟天气条件有关。流速主要受潮汐影响，不过帕特尼上游的流速也受流经特丁顿水闸的水量影响。伦敦桥上游的流速通常在 1 到 3 节之间。伦敦桥下游一直到伍尔维奇这一段的平均流速为退潮时 2.3 节左右，涨潮时 2 节左右。到了更下游的河段，潮水的流速会受大气压和风的影响，它们可能会与潮水共同作用形成正风暴潮，也可能反作用形成负风暴潮。在泰晤士河河口，潮水的平均流速是 2.6 节，即 3 英里 / 小时（约 4.8 千米 / 小时）。人类在正常平地上的平均行走速度约为 3.1 英里 / 小时（约 5 千米 / 小时）。我估计我们现在的速度只有 2 英里 / 小时（约 3.2 千米 / 小时）。

紧追在后的河水让我想起了 1953 年 1 月的一个寒夜，一堵水墙淹没了泰晤士河河口，涌进房屋，卷走了很多人。河口是泰晤士河上最先受海水影响的地方，当异常高的潮汐遇到北海的风暴潮，泰晤士河就会泛滥。关于伦敦洪水的记载可追溯到公元 9 年。公元 38 年爆发了一场大洪水，据说有多达 1 万人丧生。1663 年 12 月，佩皮斯在他的日记中写道，这是"人们记忆中英格兰最大的一场潮水"，白厅都被淹没了。伦敦市中心发生的最后一场大洪水是在 1928 年的深夜，在哈默史密斯和米尔班克（Millbank）河段，河水漫过河堤，造成 14 人溺亡，街道上的积水深达 4 英尺（约 1.2 米）。这场洪水把 T.J. 科布登－桑德森藏在花园墙中的骨灰都冲了出来。根据记录，几乎每个世纪，上游的强降雨遇到来自北海的风暴潮都会引发严重的洪涝灾害。根据均值定律，伦敦将在不久后再次暴发洪水。

在泰晤士河河口外侧，唯一的保护措施就是防波堤和防汛工事，它们在 1953 年的洪水之后都得到了改进和更新。保护伦敦市中心的最重要建筑是位于伍尔维奇的泰晤士河防洪闸，它是全球最大的移动式防潮屏障之一。自 1982 年投入使用以来，该防洪闸共计关闭了 183 次：96 次是为了防止潮汐洪水泛滥，87 次是为了防止潮汐与河流出现引发 1928 年洪水的那种相互作用。它的设计寿命为 200 年，但人们对此表示怀疑：防洪闸上的纪念匾写着，"在这里，潮汐受制于风、月亮和我们"，但其中并没有提到海平面上升和全球变暖。

泰晤士河防洪闸每月测试一次，还会部分关闭以进行维护。在此期间，上游会发生一些怪事。有时，水面会下降得极其缓慢，永远达不到正常的枯潮水位；有时，它会长时间停留在远低于正常情况的水位上，上涨的速度也会快于平时。我都会尽量记住在计划去河边之前先确认防洪闸的状态。防洪闸每年只会为抵御大潮而完全关闭一天，通常是在 9 月或 10 月，届时，低水位会持续数个小时，泥泞寻宝的可用时间可能会延长至一整天。

泰晤士河河口中央是这条河最宽、最强大的地方，站在这里，我突然想起了农场里的那条小河。有时，我一觉醒来就认不出它了，它淹没了花园，不再如平日里那般清澈平缓，而是变得浑浊，充满愤怒，缓慢地向草坪高处爬去。父母告诉我，他们刚搬到这里时，这条河曾淹没过我们的房子。它先是穿过了猪圈，然后渗进了地窖，流进了厨房，在地上留下了一层厚厚淤泥和猪粪。有一次，我的哥哥们穿着惠灵顿长靴被洪水困在了后门边，爸爸不得不开着一辆拖拉机去救他们。这条河的河道在我出生之前就变直了，且进一步向北移动，不过，每当我躺在床上，听着雨水落在头顶旧瓦片上的声音时，我仍会感到恐惧，害怕这条河突然变脸，再次侵入我们的房子。

此刻，当我看着河水越来越近，恐慌便涌上了心头。在伦敦市中心时，潮水会缓慢没过河床，轻柔拍打我的脚后跟，将我一点一点推离前滩，推回河堤边，河堤边通常会有一段楼梯或一把梯子，能让我回到安全的地方。此刻，在离潮水来源如此之近的地方，水的流速很快，你还没有反应过来，它就已经淹没了泥滩，填满了隧道。快速移动的潮汐将会追上我们陷在泥泞中行动迟缓的腿，它会迅速包围沙洲，切断我们返回岸边的路。潮水已经淹没了我们留在身后的脚印，很快就会淹到我们脚下，抹去我们正在制造的脚印。若站在这里不动，等潮水冲到混凝土河堤下满是海草的岩石处，即几小时前我和詹姆斯所站的地方，我就会被淹没在至少 12 英尺（约 3.7 米）的水下。

我望向陆地，计算着还要走多远，想象着河水逆流而上的画面。这条河就像一条卡其色的巨大蛇龙，轻抚着自己的宝藏，它盘绕着把宝藏藏在身下。它绕过了下希望角的弯道，经过蒂尔伯里的垃圾场，盖住那些残破的瓶子和茶壶，让咒骂的家庭主妇和哭闹的孩子安静了下来。

在布莱克沃尔，它流过朝圣者和冒险家们掉落的物品，绕过道格斯岛，抵达格林尼治，为下一次枯潮整理着都铎盛宴的遗迹。

在我的脑海中，我看着它流过库科尔德之角，进入伦敦池，在废弃军舰的骨架上玩耍。在前往伦敦塔桥的路上，它拔出了河泥中的钉子。现在，它要穿过这座城市了：先是经过特里格巷，上周，就在这里，它给了我一块贝拉明酒瓶的碎片，上面有半张灰白的胡须人脸；再是奎因海瑟，我在这里收集过许多乔治王朝时期的陶土烟斗；接着向西，绕着沃克斯霍尔的史前遗迹快速旋转。抵达哈默史密斯后，它检查了一下藏有特殊秘密的地点，确保交给它保管的那些金属字体还好好的，不会落入泥泞寻宝者之手。接着，它缓慢向西，前往潮头。大约四个半小时后，河水抵达特丁顿水闸。在这里，它将深吸一口带着泥土与树叶气味的空气，然后再踏上返回大海的旅途。

我的腿开始僵硬，我知道自己需要继续前进。我转身背对着河，离开碎石堆，回到泥滩上。我向陆地又蹒跚前进了几英尺，但我在河流中的祖先们紧紧抓住了我的靴子。他们不想让我离开。我盯着远处那片狭长的黄沙滩，强迫自己穿过污泥，为了分散注意力，我开始回忆本周的潮汐时间表。我已经精疲力竭，但我已在计划下一次的寻宝。未来七天的潮汐都很理想，我确信，只需要稍微调整一下计划、稍微恳求一下、稍微动点脑筋，我就能根据潮汐重新安排我的日程。我明天得去学校接孩子们放学，但周五在伦敦桥附近有个会议，散会后应该能抽出时间快速地寻个宝。我在脑海里告诉河中的祖先们：我很快就会再回到河上来陪你们的。

佩吉·琼斯,

著名的泥泞寻宝者,

在黑衣修士桥。

R.S. 柯比(R.S. Kirby)出版于 1805 年 6 月 28 日,
伦敦豪斯场圣保罗(London House Yard St. Pauls)。

Acknowledgements
致谢

在泥泞寻宝的这些年里，我遇见并咨询过许多专家学者，我的知识只及他们的皮毛。他们帮助我把无名的物件变成了鲜活的历史，帮助我理解了这条河本身。我要感谢很多人，感谢他们在我为写作本书做研究时提供的帮助，感谢他们帮我审读、确认书中提及的事实。我还要感谢其他泥泞寻宝者们，感谢他们与我分享自己的故事，他们是真正明白这条河的价值及其宝物价值的人。感谢大家的善意、帮助和支持，由衷感谢：

安东·范普鲁（Anton Vamplew，天文学家）、希泽·哈沃德（Chiz Harward，考古学家）、克里斯·库德（Chris Coode，供职于慈善机构"泰晤士河21"）、克里斯·奈特（Chris Knight，供职于圣奥斯泰尔啤酒厂）、克莱尔·牛顿（Claire Newton，摄影师、画家）、船工与驳船夫公司（Company of Watermen and Lightermen）、戴夫（泥泞寻宝者）、大卫·希金斯博士（David Higgins，陶土烟斗专家、国家烟斗档案馆和陶土烟斗研究学会主席）、大卫·皮尔逊（David Pearson，朴茨茅斯玛丽·罗斯信托基金文物保护经理）、大卫·鲍威尔〔David Powell，铅代币专家、《铅代币电讯》(*Leaden Tokens Telegraph*)主编,帮助我了解了罗伯特·金斯兰的故事]、埃利奥特·雷格(Eliott Wragg,考古学家)、菲奥娜·费恩黑德博士(Fiona Fearnhead,自然历史博物馆古生物学家)、菲奥娜·豪伊博士(Dr Fiona Haughey,前滩考古学家)、杰拉尔德·A. 利文斯(Gerald A. Livings,威斯康星珠宝商、复制金属饰物制造商)、格雷厄姆(泥泞寻宝者)、希瑟·科尔曼(Heather Coleman,陶土烟斗制造者)、伊恩·理查森(Ian Richardson,大英博物馆"宝物"登记员)、詹姆斯(泥泞寻宝者)、简·亨德森(Jane Henderson,供职于卡迪夫大学考古及文物保护系)、简·西德尔(Jane Sidell,古迹巡检官,感谢您一遍又一遍地耐心为我解释史前之谜)、约翰尼(泥泞寻宝者、画家)、朱莉娅·史密斯(Julia Smith,泥泞寻宝者)、金伯利·罗什(Kimberley Roche,考古文物保护员)、克里斯蒂安·舒格(Kristian Schug,感谢他对列兵弗伦奇的研究)、利韦特海洋物流公司[Livetts Marine Logistics:克里斯·利韦特(Chris Livett)、爱德华·利韦特(Edward Livett)、威廉·韦利特(William Waylet)、亚历克斯·迈尔斯(Alex Miles)和亚当·戴维斯(Adam Davis)]、林恩·伯切尔(Lynn Burchell)、伦敦警察厅水警警务组[Metropolitan Police Marine Policing Unit:伊恩·斯普纳巡佐(Ian Spooner)、马丁·戴维斯警员(Martin Davis)、彼得·桑德尔警员(Peter Sandell)、亚当·奥格雷迪(Adam O'Grady)]、迈克尔·刘易斯(Michael Lewis,供职于大英博物馆便携式古物计划和宝藏发现部门)、迈克·韦伯(Mike

Webber，考古学家）、娜塔莉·科恩（考古学家）、尼亚·米哈伊拉（Ninya Mikhaila，都铎裁缝）、伦敦港口管理局［马丁·加赛德（Martin Garside）和亚历克斯·莫特利（Alex Mortley）］、理查德·凯里（Richard Carey，泥泞寻宝者、陶土烟斗收藏家、陶土烟斗专家）、理查德·赫梅吕（Richard Hemery，泥泞寻宝者、陶器专家）、罗伯特·格林（字体设计师）、罗伯特·杰弗里斯（Robert Jeffries，英国警察总部博物馆名誉馆长）、斯图亚特·怀亚特（Stuart Wyatt，伦敦博物馆发现联络官）、蒂姆·阿什（Tim Ash，供职于英国皇家救生艇协会）、约格什·帕特勒（Yogesh Patel，供职于伦敦尼斯登印度教寺庙）、伊冯娜·桑德森（Yvonne Saunderson，供职于水警防自杀小组）。

还有布卢姆斯伯里出版社的团队，我对你们的感谢是难以言喻的，感谢你们的洞察力、创造力，还有你们的努力与专业，尤其是亚历克西斯（Alexis）毫不动摇的信念——这是一条漫长的道路，而我们终于做到了！非常感谢正好"接手"我的杰出编辑安娜（Anna）；非常感谢玛丽戈尔德（Marigold），与她共事是如此愉快；感谢约翰尼让我在他珍贵的河流日记中任意挑选用在本书封面与卷尾的素描与内容。还有来自联合经纪公司（United Agents）的我的经纪人莎拉和她的助理伊莱（Eli），没有你们，我就不会坐在这里写下本书的任何一个字：你出色的直觉是对的，莎拉，谢谢你说服我写了这本书。

感谢詹姆斯不吝与我分享，感谢杰夫（Geoff）为我在码头区提供的浮动酒店房间，感谢鲍勃（Bob）和菲利（Philly）总是为我敞开家门。感谢我所有的亲友，感谢你们对我的耐心与支持，我很抱歉过去两年中的"缺席"，现在我回来了。还有我的龙凤胎，改变我生活的小宝贝，他们曾蹑手蹑脚地经过我的房间去拿感觉是永恒的东西，这本书就是我送给你们的礼物。

最后，也是最重要的，感谢一如既往耐心且爱我的妻子，你是我的主心骨、我的灵感来源，感谢你让生活井然有序，感谢你不厌其烦地听我抱怨写作"这本书"的艰难，感谢你在我每次"写完"时与我一同庆祝。有你，这一切才有可能，因为是你给了我最珍贵的礼物：时间和自由。为此，我由衷地感谢你。

Select Bibliography
精选参考书目

大部分图书及其他出版物仅列举在其首次出现的一章中。

书前引言
Richard Rowe, 'A Pair of Mudlarks', *Life in the London Streets* (1881)

泥泞寻宝者
Lesley Brown (Ed), *The New Shorter Oxford English Dictionary on Historical Principles*, (Oxford, 1993) [引言]

Jerzy Gawronski and Peter Kranendonk, *Stuff: Catalogue Archaeological Finds, Amsterdam's North/South Metro Line* (Amsterdam, 2018)

潮头
St. James's Gazette, June 1884 [引言]

Globe, 25 June 1884

Peter Ackroyd, *Thames: Sacred River* (London, 2008)

A. A. C. Hedges, *Bottles and Bottle Collecting* (Buckinghamshire, 1996)

'All About Richmond Lock and Weir on the Thames', Port of London Authority (2014) [film]

哈默史密斯

Letter to a Customer from T. J. Cobden-Sanderson, 14 February 1918
[引言]

T. J. Cobden-Sanderson, *The Journals of Thomas James Cobden-Sanderson 1879–1922* (New York, 1969)

Colin Franklin, *The Private Presses* (London, 1990)

Ruari McLean (ed.), *Typographers on Type: An Illustrated Anthology from William Morris to the Present Day* (London, 1995)

Marianne Tidcombe, *The Doves Bindery* (London, 1991)

沃克斯霍尔

John Burns (Liberal MP 1892–1918), 引自《每日邮报》(*Daily Mail*) 1943 年 1 月 25 日关于他死讯的报道。据说，这句话是他对一个曾贬低泰晤士河的美国人说的。[引言]

Nathalie Cohen and Eliott Wragg, *The River's Tale: Archaeology on the Thames Foreshore in Greater London* (Museum of London Archaeology, 2017)

Ivor Noël Hume, *Treasure in the Thames* (London, 1956)

Ivor Noël Hume, *All the Best Rubbish* (New York, 1974)

Samuel Pepys, *The Diary of Samuel Pepys Esquire* (London, first published 1825)

Simon Webb, *Life in Roman London* (Stroud, 2011)

The Archaeology of Greater London: An Assessment of Archaeological Evidence for Human Presence in the Area Now Covered by Greater London, Museum of London Archaeology Service (London, 2000)

特里格巷

Ivor Noël Hume, *Treasure in the Thames* (London, 1956) [引言]

Janet Arnold, *Queen Elizabeth's Wardrobe Unlock'd* (London, 1988)

Peter Barber, *London, A History in Maps* (London, 2012)

Geoff Egan and Frances Pritchard, *Dress Accessories 1150–1450* (London, 1991)

Lois Sherr Dubin, *The History of Beads* (New York, 1987)

Kevin Leahy and Michael Lewis, *Finds Identified: The British Museum's Portable Antiquities Scheme* (London, 2018)

Bridget McConnel, *The Collector's Guide to Thimbles* (London, 1995)

Gustav and Chrissie Milne, *Medieval Waterfront Development at Trig Lane, London* (London, 1982)

Hans Van Lemmen, *Medieval Tiles* (Princes Risborough, 2000)

班克赛德

Ivor Noël Hume, *Treasure in the Thames* (London, 1956) [引言]

Kirby's Wonderful and Eccentric Museum; or Magazine of Remarkable Characters, Vol. III (London, 1820)

Matthew Green, *London: A Travel Guide Through Time* (London, 2015)

Ivor Noël Hume, *If These Pots Could Talk: Collecting 2,000 Years of British Household Pottery* (Milwaukee, 2001)

Lloyd Laing, *Pottery in Britain 4000 BC to AD 1900: A Guide to Identifying Pot Sherds* (Essex, 2014)

Ian Mortimer, *The Time Traveller's Guide to Elizabethan England* (London, 2012)

Stephen Porter, *Shakespeare's London* (Stroud, 2011)

Brian Read, *Hooked-Clasps and Eyes* (Somerset, 2008)

Gillian Tindall, *The House by the Thames and the People who Lived There* (London, 2006)

奎因海瑟

Charles Manby Smith, 'The Tide Waitress', *Curiosities of London Life or Phases, Physiological and Social of the Great Metropolis* (1853) [引言]

Francis Grew and Margrethe de Neergaard, *Shoes and Pattens: Medieval Finds from Excavations in London* (London, 1988)

John Matusiak, *The Tudors in 100 Objects* (Stroud, 2016)

伦敦桥

James Greenwood, 'Gleaners of Thames Bank', *Toilers in London, by One of the Crowd* (1883) [引言]

伦敦塔沙滩

Charles Manby Smith, 'The Tide Waitress', *Curiosities of London Life or Phases, Physiological and Social of the Great Metropolis* (1853) [引言]

Caitlin Davies, *Downstream: A History and Celebration of Swimming the River Thames* (London, 2015)

Kenneth Porter and Stephen Wynn, *Castle Point in the Great War* (Barnsley, 2015)

Harriet White, *Legge's Mount, The Tower of London, London: Scientific Examination of the Crucibles,* Research Department Report Series,

English Heritage (2010)

罗瑟希德

Henry Mayhew, *Letters to the Morning Chronicle* (1849–50) [引言]

Daniel Defoe, *A Tour Through the Whole Island of Great Britain* (1724–7)

John Evelyn, *The Diary of John Evelyn* (first published 1818)

沃平

Frederick Marryat, *Poor Jack* (1840) [引言]

Patrick Colquhoun, *A Treatise on the Police of the Metropolis; Containing a Detail of the Various Crimes and Misdemeanors By Which Public and Private Property and Security are, at Present, injured and Endangered: and Suggesting Remedies for their Prevention* (London, 1796)

Geoff Egan and Hazel Forsyth, *Toys, Trifles and Trinkets* (London, 2005)

Michele Field and Timothy Millett, *Convict Love Tokens: The Leaden Hearts the Convicts Left Behind* (Adelaide, 1998)

Henry Mayhew, *London Labour and the London Poor* (1851)

James Hardy Vaux, *Memoirs of James Hardy Vaux* (1819)

格林尼治

Richard Rowe, 'A Brood of Mudlarks', *Episodes in an Obscure Life* (1871) [引言]

Clive Aslet, *The Story of Greenwich* (London, 1999)

Tracy Borman, *The Private Lives of the Tudors* (London, 2016)

Geoff Egan, *The Medieval Household: Medieval Finds From Excavations in London* (London, 1998)

Martin Hammond, *Bricks and Brickmaking* (London, 1981)

Drew Smith, *Oyster: A Gastronomic History* (London, 2015)

Olivia Williams, *Gin Glorious Gin: How Mother's Ruin Became the Spirit of London* (London, 2014)

蒂尔伯里

Henry Mayhew, 'Of the Sewer Hunters', *London Labour and the London Poor* (1851) [引言]

Helen East, *London Folk Tales* (Stroud, 2012)

Alexander Moring (ed.), *The Story of the Willow Pattern Plate* (London, 1952)

Phil Stride, *The Thames Thideway: Preventing Another Stink* (Stroud, 2019)

Nigel Watson, *The Port of London Authority: A Century of Service 1909–2009* (London, 2009)

The Secret Life of Landfill, BBC4 (first aired October 2018)

泰晤士河河口

James Greenwood, 'Gleaners of Thames Bank', *Toilers in London, by One of the Crowd* (1883) [引言]

Edward Carpenter, Peter Kendall and Sarah Newsome, *The Hoo Peninsula Landscape* (Historic England, 2015)

参考网站

阿加斯地图：https://mapoflondon.uvic.ca/map.htm

艾米·约翰逊信托基金：www.amyjohnsonartstrust.co.uk

大英博物馆：www.britishmuseum.org

囚犯档案：https://convictrecords.com.au

科里河畔能源集团：www.coryenergy.com

货币转换器：www.nationalarchives.gov.uk/currency-converter

《佩皮斯日记》：www.pepysdiary.com

鸽子铅字：https://typespec.co.uk/doves-type/

英格兰遗产组织：www.english-heritage.org.uk

汉兰兹之友：www.hamunitedgroup.org.uk

地质学会：www.geolsoc.org.uk

英格兰历史景点：https://historicengland.org.uk/

詹姆斯敦遗址：https://historicjamestowne.org

《铅代币电讯》：www.leadtokens.org.uk

塔斯马尼亚岛囚犯档案图书馆：https://www.libraries.tas.gov.au

海洋生物协会记录计划：www.mittencrabs.org.uk

"玛丽·罗斯"号博物馆：www.maryrose.org

"五月花"号博物馆：www.mayflower400uk.org

英国国家档案馆：www.nationalarchives.gov.uk

皇家海军国家博物馆：www.nmrn.org.uk

格林尼治旧皇家海军学院：www.ornc.org

便携式古物计划数据库：www.finds.org.uk

伦敦港口管理局：www.pla.co.uk

酒馆历史和历史街区名录：www.pubshistory.com

里士满议会：www.richmond.gov.uk

罗克地图：www.locatinglondon.org

玫瑰法新：www.britnumsoc.org

皇家军械博物馆：www.royalarmouries.org

英国皇家铸币厂：www.royalmint.com

格林威治皇家博物馆：www.rmg.org

皇家宫殿：www.hrp.org.uk

圣玛格丽特社区：www.stmargarets.london

圣玛丽，威尔斯登（威尔斯登圣母圣殿）：www.shrineofmary.org

糖的精制：www.mawer.clara.net

泰晤士河防洪闸：https://www.gov.uk/guidance/the-thames-barrier

泰晤士发现计划：www.thamesdiscovery.org

泰晤士河21：www.thames21.org.uk

英国金属探测器发现物数据库：www.ukdfd.co.uk

维多利亚和阿尔伯特博物馆藏品（"佩恩"砖）：https://www.vam.
　　ac.uk/collections

菲斯海尔地图：www.panoramaofthethames.com

威尔逊艺术博物馆（Wilson Art Gallery and Museum）：www.
　　cheltenhammuseum.org.uk

伦敦动物学会（Zoological Society of London）：www.zsl.org

博物馆

布兰登遗产中心，萨福克

大英博物馆，伦敦

菲茨威廉博物馆，剑桥

环球展览，伦敦

小伍德姆活历史村，汉普郡

"玛丽·罗斯"号博物馆，朴茨茅斯

伦敦博物馆

国家海事博物馆，伦敦

自然历史博物馆，伦敦

皇家军械博物馆，利兹

英国警察总部博物馆，伦敦

伦敦塔

维多利亚和阿尔伯特博物馆，伦敦

图书在版编目（CIP）数据

泥泞寻宝：遗失在泰晤士河的伦敦生活 / （英）劳拉·麦克莱姆著；石雨晴译. —— 太原：山西人民出版社，2022.5

ISBN 978-7-203-11835-0

Ⅰ.①泥… Ⅱ.①劳… ②石… Ⅲ.①故事-作品集-英国-现代 Ⅳ.①I561.45

中国版本图书馆CIP数据核字(2022)第022327号

著作权合同登记号：图字04-2022-001

Copyright © 2019 by Lost Tide Ltd.

泥泞寻宝：遗失在泰晤士河的伦敦生活

著　者：（英）劳拉·麦克莱姆

译　者：石雨晴

责任编辑：贾娟

复　审：傅晓红

终　审：梁晋华

出 版 者：山西出版传媒集团·山西人民出版社

地　址：太原市建设南路 21 号

邮　编：030012

发行营销：010-62142290

　　　　　0351-4922220　4955996　4956039

　　　　　0351-4922127（传真）　4956038（邮购）

天猫官网：https://sxrmcbs.tmall.com　电话：0351-4922159

E－mail：sxskcb@163.com（发行部）

　　　　　sxskcb@163.com（总编室）

网　址：www.sxskcb.com

经 销 者：山西出版传媒集团·山西人民出版社

承 印 厂：唐山玺诚印务有限公司

开　本：889mm×1194mm　1/32

印　张：10.75

字　数：222千字

版　次：2022年5月　第1版

印　次：2022年5月　第1次印刷

书　号：ISBN 978-7-203-11835-0

定　价：58.00元